Diogenes Taschenbuch 22693

Georges Simenon

Der Grenzgänger

Roman

Deutsch von
Renate Heimbucher und
Michael Mosblech

Diogenes

Titel der Originalausgabe:
›Le passage de la ligne‹

Umschlagfoto von Neill Menneer

Deutsche Erstausgabe

80/94/24/1
ISBN 3 257 22693 4

ERSTER TEIL

1

Ich habe die Grenzlinie dreimal überschritten, das erstemal illegal, mit Hilfe von jemandem, der mich über die Grenze schmuggelte, mindestens einmal auch legal, und ich bin bestimmt einer der wenigen, die aus freien Stücken zu ihrem Ausgangspunkt zurückgekehrt sind.

Es gibt Leute, die haben dicke Bücher über ihre Großtaten geschrieben, nachdem sie den Himalaja bestiegen, einen der Pole erreicht oder in einer zerbrechlichen Nußschale die Ozeane überquert haben. Sie alle haben gelogen oder zumindest etwas verschwiegen. Haben sie, wenn sie die Schwierigkeiten schilderten, die sie zu überwinden hatten, je den wahren, den tieferliegenden Grund genannt, aus dem sie aufgebrochen sind?

Bei jedem menschlichen Unterfangen gibt es ein »Vorher«, ein »Während« und ein »Nachher«.

Manche haben haarklein ihre Vorbereitungen geschildert. Aber was war vorher? Was waren die eigentlichen Hintergründe? Die Hintergründe der Hintergründe?

Und was kam danach, nach dem Himalaja, der Arktis oder Antarktis, dem Atlantik oder Pazifik, nach der Tauchfahrt in irgendeinem Vehikel zweitausend Meter unter den Meeresspiegel oder dem Aufstieg in die Stratosphäre?

All das hat in der bezwungenen Natur nicht mehr Spuren hinterlassen als der Flügelschlag eines Vogels in der Luft.

Man hat den Menschen, denen diese Glanzleistungen geglückt sind, Auszeichnungen verliehen, man hat sie gefeiert und von Stadt zu Stadt gereicht. Sie haben Vorträge gehalten, und manch einer hat bis zu seinem Tod von ein und demselben, endlos wiedergekäuten Bericht gelebt.

Versteht man, was ich meine, wenn ich von Lüge rede oder von Mogelei? Das wahre »Vorher« und das wahre »Nachher« werden unterschlagen, vermutlich, weil die Geschichte dann weniger erbaulich wäre.

Da meine eigene Forschungsreise, meine dreifache Forschungsreise, niemals zur Erbauung gedacht war, möchte ich alles schildern, das »Vorher«, das »Während«, das »Nachher«. Ich werde sogar, vielleicht aus Furcht, etwas auszulassen oder nicht ganz ehrlich zu sein, Dinge erzählen, die keine oder nur für mich Bedeutung haben. Ich werde auch darauf achten, daß ich nicht mit meinen Motiven mogele, was das schwierigste ist.

Der Grund, warum ich plötzlich anfange zu schreiben…? Ich bin nicht sicher, ob ich diese Frage beantworten kann. Einige werden behaupten, daß ich mich rächen will. An wem denn? Am Schicksal? Ich möchte gleich zu Beginn klarstellen, daß mir kein böses

Schicksal zugesetzt hat, daß ich nie das Gefühl hatte, besonders leidgeprüft zu sein. Im Gegenteil, ich glaubte, dem Schicksal gewachsen zu sein.

Ich brauche mich also nicht zu rächen, nicht einmal für meine Herkunft, für die ich dem Geschick eher dankbar bin.

Alles, was ich tat, war meine freie Entscheidung, auch das, worauf ich alles andere als stolz sein kann.

Mich treibt keine Bitterkeit, keine Leidenschaft. Soll ich behaupten, daß ich für die Millionen von Menschen schreibe, die ebenfalls die Linie überschreiten möchten, die zögern oder sich haben zurückdrängen lassen?

Von Zeit zu Zeit wohl schon. Möglich, daß ich bei dieser Vorstellung ganz ergriffen war. Mein Bericht hätte auch eine Art brüderliche Botschaft werden können. Man sieht, ich bin aufrichtig. Der Gedanke war verlockend. Er erfüllte mich mit jenem konfusen Gefühl der Rührung, das die Menschen überkommt, wenn sie nach ein paar Gläsern Wein im Chor singen.

Aber ich habe nicht getrunken. Ich werde nicht trinken, nicht weinselig werden. Sollen andere den Grund entdecken, der mich zum Schreiben treibt. Ich will ihn nicht mehr suchen. Für mich ist es, als würfe ich eine Flasche ins Meer. Man sieht, wie sie sich entfernt, und wenn sie verschwunden ist, kehrt man in seine Wüste zurück.

Was in den Augen vieler Menschen zählt, das ist der Ausgangspunkt, der Ausgangspunkt im Verhältnis zur Demarkationslinie, das heißt, ist man diesseits oder jenseits, und ich gebe zu, daß dies in manchen Fällen einen Einfluß hat. Ich für mein Teil (und ich habe weiß Gott viel darüber gegrübelt) bin mir so gut wie sicher, daß dieser Einfluß, sofern es ihn gegeben hat, nicht entscheidend war und daß ich heute nicht anders dastünde, auch wenn ich nicht im Entbindungsheim von Cherbourg zur Welt gekommen wäre.

Ich habe meine Herkunft nie als demütigend empfunden, und ich war sogar bald froh darüber, denn die Erfahrung hat mich gelehrt, daß jemand aus der Unterschicht meist problemlos in die mittleren und oberen Schichten vorstoßen kann, daß es jedoch umgekehrt jenen erheblich schwerer fällt, sich unter die kleinen Leute zu mischen, geschweige denn, sich ihnen anzupassen.

Ich bin zwar in Cherbourg geboren, meine Kinderaugen öffneten sich mir jedoch in Saint-Saturnin, einem düsteren Dorf in der Nähe von Bayeux.

Vielleicht wäre es an dieser Stelle ehrlicher, wenn ich zwischen meinen eigenen und jenen Erinnerungen unterscheide, die ich nur vom Hörensagen kenne, so wie ich auch darauf hinweisen müßte, welche Gedanken und Erkenntnisse mir erst später kamen.

Ich bin dazu nicht fähig, und obwohl ich meinen Bericht gerade erst begonnen habe, habe ich bereits, ohne es zu wollen, ein ziemliches Durcheinander angerichtet.

So verspüre ich zum Beispiel einen instinktiven Drang, von Saint-Saturnin, von meinen Großeltern also, zu erzählen, bevor ich auf Cherbourg und meine Mutter zu sprechen komme, was durchaus begreiflich ist, da ich Cherbourg mit nur wenigen Monaten verließ und sich mir als erstes das Bild des schäbigen Hauses am Ende des Dorfs einprägte.

Ein Erwachsener konnte mühelos mit der Hand an die Kante des steilen Dachs langen. Die Tür war niedrig und zweigeteilt wie die Tür eines Stalls, der untere Teil so gut wie immer geschlossen, der obere geöffnet, um Luft und Licht hereinzulassen, denn das Fenster war kaum größer als eine Dachluke.

Ich habe gerade nachgerechnet: Meine Großmutter war damals höchstens vierundvierzig, aber als Kind war sie für mich immer eine alte Frau. Soweit ich mich erinnern kann, war sie stets schwarz gekleidet, hager, dürr mit vornübergebeugtem Körper, als wäre darin eine Feder abgebrochen.

Sie hatte fünf Töchter und einen Sohn, die allesamt, bis auf Louise, die jüngste, die bei meiner Geburt vierzehn oder fünfzehn war, längst in die Stadt gezogen waren.

Einige Bilder aus dieser Zeit sind mir noch sehr präzise in Erinnerung, aber da ich nie mehr dorthin zurückgekehrt bin, um sie zu überprüfen, kann ich mich für die Einzelheiten nicht verbürgen.

Beispielsweise hat eine meiner Tanten, Louise, später behauptet, es habe in der Küche einen Herd gegeben. Nun, wenn er, als ich ganz klein war, wirklich dort stand, was ich bezweifle, dann wurde er nie benutzt, denn ich sehe noch den offenen Kamin vor mir, der Sommer wie Winter das Zimmer einräucherte und über dem ein Kochtopf hing. Und ich sehe auch noch meine Großmutter, wie sie sich über das Feuer beugt, um es anzufachen, bevor sie Heringe oder Speckstreifen brät, und ich weiß noch, wie meine Augen dem flackernden Widerschein der Flammen auf den kalkgeweißten Mauern folgten.

Das Bett meiner Großeltern mit dem dicken, roten Plumeau stand am hinteren Ende des Raums, ansonsten gab es nur noch ein weiteres Zimmer, das ich mit Tante Louise teilte und in dem auch ihre Schwestern und ihr Bruder schliefen, wenn sie zu Besuch kamen. Ich wüßte nicht, daß es genügend Betten für alle gab. Wahrscheinlich war die Familie nie vollzählig unter einem Dach beisammen.

Ein anderes Bild, das präziseste von allen: das Faß rechts der Tür, in das durch ein Zinkrohr das Wasser vom Dach abfloß. Ich erinnere mich nicht nur genau an den Anblick, an das stets feuchte Holz, an die Spinnen und Kaulquappen, die auf dem Wasser trieben, ich höre auch noch das monotone Plätschern, wenn es tagsüber oder nachts regnete.

Wir schöpften Wasser aus dem Faß, um uns zu waschen, um zu spülen oder zu putzen, und an einem rostigen Nagel hing ein blauer Becher aus Email, den man in das Faß tunkte, wenn man Durst hatte.

Die Pumpe neben dem Schuppen mit den Hühnern und Kaninchen muß mitunter sogar funktioniert haben, denn ich habe ihr Quietschen noch im Ohr, aber ich bin überzeugt, daß sie die meiste Zeit außer Betrieb war.

Mein Großvater hieß Nau, Barnabé Nau, und er stammte aus einem anderen Dorf, das so weit entfernt war, daß nie von seiner Familie die Rede war. In Saint-Saturnin und in den umliegenden Flecken gehörte er zu den Preteux, wie der Geburtsname meiner Großmutter lautete. Diese war nicht wenig stolz darauf, daß der Name Preteux schwarz auf weiß über einem Lebensmittelgeschäft in Bayeux prangte, obwohl nicht feststand, ob diese Preteux mit uns verwandt waren.

Eigentlich hätte Tante Louise mit vierzehn in die Stadt gehen müssen, sei es als Kindermädchen oder als Lehrling, und es gab auch einige Diskussionen darüber. Ich glaube, sie blieb nur meinetwegen im Haus, denn meine Mutter schickte jeden Monat einen bestimmten Betrag für meinen Unterhalt.

Ich werde versuchen, all das klar herauszustellen. Im Augenblick taste ich mich nur vor, versuche ich, meine frühesten Erinnerungen festzuhalten.

Ich habe den Kamin erwähnt, den Rauch, die Tür, deren oberer Teil fast immer offenstand, das Faß mit dem Zinkrohr und dem blauen Becher. Ich muß jedoch auch von der Petroleumlampe reden, die meistens erst angezündet wurde, wenn die Schritte meines Großvaters auf der Straße zu hören waren.

»Mach die Lampe an, Louise.«

Auf dem Kamin lag eine große Schachtel mit Streichhölzern, deren Phosphorgeruch sich mit dem des Petroleums vermischte. Mein Großvater ließ sich stets grußlos auf seinen Stuhl fallen, und eine der Frauen, Mutter oder Tochter, kniete sich dann vor ihm hin, um ihm die schlammigen Schuhe auszuziehen.

Selbst in einem Dorf wie Saint-Saturnin waren wir auf der untersten Stufe, vielleicht zusammen mit Chassigneux, dem einarmigen Briefträger, der seinen Rundgang nicht immer auf zwei Beinen beendete und den man oft genug im Straßengraben auflesen mußte.

Barnabé Nau, mein Großvater, den alle nur Barnabé nannten, war Tagelöhner und arbeitete auf den Bauernhöfen, mal hier, mal dort, meist als Fuhrknecht, und wenn er im Winter auf dem Land keine Arbeit fand, machte er sich in Bayeux auf die Suche.

Die meisten anderen waren mehr oder weniger feine Leute, angefangen mit den Handwerkern, die ein eigenes Haus und ein Schild mit ihrem Namen hatten, der Hufschmied, der Klempner, der Tischler, der Maurer.

Der Bäcker und der Metzger waren schon höher gestellt, aber wirklichen Respekt zollte man erst den Bauern und den Viehhändlern, die man frühmorgens auf ihren Karren zum Markt fahren sah.

Höher noch, in einer schon verschleierten Welt, lebten die Leute von Bayeux, die Händler, die man einmal in der Woche oder im Monat aufsuchte, und der Angesehenste unter ihnen war der Eisenwarenhändler in der Rue Saint-Jean, der nur »der reiche Monsieur Peuvion« genannt wurde und eine Frau hatte, die schielte.

Noch eine Stufe höher, und man kam in eine Welt, in der man völlig den Boden unter den Füßen verlor, in die Welt der Ärzte, der Fachärzte vor allem, die in großen Häusern wohnten und Dienstmädchen mit weißer Schürze hatten. Wenn man an den Kanzleien der Gesetzesleute, der Anwälte und Notare, vorbeikam, hielt man fast den Atem an.

All das war die sichtbare, fast greifbare Welt. Aber zu beiden Seiten von Bayeux und Umgebung, an den

Endstationen der Eisenbahnlinie, gab es zwei Anziehungspunkte, wo die Jugend nach Arbeit suchte und wo auch Tante Louise längst gewesen wäre, wenn ihre Schwester sie nicht dafür bezahlt hätte, auf mich aufzupassen: Caen und Cherbourg.

Man ging dorthin, weil man irgendwohin gehen mußte und weil Paris zu weit, zu gefährlich war. Man nahm die Arbeit, die man angeboten bekam. Eine meiner Tanten, Béatrice, die dickste und sanftmütigste, arbeitete als Bedienung in einer Bäckerei in Caen, eine andere, Clémence, war Dienstmädchen in einem gutbürgerlichen Haus in Cherbourg, wo auch meine Mutter in einem Hafenrestaurant arbeitete.

Für die Männer bedeuteten Caen oder Cherbourg meist eine Stelle bei der Eisenbahn oder der Gendarmerie. Manchmal kamen sie im Sommer zu Besuch, um ihre Kinder vorzuführen, und es hieß, sie lebten in guten Verhältnissen.

All das ergab nicht eine, sondern mehrere Grenzlinien, und es gab noch eine letzte, die so fern war, daß man nicht einmal davon redete. Im Sommer, wenn an den Stränden Hochbetrieb herrschte, bekam man Leute aus Paris zu sehen, die im Wagen durchs Dorf fuhren. Sie waren so wenig unseresgleichen, daß wir sogar manchmal über sie lachten, über ihre Kleidung, über ihr Verhalten, über ihre Sprache.

Barnabé Nau, mein Großvater, war nicht nur auf der untersten sozialen Stufe, er war auch ein Trinker, wie Chassigneux, der Briefträger, und einige andere. Obendrein zeichnete er sich dadurch aus, daß er weit und breit der einzige Ungläubige war, der einzige, der nie in die Kirche ging, nicht einmal bei einer Beerdigung.

Ich habe ihn viel zu früh verlassen, um die geringste Ahnung zu haben, was in ihm vorging, und ich bedaure es. Ich erinnere mich vor allem an seinen großen, zähen Körper, der nach Schweiß, Dung und Schnaps roch, an sein Gesicht, in dem die kleinen, feuchten, fast knöchernen Augen plötzlich hart wurden, wenn er einen Befehl erteilen wollte.

Denn zu Hause gab er die Befehle, und vielleicht rettete ihn das. Die Lampe durfte auf keinen Fall brennen, bevor er an der Wegbiegung auftauchte, denn den Frauen reichte der Schein des Kamins, es durfte aber auch nicht dunkel sein, wenn er über die Schwelle trat. Kaum hatte man ihm die Schuhe ausgezogen, mußte die Suppe auf dem Tisch dampfen, und wer ihn bediente, ob nun meine Großmutter oder seine Tochter, hatte stehenzubleiben, während er aß.

Er trank keinen Wein, auch keinen Cidre, nur Schnaps. Allerdings nicht Calvados, denn davon habe ich im Haus nie reden hören. Den ersten Schluck trank er bereits frühmorgens im Kaffee, und danach goß er eine ordentliche Ration in den leeren, noch warmen Becher. Der Geruch hatte sich in seinem roten Schnauzbart festgesetzt. Geraucht hat er nicht, dafür kaute er den ganzen Tag an einem Gras- oder Strohhalm.

Er sagte keinen Ton, wenn er aß, und danach zog er sich schweigend aus, um sich hinzulegen, da er um vier Uhr morgens aufstand.

Richtig betrunken war er nur Samstag abends. Aber

das jeden Samstag. Meine Mutter wird sagen, daß das nicht stimmt, daß das nur ein-, zweimal vorgekommen ist. Ich aber weiß noch genau, daß mich meine Großmutter, wenn Louise nicht da war, etliche Male in die Dorfschenke geschickt hat, um ihn zu holen, weil sie selbst sich nicht traute.

Wie alt war ich damals? Drei? Vier, fünf? Bestimmt nicht viel älter, denn mit sechs habe ich Saint-Saturnin verlassen.

Jedenfalls war das immer nach Einbruch der Dunkelheit, denn ich kann mich nicht erinnern, die Gaststube jemals bei Tageslicht gesehen zu haben. Die Straße war ungepflastert und schlammig, mit tiefen Spurrillen, die von den Wagenrädern herrührten. In der Ferne, gegenüber der Kirche, war ein fahles Licht zu sehen, das des Ladens von Madame Jaunet. Die Schenke war links daneben, man mußte fünf Stufen hinaufsteigen, und ich hatte stets Herzklopfen, wenn ich die Klinke drückte und die Tür öffnete.

In der Mitte der Stube stand ein Ofen, ein runder Ofen, dessen Rohr in der Wand verschwand, und an der Decke hing eine Petroleumlampe mit einem grünen Schirm.

Ich frage mich, ob dieser Ort für mich nicht noch geheimnisvoller war als die Kirche. Es kam nämlich vor, daß mich meine Großmutter heimlich zur Messe mitnahm.

»Sag bloß Großvater nichts davon!«

Ich erinnere mich noch sehr gut daran, weil sie mir auf dem Rückweg stets bei Madame Jaunet ein Stück Kuchen mit rosa Zuckerguß kaufte. Die Kirche war ebenfalls schlecht beleuchtet, voll finsterer Schatten und regloser Gestalten, alte Frauen, die stumm ihre Lippen bewegten.

In der Dorfschenke waren nie mehr als vier, fünf Gäste, Männer im Alter meines Großvaters oder noch älter, die auf den Bänken saßen und die Ellbogen auf einem lackierten Holztisch aufstützten, in dem sich die Flaschen und Gläser spiegelten. Alles war schwer, klobig, ihre Stiefel, ihre vor Lehm steife Kleidung, ihre Schultern und Glieder, selbst ihre in dem schlechten Licht kaum erkennbaren Gesichter, die ins Leere starrten, ihre ausdruckslosen Augen, die sich langsam auf das Kind hefteten.

Ich begann mit unsicherer Stimme:

»Großmutter hat gesagt...«

Hinter der Theke stand kein Mann, sondern eine sehr dicke Frau mit einem mächtigen Busen, und eine Zeitlang habe ich gedacht, sie sei dort in der Schenke etwas Ähnliches wie der Pfarrer in der Kirche.

Was die Männer dort trieben, stumm vor ihrem Glas, war mir ebenso unerklärlich wie das, was die alten Frauen reglos vor dem Beichtstuhl taten.

»Sag deiner Großmutter...«

Meistens vollendete er seinen Gedanken – wenn davon überhaupt die Rede sein konnte – mit einer Handbewegung. Oder er brummte in seinen Schnauzbart:

»Verschwinde!«

Worauf ich, halb gehend, halb laufend, nach Hause zurückkehrte.

»Was hat er gesagt?«

»Nichts.«

»Iß deine Suppe.«

Wir wagten kein Licht zu machen. Wir begnügten uns mit dem Schein des Feuers, das wir mit Reisig schürten.

»Bring ihn ins Bett, Louise. Du gehst besser auch schlafen.«

Louise war damals noch dünn. Sie trug stets schwarze Strümpfe, die ihre Beine noch länger erscheinen ließen. Ein dunkler Zopf fiel auf ihren Rücken, und Löckchen kräuselten sich um ihre Wangen und über ihre Augen.

Nachts hörte ich zuweilen ein Geräusch, und mindestens einmal, als der Mond schien, sah ich sie zum Fenster hereinklettern.

Man hat mir seither oft gesagt, daß Kinder in einem fort Fragen stellten. Ich hingegen verzichtete darauf, vielleicht, weil es in diesem Haus nicht erlaubt war, Fragen zu stellen, vielleicht auch, weil ganz einfach niemand da war, der sie beantwortet hätte. War es nicht schon genug, daß man lebte?

Von den fünf Geschwistern meiner Mutter war nur noch Louise im Haus, und mein Großvater wartete sicher ungeduldig darauf, daß sie ebenfalls auszog und ihre monatliche Anweisung schickte. In seinen Augen hatte er sein Werk vollbracht und Anspruch auf eine Rente, nachdem er sechs Kinder großgezogen hatte.

Ich war nicht unglücklich. Ich habe mich nie unglücklich gefühlt. Man setzte mich irgendwo hin, bei Regen in eine Ecke des Zimmers, bei schönem Wetter neben das Faß oder die Kaninchen, und ich beobachtete den Lauf der Dinge und das Leben der Leute.

Ich habe nie ganz herausbekommen, warum man mich eigentlich »Wehweh« nannte. Meine Mutter, die nur einmal im Monat vorbeikam, behauptet, ich sei ein empfindliches Kind gewesen und hätte beim geringsten Knuff über »Wehweh« geklagt.

Tante Louise ist anderer Ansicht, und sie muß es besser wissen.

»Erstens hast du einen fürchterlichen Namen, und dein Großvater hat sich geweigert, ihn auszusprechen...«

Ich heiße Steve Adams, und ich bin, so seltsam es erscheinen mag, britischer Staatsbürger.

»Zweitens«, erklärte meine Tante, »habe ich jedesmal, wenn ich dachte, ich hätte dir weh getan, zu dir gesagt: ›Wehweh?‹«

Was meinen Großvater offenbar rasend machte.

»Wehweh! Wehweh! Komische Art, einen Jungen zu erziehen!«

Ich bin diesen Spitznamen lange nicht losgeworden, so lange, wie ich bei dem einen oder andern Mitglied der Familie Nau wohnte.

Für Barnabé, meinen Großvater, kam irgendwann die Zeit, da er allein mit seiner Frau in dem Haus in Saint-Saturnin lebte und nichts mehr zu tun hatte, als ein bißchen Kohl oder Lauch anzupflanzen und seine Kaninchen zu versorgen.

Jeden Sommer kam eine seiner inzwischen verheirateten Töchter oder auch sein Sohn Lucien vorbei, um ihm ein neugeborenes Enkelkind vorzuführen. Wenn ich mich nicht irre, waren es insgesamt vierzehn, teils in Caen, teils in Cherbourg. Nur Louise hat sich schließlich in Port-en-Bessin niedergelassen.

Erneut kann ich nicht sagen, was im Kopf meines Großvaters vorging, nicht einmal, ob überhaupt etwas in ihm vorging, dabei wüßte ich es gern. Mit dem gleichen Blick, den er mir zuwarf, wenn ich die Schenke betrat, sah er auch auf seine dicker gewordenen Töchter, seine im Sonntagsanzug angetretenen Schwiegersöhne, auf die weißgekleideten Säuglinge.

Eines Sonntags im Winter – meine Großmutter war zur Abendandacht gegangen und hatte ihn zu Hause nicht angetroffen, als sie zurückkam – stieß sie umsonst die Tür der Dorfschenke auf. Vier Männer saßen reglos in dem schummrigen Licht. Der fünfte, Barnabé, fehlte.

Sie suchten mit Laternen die Wege ab, bis meine Großmutter, um den Schnaps zu holen, den sie den Männern anbieten wollte, den Werkzeugschuppen betrat und dort den großen, zähen Körper ihres Mannes hängen sah.

Ich war damals in der vierten Klasse auf dem Gymnasium in Niort, und ich bekam zwei Tage frei, um an der Beerdigung teilzunehmen. Dort traf ich Onkel und Tanten, die ich noch nie gesehen hatte und auch nie wiedergesehen habe.

2

Ich habe im Laufe meines Lebens oft versucht, den äußeren Schein einer Familie zu durchdringen, etwas anderes zu erfahren als die offizielle Geschichte, und jedesmal habe ich damit bei sämtlichen Mitgliedern dieser Familie eine Versteifung ausgelöst, eine Reaktion, ähnlich jener des menschlichen Organismus, wenn man seine Lebensnerven reizt. Es gibt Ausnahmen. Manchmal erbietet sich ein Außenseiter, ein Aufbegehrender, der sich selbst ins Abseits gestellt hat oder von den anderen ausgestoßen wurde, einem die Geheimnisse seiner Angehörigen zu enthüllen, doch aufgrund der Leidenschaft, die ihn beseelt, und des destruktiven Zorns ist sein Zeugnis zweifelhaft, und ich habe diese Einzelgänger im Verdacht, daß sie auf ihre Art mehr an der Familiensaga hängen als die anderen.

Ich kenne nur einen Teil des Lebens der Naus, einen nach der Vergangenheit und nach der Zukunft begrenzten Ausschnitt. Ich habe später meine Mutter und meine Tanten gefragt, Louise vor allem, die eine Zeitlang durchaus für die Rolle der Außenseiterin geeignet gewesen wäre.

»Woher kam eigentlich mein Großvater?«

Man antwortete mir mit einer vagen Handbewegung in Richtung Land:

»Er war nicht von hier. Genau weiß man es nicht.«

»Hatte er keine Eltern mehr?«

»Seine Mutter war tot, als er heiratete, aber sein Vater ist zur Hochzeit gekommen.«

Man hätte meinen können, Barnabé sei irgendeinem wilden Stamm entsprungen, oder es habe ihn ohne jede Vergangenheit nach Saint-Saturnin verschlagen.

Tatsächlich stammte er aus dem Perche, irgendwo in der Nähe von Evreux, wo es große Wälder gibt, in denen sein Vater als Holzfäller arbeitete.

Ich habe lange geglaubt, die Familie schweige sich aus Stolz oder Gleichgültigkeit darüber aus. Inzwischen neige ich zu der Annahme, daß es sich in Wirklichkeit um eine kollektive Abwehr handelt.

Über der Kommode gegenüber dem Kamin hingen in ovalen schwarzen Holzrahmen mit Goldrand zwei vergrößerte Fotografien. Auf der einen war meine Großmutter im Hochzeitskleid zu sehen, und schon als kleiner Junge hatte ich bemerkt, daß Tante Louise ihr wie aus dem Gesicht geschnitten war.

Die andere Fotografie zeigte Barnabé Nau in voller Dragoneruniform. Vermutlich handelte es sich um einen Ausschnitt aus einem Gruppenbild auf dem Kasernenhof, denn das Gesicht war unscharf, die Augen leer. Der Fotograf hatte sich wenig daran gestört und beflissen die Details des Helms und der Epauletten mit Buntstiften ausgemalt.

Ich muß als Kind öfter ein paar getuschelte Worte aufgeschnappt haben. Ich bin sicher, auch wenn es jeder in der Folge leugnete. Wie sonst hätte ich die Gewißheit haben können, daß zwischen meinem

Großvater und dem Rest der Familie eine Kluft war? Man begegnete ihm respektvoll, weil er der Mann war, der Ernährer. Die Frauen zogen ihm die Schuhe aus, wenn er von der Arbeit kam, und blieben neben dem Tisch stehen, um ihn zu bedienen.

Deshalb war meine Großmutter dennoch eine Preteux, und es spielte keine Rolle, daß sie dem armen Zweig angehörte und als kleines Mädchen auf den Feldern die Kühe der andern gehütet hatte. Es gab noch weitere Preteux, nicht nur im Dorf, sondern auch in den umliegenden Flecken. Man wußte, wer sie waren. Man sah ihren Namen auf den Fassaden der Läden und auf alten Grabsteinen.

Welche Umstände waren schuld, daß Barnabé nach seinem Militärdienst in die Gegend gekommen war und sich als Knecht verdingte? Bei welchem Tanzfest, welcher Hochzeit, welcher Beerdigung war er meiner Großmutter begegnet? Niemand hat versucht, es in Erfahrung zu bringen, und erst als mir zufällig das Familienstammbuch in die Hände geriet, entdeckte ich, daß Clémence, die älteste meiner Tanten, fünf Monate nach der Vermählung ihrer Eltern zur Welt gekommen war.

Im Grund wurde Nau weder von der Gemeinde noch von seiner Familie jemals akzeptiert, und ich bin sicher, sein Tod war eine Erleichterung für alle.

Trotzdem gab es eine Zeit, in der das Haus den Eindruck eines mehr oder weniger glücklichen Familienlebens vermittelte. Fünf Mädchen und ein Junge wurden kurz nacheinander geboren, und ich habe nie herausbekommen, wo sie alle schliefen, die Aussagen sind widersprüchlich, vielleicht, weil sich das im Laufe der Jahre änderte und jedem ein anderer Zeitraum im Gedächtnis geblieben ist.

Tante Clémence, die älteste, blieb am längsten im Haus, weil sie ihrer Mutter half, die jüngeren großzuziehen. Sie war achtzehneinhalb, als sie sich endlich den Traum aller Mädchen im Dorf erfüllen konnte: in die Stadt zu gehen. Sie wählte Cherbourg. Sie war ein ruhiges, geduldiges, ja sanftmütiges Wesen mit einem gewissen bürgerlichen Ordnungssinn, und ich glaube, es war kein Zufall, daß sie in die Dienste eines Arztes trat.

Als zweite verließ Béatrice das Haus, und zwar in die entgegengesetzte Richtung, denn sie hatte sich für Caen entschieden, wo sie dann im Alter von fünfzehn Jahren, noch so dünn wie Louise, das Brot einer Bäckerei ausfuhr.

Raymonde, die ständig lachte und der sämtliche Jungen der Gegend nachliefen, arbeitete zunächst als Dienstmädchen in Bayeux, dann folgte sie, soviel ich weiß, dem Gehilfen eines Lebensmittelgeschäfts nach Caen und wurde dort von ihm sitzengelassen.

Von meiner Mutter, Antoinette, der viertältesten, hieß es:

»Die weiß, was sie will.«

Sie war das Kuckucksei im Nest. Schon als kleines Mädchen hatte sie den Ruf, nicht aus demselben Holz geschnitzt zu sein wie der Rest der Familie. Auch danach habe ich mich später erkundigt, jedoch nur Bruchstücke der Wahrheit zu hören bekommen.

»Sie hat immer den Kopf durchgesetzt.«

»Sie war eine ›Besserwisserin‹. Man hat nie erlebt, daß sie mal zugab, im Unrecht zu sein.«

Andererseits auch:

»Sie war ›verschlossen‹.«

In all dem, wie auch in den anderen Familienlegenden, steckte gewiß ein Körnchen Wahrheit. Als meine Mutter mit fünfzehn Jahren von Saint-Saturnin nach Cherbourg ging, muß sie Tante Louise geähnelt haben, so wie ich sie kannte: die gleichen schwarzen Wollstrümpfe, die man damals trug, die rötlichen Haare in Zöpfen auf dem Rücken, eine etwas zu spitze Nase und ein Blick, der die Leute irritierte, da man es nie schaffte, daß sie die Augen abwandte.

»Sie war immer schon störrisch!«

Auch dahinter vermute ich ein schwer zu entwirrendes Drama. Dr. Huguet, bei dem Clémence arbeitete, hatte zwei kleine Kinder, und er hatte meine Tante gefragt, ob sie nicht eine jüngere Schwester habe, die sich um die Kleinen kümmern könnte. Man hatte ihm meine Mutter geschickt. Bereits einige Wochen darauf, an einem Sonntag, als Clémence wie jeden Monat nach Saint-Saturnin kam, konnte man es im Haus tuscheln hören und verstohlene, betrübte Blicke wahrnehmen, sobald der Vater in der Nähe war.

Antoinette Nau, gerade fünfzehneinhalb Jahre alt, hatte, ohne einen Ton zu sagen, ihre Stelle als Kindermädchen aufgegeben, und niemand wußte, was aus ihr geworden war.

Ich erinnere mich vage an eine Geschichte mit einem Brief. Dr. Huguet hatte nämlich, um sich von seiner Verantwortung zu befreien, den Eltern geschrieben, und Nau hatte diesen Brief, den man ihm verheimlichen wollte, entdeckt. Er konnte nicht lesen, was allerdings ein Familiengeheimnis war. Da ihn das bedrückte, behauptete er vor anderen Leuten, er habe schlechte Augen. Mitunter ließ er sich sogar von einer seiner Töchter die Aushänge vorlesen, die im Dorf angebracht wurden, und lernte sie auswendig, um später, in Anwesenheit des Briefträgers zum Beispiel, mit halblauter Stimme so zu tun, als lese er sie durch.

Was den Brief des Arztes anging, log man ihm vor, wenn ich mich recht entsinne, Antoinette habe Scharlach. Einige Wochen später sah Clémence ihre Schwester zufällig in einer Hafenschenke, wo sie als Kellnerin arbeitete.

In Saint-Saturnin, wo jede Familie ihre Töchter in irgendwelche Dienste schickt, sobald sie alt genug sind, ist es verpönt, in einem Wirtshaus zu arbeiten. Ein richtiges Hotel dagegen, wo man einige Monate lang dicke Trinkgelder einstreicht, gilt als Aufstieg. Es ist auch keine Schande, in einem Restaurant zu arbeiten, doch muß es mindestens ein Restaurant für Geschäftsreisende sein, das ›Cheval-Blanc‹ oder der ›Lion-d'Or‹ zum Beispiel.

Monatelang hat sich meine Mutter in Saint-Saturnin nicht blicken lassen, und eines schönen Tages dann reiste meine Großmutter nach Cherbourg, umsonst, denn ihre Tochter arbeitete weiter als Kellnerin.

Gewöhnte man sich daran? Verzieh man ihr, weil sie größere Geldbeträge schickte als die anderen? Man bekam sie von Zeit zu Zeit zu sehen, an dem gleichen Sonntag, an dem auch ihre Schwestern und ihr Bruder

Lucien kamen, der einzige Junge in der Familie, der zwar einen Schulabschluß hatte, der ihn zu einer Ausbildung berechtigte, nichtsdestoweniger jedoch auf einen Bauernhof in der Umgebung geschickt wurde, kaum daß er fünfzehn Jahre alt war.

Wahrscheinlich werde ich auf all das noch zurückkommen. Ich versuche nur, den Zeitraum in der Geschichte meiner Familie, die meiner Geburt vorausging, so gut ich kann zu rekonstruieren.

Über das Leben, das meine Mutter in Cherbourg führte, hüllten sich ihre Schwestern und alle, die ich gefragt habe, in Schweigen, in ein beredtes Schweigen allerdings.

Eine meiner Tanten hat gesagt:

»Sie hatte das im Blut.«

Ich habe lange gebraucht, bis ich verstand, was sie meinte. Es handelte sich nicht um einen Hang zu einem mehr oder weniger ausschweifenden Lebenswandel, sondern um eine gleichsam angeborene Neigung zu dem Leben, der Atmosphäre in einem Wirtshaus, ich würde sogar sagen, in dieser bestimmten Sorte von Wirtshaus, die man in den großen Häfen findet. Ich könnte schwören, meine Mutter liebte den Geruch dort und die vertrauten Geräusche, die scheinbare Unordnung, diese gewisse Trägheit, die in der Luft, in jeder Bewegung und über dem Leben liegt, dieses »Einkehren«, die Männer, die nirgendwoher kamen und irgendwohin gingen.

Daß sie solche Männer in ihrem Zimmer oben unter dem Dach empfangen hat, steht außer Zweifel, aber das rührte von der gleichen Sehnsucht her, und sie behielt einen klaren Kopf. Ihre Schwestern täuschten sich nicht, als sie behaupteten, sie habe stets gewußt, was sie wollte.

Was sie wollte, das war ein eigenes Wirtshaus, eine Theke, hinter der sie die Wirtin wäre, und ich nehme an, daß sie als Kind auch zur Dorfschenke geschickt wurde, um meinen Großvater abzuholen. Die Frau, die ich nur dick und rund in Erinnerung habe, muß damals in voller Blüte gewesen sein und ganz den Eindruck vermittelt haben, daß sie es mit den vom Alkohol benebelten Männern aufnahm. Bei uns standen Frau und Töchter um den Tisch und bedienten den Vater...

Das ist keine Erklärung. Höchstens ein Fragezeichen am Rande.

Daß diese Neigung meiner Mutter zu dem Leben in einem Wirtshaus in meinen Augen eine Bedeutung hat, liegt daran, daß ich gewissermaßen daraus hervorgegangen bin. Jedenfalls verdanke ich es dieser Neigung, daß ich wider alle Wahrscheinlichkeit Steve Adams heiße und britischer Staatsbürger bin. Das hat auch dazu geführt, daß ich einen Teil meiner Kindheit in einem Ort namens Tattenham Corner verbracht habe, südlich von London, in einem Haus aus schwarzen Ziegelsteinen.

Ich habe nicht zu erfahren versucht, ob der Mann, der Gary Adams heißt, wirklich mein Vater ist, oder ob ihm diese Vaterschaft nur angehängt wurde, weil dies ein Teil der Pläne von Antoinette Nau war, »die wußte, was sie wollte«.

Er trug die korrekte zweireihige, in ihrem Dunkelblau ein wenig triste Uniform der englischen Handelsmarine, und er schipperte, mit Zwischenstation Cherbourg, an Bord eines Schiffes der Cunard – das, glaube ich, *Queen Victoria* hieß – zwischen Southampton und New York hin und her.

Für die Nichteingeweihten war er ein junger Marineoffizier mit blonden Haaren, rosigem Gesicht und schüchternem Auftreten, aber in Cherbourg, wo alle Welt, vor allem in den Hafenschenken, mit den Dingen des Meeres vertraut ist, erkannte man auf den ersten Blick, daß er Zweiter *purser* war, das heißt ein Angestellter, der mit Buchhaltung und Rechnungsführung im Büro des Bordzahlmeisters betraut war.

Ich habe ihn später in Tattenham Corner, wo er in zweiter Ehe lebte, ganz gut kennengelernt, und seitdem hege ich den Verdacht, daß meine Mutter weniger Erfahrung hatte, als es hieß.

Vielleicht täusche ich mich, aber ich bin überzeugt, meine Mutter wollte – anders als so viele Mädchen, die davon träumen – nie einen Marineoffizier heiraten, um dann bei jeder Fahrt in dem hübschen Häuschen auf dem Hügel auf ihn zu warten.

Ich habe später selbst den Atlantik überquert, und ich glaube, dank meinem trauten Umgang mit den kleinen Rädchen der Besatzung eines Ozeandampfers habe ich die Sache begriffen. Neben all denen, die für die Fahrt des Schiffes verantwortlich sind, nämlich Kapitän, Offiziere, Matrosen, Mechaniker, gibt es ein nicht weniger zahlreiches »Hotelpersonal«, das vom Bordzahlmeister über die Oberkellner und Kellner bis zu den Barkeepern und Zimmermädchen geht.

Nun, von Boulogne bis Biarritz sowie im gesamten

Mittelmeerraum findet man eine Menge von kleinen Schenken, Bars oder Restaurants, die von Leuten geführt werden, die sich ihre ersten Sporen in einer Schiffahrtsgesellschaft verdient haben.

Gary Adams gehörte auf der *Queen Victoria* zu diesem Hotelpersonal, auch wenn er keine Speisen auftrug oder in der Bar bediente, und es gab keinen Grund, der dagegen sprach, daß er sich eines Tages mit seinen Ersparnissen selbständig machte.

Es dürfte noch einen viel schlichteren Grund für diese Heirat gegeben haben. Meine Mutter war, wie aus ihren und meinen Papieren hervorgeht, seit einigen Monaten schwanger. War sie sicher, daß Adams der Vater war? Ich bezweifle es, aber ich bezweifle auch, daß sie mit Sicherheit einen anderen Vater hätte benennen können.

Jedenfalls haben sie zwischen zwei Überfahrten geheiratet, in Abwesenheit der Familien Nau und Adams. Trauzeugen waren zwei Freunde meines Vaters und zwei Gäste aus dem Café, in dem meine Mutter arbeitete. Da Adams Anglikaner war und meine Mutter auf dem Papier römisch-katholisch, verzichteten sie auf die Kirche.

Meine Mutter arbeitete weiter, bis sie am Tag meiner Geburt mit einer Droschke ins Krankenhaus gebracht wurde. Mein Vater war zu der Zeit auf hoher See in Richtung New York. In Saint-Saturnin wußte man von nichts, und es dauerte Monate, bis die Wahrheit ans Licht kam.

Es folgte für meine Mutter eine Zeit, die einer bürgerlichen Existenz sehr nahe kam. Sie lebte unweit der

Kathedrale in einer Dreizimmerwohnung, wo sie ihr Mann im Monat für eine Nacht, manchmal Stunden nur, aufsuchte, von den wenigen Tagen Urlaub abgesehen, die er hatte, wenn das Schiff in Southampton einer routinemäßigen Überholung unterzogen wurde. Meine Wiege stand neben dem Eichenbett, und in der Küche gab es einen richtigen Herd, den meine Mutter jeden Morgen ausgiebig putzte, bevor sie, meinen Kinderwagen vor sich her schiebend, zum Markt ging.

Sie spielte Mutter und Ehefrau. War Gary Adams klar, daß das nur ein Spiel war, daß all das nichts Wirkliches an sich hatte?

Er wollte sich mit dem, was er für seine Familie hielt, in dem Vorort von Southampton niederlassen, wo er geboren war und wo seine Eltern lebten.

Meine Mutter bemühte sich ihrerseits, ihn dazu zu überreden, die Cunard zu verlassen und eine Schenke oder einen Gasthof diesseits oder jenseits des Kanals zu eröffnen. Sie hatte einen Trumpf: Adams war der Seefahrt überdrüssig. Nur daß mein Vater im Büro des Bordzahlmeisters nicht für Bewirtung und Limonade zuständig war. Er war nicht geschaffen für menschliche Kontakte, sondern für dicke Kladden, säuberlich eingetragene Zahlen, Buchführung.

Sie hatten sich beide getäuscht, meine Mutter, die ihren Mann hinter eine Theke in Cherbourg oder sonstwo zu zerren hoffte, mein Vater, der glaubte, er könne sich mit seiner Frau und seinen Kindern in einem englischen Vorort niederlassen, wo er dann jeden Morgen mit dem Zug zur Arbeit in einem Büro der Cunard führe.

Wie viele Krisen mögen sie durchgemacht haben? Gab es Szenen, Wortgefechte? Wohl kaum, so wie ich meinen Vater zu kennen glaube, denn er verabscheute Gewalt und jede Form von Spektakel.

Als er eines Tages, einige Monate nach meiner Geburt, an Land ging, traf er in der Wohnung nahe der Kathedrale niemand an. Ich war seit einer Woche in Saint-Saturnin bei meinen Großeltern und Tante Louise, der ich als Puppe herhielt, und meine Mutter hatte in Cherbourg wieder das schwarze Kleid und die Schürze einer Kellnerin angelegt.

Mein Vater besuchte mich mehrmals auf dem Land, erst mit meiner Mutter, dann allein, denn ein Jahr später einigten sie sich darauf, die Scheidung einzureichen.

Mein Vater hatte die Seefahrt aufgegeben und war in den Sitz der Gesellschaft an der Regent Street eingetreten. In dem Restaurant, in dem er einsam seine Mahlzeiten einnahm, traf er ein großes Mädchen, eine Angestellte wie er und einen ganzen Kopf größer.

Geduldig, ohne Getöse, bekam er, was er wollte: eine friedfertige Frau, wohlerzogene Kinder und ein Reihenhaus in Tattenham Corner, und fast dreißig Jahre lang nahm er jeden Morgen zur gleichen Zeit den gleichen Zug mit den gleichen Fahrgästen, um zur Waterloo Station zu fahren.

Ist es nicht verwirrend, daß meine Mutter, »die wußte, was sie wollte«, ihr Ziel niemals erreichte?

Aus Gründen, die ich ihr niemals zu entlocken vermochte, trat sie mit fünfundzwanzig Jahren eine Stelle als Köchin bei einem Untersuchungsrichter an, und das nicht einmal in Cherbourg oder einem anderen Hafenort, auch nicht in Caen oder Paris, sondern in einer ruhigen und farblosen Stadt in der Fremde, in Niort im Departement Deux-Sèvres.

Tante Louise hingegen, die Jüngste, die bekam ihr Gasthaus, ihr Hotel, und sie führt es noch heute, als Witwe von vierundsechzig Jahren, das ›Hôtel des Flots‹ in Port-en-Bessin, wenige Kilometer von Saint-Saturnin, wo sie geboren ist.

Da berühre ich etwas, das mich einmal beunruhigt haben muß, denn ich habe oft die Leute um mich herum beobachtet und sie über das gefragt, was ich die Phasen nennen werde, ich meine die Phasen in der Beziehung einer Person oder eines Paars zur Umwelt.

Nehmen wir zum Beispiel drei Schwestern, die alle in derselben Stadt verheiratet sind und sich gut verstehen. Fast immer gestalten sich die Kontakte zwischen den Familien nach einem unregelmäßigen, nicht vorhersehbaren Rhythmus. Eine Zeitlang sehen sich zwei der Schwestern und zwei der Schwäger mit ihren Kindern ein-, zweimal die Woche an bestimmten Tagen und kümmern sich kaum um die dritte Schwester, und plötzlich, nach Monaten oder Jahren, sind es zwei andere Schwestern, die sich näherstehen.

Und so gibt es für ein Kind, das auf diese Prozesse empfindlicher reagiert als Erwachsene, fast immer eine Phase Tante Clémence, eine Phase Tante Raymonde, dann wieder andere, und jedesmal mit einem neuen Stadtteil als Hintergrund, mit neuen Gerüchen, neuen Bräuchen.

Gilt das später nicht ebenso für die Freundschaften, die grundlos für einige Zeit verblassen, wenn nicht gar gänzlich versiegen?

Wenn das schon für seßhafte Gruppen zutrifft, die ihr ganzes Leben in der gleichen Straße oder gleichen Pfarrgemeinde verbringen, trifft es um so mehr für mich zu, der ich in meiner Kindheit ständig hin und her gerissen wurde.

Ich habe als erstes von der Phase Nau gesprochen, wie ich meine Zeit in Saint-Saturnin nenne, da Barnabé Nau dort in meinen Augen die Hauptperson war.

Von der Phase Cherbourg, den Monaten, die ich abwechselnd in einem Kinderwagen oder einer Wiege verbracht habe, jener Zeit, da meine Mutter in der Nähe der Kathedrale wohnte und mein Vater, sobald die *Queen Victoria* anlegte, zu Besuch kam, kann ich nicht viel berichten, weil ich damals die Welt um mich herum noch nicht bewußt wahrnahm.

Es gibt eine weitere Phase, die ich zwar persönlich nicht erlebt habe, von der ich aber dennoch erzählen möchte, weil ich ihr eine gewisse Bedeutung beimesse: die wahrscheinlich glücklichste Zeit im Leben meiner Mutter, die Zeit vor ihrer Heirat und auch nachher, als sie das schwarze Kleid und die Schürze einer Kellnerin trug.

Warum ist dies das einzige Bild meiner Mutter, die ich in der Folge gut genug kennenlernen sollte, das mich je gerührt hat? Die Frau, die sie später in Niort wurde, in dem behaglichen und etwas dunklen Haus des Untersuchungsrichters Gérondeau, hat mich stets abgestoßen, wie auch ich ihr zuwider war, so daß wir einander zu hassen glaubten.

Ich kenne Leute, die haben Freud gelesen oder haben von ihm gehört, und wenn ich jetzt versuche, mir über einiges klarzuwerden, werden sie vom Ödipuskomplex reden. Das wirkt gelehrt, scharfsinnig, doch letzten Endes ersetzt das nur ein Fragezeichen durch ein anderes, ein Unbehagen durch das andere.

Als kleiner Junge in Saint-Saturnin teilte ich, wie gesagt, mit Louise das Zimmer. Sie war es, deren Leben ich mitbekam, die sich vor mir auszog und ankleidete. Indem ich ihr zusah, entdeckte ich, daß es einen Unterschied gibt zwischen Jungen und Mädchen, und einige Bilder in dem Grau unseres Zimmers haben sich wie Schwarzweißfotografien in meine Netzhaut eingeprägt.

Als ich mir später meine Mutter in Cherbourg vorzustellen versuchte, als ich mich bemühte, einige getuschelte Worte, die ich vernommen hatte, in Bilder umzusetzen, benutzte ich ganz selbstverständlich das Bild von Louise, das ich vor Augen hatte.

Ist es nicht merkwürdig, daß sich Louise den Traum ihrer Schwester erfüllte, indem sie zum Teil die gleichen Mittel einsetzte? In Saint-Saturnin kam es vor, daß sie, wenn ich eingeschlafen war und mein Großvater in seinem Rausch schnarchte, zum Fenster hinausstieg, um zu einem Jungen zu eilen, der sie auf einer Wiese erwartete. In Port-en-Bessin setzte sich das fort, sie kam in Verruf, was sie jedoch nicht daran hinderte, nach dem Tod der Frau des Inhabers zur Wirtin des ›Hôtel des Flots‹ aufzusteigen.

Ich habe es Tante Louise nie verübelt, im Gegenteil, ich fand sie ansprechend, auch sexuell. Sie hatte, was man ein ausgemergeltes Gesicht nennt, eine spitze Nase, und auch ihr Körper war nicht außergewöhnlich, man kann nicht einmal behaupten, daß er schön war. Für mich, der ich unschuldig in dem Halbdunkel lag, stellte er nichtsdestoweniger die Frau schlechthin dar, mit ihrem Geheimnis, ihren Schwächen, ihren blauen Flecken.

Und so stellte ich mir auch meine Mutter in Cherbourg vor, wo sie, eingezwängt in ihr schwarzes Kleid, in einer Schenke die Gäste bediente, und wenn das auch eine ärmliche Romantik war, mit der ich sie umgab, so war es für mich doch eine, und ich war enttäuscht, verärgert, als ich sie in einer ganz anderen Atmosphäre wiedersah, wo sie für einen kalten und pedantischen Herrn die Hausdame spielte.

Zwischen Cherbourg und Niort ist ein Loch, eine Lücke. Es muß sich etwas ereignet haben, etwas recht Schwerwiegendes, daß meine Mutter von heute auf morgen die Zukunft ausschlug, die ihr Traum gewesen war und der sie Gary Adams geopfert hatte.

Niemand hat mir dieses Ereignis enthüllt, weder sie noch meine Tanten. Danach zu fragen, war in der Familie dermaßen tabu, daß ein peinliches Schweigen entstand und jemand verlegen hustete, sobald man darauf anspielte. Die Antwort glaube ich erst vor kurzem erhalten zu haben, und nicht ich bin darauf gestoßen, sondern ein Polizeikommissar in meinem Bekanntenkreis, dem ich davon erzählte, ohne zu sagen, um wen es sich handelte.

»Wann war das, 1913?«

»1913 oder Anfang 1914, ich weiß es nicht genau, jedenfalls vor dem Ersten Weltkrieg.«

Der Kommissar war älter als ich und zu jener Zeit schon im Dienst.

»Wie Sie wissen, gibt es immer wieder, damals wie heute, plötzlich Zeiten, in denen Moral großgeschrieben wird. Dann kassiert die Polizei sämtliche sogenannt ›verworfenen‹ Mädchen. Früher ließ man sie ärztlich untersuchen und registrierte sie...«

Ich habe keinen einzigen Beweis dafür, aber das ist die einzige Erklärung für ihre Flucht aus Cherbourg nach Niort, in den sicheren Unterschlupf des Hauses eines Untersuchungsrichters.

Vielleicht war die Razzia nicht bis Port-en-Bessin gelangt, oder war Tante Louise noch zu jung? Man brauchte sie nicht mehr für mich, und so hatte man sie ziehen lassen. Ich war allein mit meiner Großmutter und meinem Großvater. Ich begann ins Dorf zu gehen.

An den Kriegsausbruch kann ich mich nicht erinnern, auch nicht an meine ersten Schulkameraden. Über meine Mutter hieß es seit ihrer Kindheit:

»Die weiß, was sie will.«

Über mich sagte man jetzt:

»Er sagt nicht viel, denkt sich aber sein Teil.«

Ich hörte auch, daß man mich als »hinterlistig« bezeichnete. Dabei war ich weder hinterlistig, noch dachte ich viel. Ich erfreute mich eher an Bildern, die mir mitunter stundenlang genügten: ein schattiger Fleck unter dem Apfelbaum im Garten des Nachbarn, die flinke Nase eines futternden Hasen, die blaue Schürze meiner Großmutter, wenn sie Wäsche wusch. Vielleicht prägte ich mir alles ein, aber das war unbewußt und ging nicht von gleich auf jetzt, ich analysierte nicht.

Später auf dem Gymnasium hatte ich, ohne ein schlechter Schüler zu sein, größte Mühe, nicht nur die mathematischen, sondern alle abstrakten Begriffe zu erfassen. Ich brauchte Bilder. Mein ganzes Leben ist eine Art Bilderbuch, und wie in einem Fotoalbum gibt es bunte und Schwarzweißbilder.

Saint-Saturnin ist im allgemeinen schwarzweiß, als wären jahrelang der Himmel grau und verhangen, die Straßen schlammig und die Tonne rechts neben der Tür pechschwarz gewesen.

Ein Beispiel mag zeigen, wie ungenau mein Verstand mit Fakten und Zahlen umgeht. Ich bin 1908 geboren, wie meine Papiere bezeugen. 1911 ist mein Vater zum erstenmal nach Saint-Saturnin gekommen, um mich für mehrere Wochen nach England mitzunehmen. Er hatte wieder geheiratet, hatte ein Baby, das damals drei, vier Monate alt gewesen sein muß, und wohnte bereits in dem Haus in Tattenham Corner, in dem er sein Leben lang wohnen sollte.

An diese Reise kann ich mich nicht im mindesten erinnern, und was ich weiß, weiß ich nur aus Erzählungen, vor allem, daß die Frau meines Vaters peinlich berührt war, den ganzen Tag mit einem Kind zusammenzusein, das sich in einer Sprache ausdrückte, die sie nicht verstand.

Das war im Sommer. All meine Aufenthalte in England waren im Sommer, in den Ferien, und deshalb sind meine Erinnerungen an Tattenham Corner und London auch bunt.

Aber davon wollte ich nicht sprechen. Mein Vater blieb für mich ein Seemann, ein Marineoffizier – weil er zur See gefahren war und immer noch für die Cunard arbeitete, vielleicht auch, weil ich eine Fotografie von ihm gesehen hatte, auf der er in Uniform war.

Nun gab es während meiner Kindheit zwei Schiffskatastrophen, welche die Welt erschütterten und in die Geschichte eingingen. Die erste, der Untergang der *Titanic,* fand, ich habe mich vergewissert, im April 1912 statt. Da war ich also vier Jahre alt. Die zweite, die Torpedierung der *Lusitania* – ausgerechnet ein Schiff der Cunard –, geschah während des Krieges, im Mai 1915, als ich sieben Jahre alt war.

Von beiden Katastrophen gab es drastische Bilder, grelle Buntdrucke, Berichte, die geeignet waren, die Phantasie anzustacheln, so zum Beispiel, daß die Musiker weiterspielten und die Offiziere auf ihrem Posten ausharrten, bis das Schiff versank.

Ich war davon so ergriffen, daß ich mir eine Zeitlang meinen Vater nur noch in Uniform und strammer Haltung auf einer von Wellen überfluteten Brücke vorstellen konnte.

In meiner Erinnerung nun verschmolzen die beiden Ereignisse zu einem einzigen, und ich kann nicht sagen, welches mich nun berührt hat, das erste, als ich vier, oder das zweite, als ich sieben Jahre alt war.

Für mich hatte nur eine einzige gewaltige Schiffskatastrophe stattgefunden, und bei der hätte mein Vater gut dabeisein können. Er konnte es um so mehr, als er mich während des Krieges mehrmals in Uniform, wie auf dem Foto, besuchte, allerdings nicht mehr in der eines *purser* der Cunard Line, sondern in der Uniform der Marine Seiner Majestät.

Er erlitt tatsächlich Schiffbruch, 1916 oder 1917, unweit der norwegischen Küste, wurde an Bord eines Lazarettschiffs nach Schottland gebracht, und als ich ihn drei, vier Monate später besuchte, war er noch auf Genesungsurlaub und humpelte an zwei Krücken.

Wenn ich mich nicht irre, war ich während des Kriegs dreimal in Tattenham Corner, einmal sogar recht lange, zu der Zeit, als ich anfing, Englisch zu sprechen, weil ich nun dort zur Schule ging.

In Frankreich hatte Onkel Lucien den Bauernhof verlassen, auf dem ihn seine Eltern untergebracht hatten, und hatte sich bei der Armee gemeldet, und ich erinnere mich an seine azurblaue Uniform.

Mein Großvater, der nicht einberufen worden war, bekam mehr Arbeit angeboten, als er bewältigen konnte, und auf vielen Höfen mußten die Frauen für die schweren Arbeiten einspringen.

Zu jener Zeit, gegen 1915 oder 1916, heiratete Tante Clémence, die Älteste, die bei dem Arzt in Cherbourg angestellt war, einen Arbeiter der Schiffswerften.

Warum hat man mich von Saint-Saturnin weggeholt und mich ihr anvertraut? Das Ganze kam brieflich zustande und ganz geheimnisvoll, weil meine Mutter Niort so gut wie nie verließ. Ging es vielleicht um schulische Dinge? Oder lag es daran, daß mein Großvater immer mehr trank und man allmählich Angst vor ihm bekam?

Clémence lebte nur für ihr Daheim, ihr Zuhause, das so genau wie möglich dem entsprechen sollte, was sie sich unter einem Zuhause vorstellte. Das Haus war konventionell, eine Art Spielzeug oder ein Haus aus einem Katalog, und es stand in einer neuen Straße am Ausgang der Stadt. Ich sehe vor allem noch das Küchenbuffet aus Kiefernholz vor mir, das sie sich von einem Tischler in der Nachbarschaft hatte anfertigen lassen, und die Emaildosen, die in den Regalen thronten und auf denen in großen Buchstaben »Mehl«, »Salz«, »Gewürze«, »Kaffee« usw. stand.

Als sie schwanger war, trug sie ihren dicken Bauch stolz vor sich her und machte ein Gesicht wie im siebten Himmel, und von Zeit zu Zeit durfte ich meine Hand auf ihr geblümtes Baumwollkleid legen.

»Merkst du? Er bewegt sich! Das ist dein kleiner Vetter, er sagt dir guten Tag.«

Ihr Gatte, der Pajon hieß, Louis Pajon, und schon bald Vorarbeiter wurde, war ein kleiner, schlanker Mann, aber zäh und muskulös. Seine Abende verbrachte er damit, im Haus herumzubasteln, und er ging nur am Sonntagnachmittag zum Fußballmatch.

Das Kind kam zur Welt, ein Junge, wie meine Tante vorausgesagt hatte. Die Geburt fand im Haus statt, nur die Hebamme war dabei, denn man hatte keine Zeit gehabt, den Arzt zu rufen, und ich konnte alles durch die Tür hören.

Meine Mutter kam für drei, vier Tage nach Cherbourg. Wir beobachteten einander, ohne es uns anmerken zu lassen, aus den Augenwinkeln, und aus diesen Tagen rührt auch meine Überzeugung, daß sie mich nicht liebte.

Ich habe meine Meinung in der Folge nicht geändert. Ich glaube, wir waren beide enttäuscht. War es meine Schuld? Möglich. Ich hatte mir gewünscht, sie sei rührend, unordentlich, so wie ich sie mir in ihrer Schenke vorgestellt hatte und wie ich Tante Louise kannte. Statt dessen erschien sie mir in ihrer Selbstsicherheit wie ein Klotz, ein Monolith, und ich nahm es ihr übel, daß sie sich geändert hatte.

Kaum bei ihrer Schwester eingetroffen, die noch bettlägrig war, nahm sie alles in die Hand, eine Frau, die nichts anderes gewohnt ist und weiß, wie tüchtig sie ist. Damals trugen die Frauen noch lange Kleider. Es waren die letzten, und meine Mutter trug darunter ein steifes Korsett, einen wahren Panzer, der mir jegliches Verlangen raubte, mich in ihre Arme zu werfen.

Ich sehe auch noch die goldene Uhr, die sie an einer Halskette trug und die bei meinem Onkel Pajon Bewunderung auslöste, denn das war ein Schmuckstück, das man sich in seiner Welt frühestens leistete, wenn man die Hälfte des Lebens hinter sich hatte.

Sie schaute sich meine Hefte, mein Zeugnis an. Dann sprach sie mit meinem Onkel und meiner Tante über meine Zukunft, ohne mich nach meiner Meinung zu fragen.

Kann es sein, daß sie mich doch auf ihre Art liebte und daß nur ich mich als schlechter Sohn erwies?

Ich hatte mir von dem Haus in Niort, das ich noch

nie gesehen hatte, ein Bild gemacht, und aufgrund des Wortes »Richter« und der Adresse, Place de la Brèche, stellte ich mir ein großes, quadratisches Gebäude vor aus grauem Stein mit einem Portal, einem schmiedeeisernen Tor und Fenstern, so groß wie in einer Kirche, hinter denen das Arbeitszimmer des Richters lag, und überall, selbst auf der Treppe, waren rote Teppiche.

Ich hatte eine meiner Tanten sagen hören:

»Zehn große Zimmer für gerade zwei Personen. Ein Glück, daß Antoinette eine Putzfrau hat, die ihr hilft.«

Ich war nur an das Häuschen in Saint-Saturnin gewöhnt, wo sich das Leben auf engstem Raum abspielte, und so stellte ich mir vor, wie meine Mutter und der Richter durch leere Räume und riesige Flure irrten wie in einem Rathaus.

Hatte meine Mutter dem Richter meine Existenz verheimlicht und sie ihm erst später enthüllt? Oder hatte er Gründe, mich nicht sehen zu wollen? Ich weiß es nicht. Auf Fragen, die uns nur ganz am Rande interessieren, wissen wir gesicherte Antworten, und bei den Dingen, die uns unmittelbar berühren, sind wir oft auf Vermutungen angewiesen.

Ich könnte die Lücken mit solchen Vermutungen ausfüllen, aber ich verzichte darauf und lasse lieber Monate, sogar Jahre aus. So habe ich auch nichts von der Schule in Saint-Saturnin erzählt, weil sie für mich nur aus blauen Kitteln, Geschrei auf dem Schulhof, in dem ein einsamer Baum emporragt, und einer Lehrerin mit Mundgeruch besteht, die mich, vermutlich wegen meines ungläubigen Großvaters, auf der Latte hatte.

Der Hof der Volksschule von Cherbourg war ganz aus Stein, ebenso der Boden in den Klassenräumen. Es gab keine Bäume, sondern Gitter, und bei den Prüfungen war ich meist Fünft- oder Sechstbester.

Tante Clémence bekam während meines Aufenthalts noch ein weiteres Kind, ein Mädchen diesmal. Da ich jedoch größer geworden war, durfte ich nicht mehr die Hand auf ihren Bauch legen.

Zucker, Schokolade und andere Nahrungsmittel waren rationiert. Der Krieg, das war für mich im wesentlichen das Bild meines Vaters in der Uniform der britischen Marine, meine Aufenthalte in Tattenham Corner, wo meine Stiefmutter ihr drittes Kind erwartete, und Lucien in Azurblau, der bei seinem letzten Urlaub Pfeife rauchte.

Nach Saint-Saturnin bin ich zum letztenmal nach dem Waffenstillstand gefahren, denn dort gab es gegenüber dem Rathaus ein Kriegerdenkmal mit einem Stein, in den zwölf Namen eingraviert waren, und einem Bronzesoldaten, der sein Gewehr anlegte.

Mein Großvater hatte sich noch nicht erhängt. Ich war zwölf Jahre alt, als sich diejenigen, die über mein Schicksal entschieden, brieflich darauf einigten, daß ich in den großen Ferien erneut zwei Monate in England verbringen sollte.

Tante Clémence vertraute mich einem Schiff der Cunard an, und meine Stiefmutter erwartete mich mit ihren drei Kindern, von denen das älteste nur zwei Jahre jünger war als ich, auf der anderen Seite des Kanals, in Southampton.

Wir stiegen zusammen in den Zug, den ich allmählich kannte, und am Abend stieß mein Vater, der sich einen roten, zahnbürstenähnlichen Schnurrbart hatte wachsen lassen, in Tattenham Corner zu uns.

3

Während meine früheren Aufenthalte in Tattenham nur wenig Spuren in mir hinterließen, ist mir dieser noch sehr lebhaft und in manchen Punkten ganz genau in Erinnerung. Der erste Blick meines Vaters zum Beispiel, und das unmerkliche Stirnrunzeln, bei dem sich seine fuchsroten Augenbrauen in die Höhe zogen. Er reichte mir die Hand und sagte:

»Welcome, my boy.«

Willkommen, mein Junge. Erst später, als ich Wilbur hörte, erfuhr ich, was ich hätte antworten müssen: *Thank you, Sir.*

Wilbur nannte nämlich wie die meisten englischen Jungen seinen Vater *Sir,* und es fiel mir nicht schwer, seinem Beispiel zu folgen.

Weshalb machten die Mädchen, Nancy und Bonnie, eine Ausnahme und nannten ihn *daddy?* Ich habe mich nicht getraut, danach zu fragen, denn das war kein Haus, in dem Kinder Fragen stellten.

Ich teilte das Zimmer mit Wilbur, und am Abend meiner Ankunft hörte ich meinen Vater und meine Stiefmutter im Nebenzimmer lange miteinander tuscheln, als erörterten sie ein wichtiges Problem. Tatsächlich führte man mich am nächsten Morgen in ein Konfektionsgeschäft, nicht in London, sondern in Tattenham, das ich in der Kleidung der jungen Engländer meines Alters, meines Milieus – ich meine das Milieu meines Vaters – wieder verließ: graue Knickerbocker über Strümpfen mit Rautenmuster, ein Jackett von der gleichen Art, wie es Männer trugen, das meine schmalen Schultern noch betonte, eine gestreifte Krawatte und eine flache Mütze.

Am Nachmittag, mein Vater war nach London in sein Büro gefahren, stiegen wir in die Straßenbahn, die uns an die Stadtgrenze, fast aufs Land brachte. Dort sahen wir Wälder, eine weite, zu einem Sportgelände umgewandelte Wiese und einen Fluß, an dem man Boote leihen konnte.

Sämtliche Jungen und sämtliche Mädchen, fast alle in meinem Alter oder jünger, kannten sich. Sie bildeten Gruppen, und die meisten Spiele waren Spiele mit Regeln, Mannschaftsspiele.

All das fiel mir auf, obwohl meine Tanten seit einiger Zeit behaupteten:

»Steve ist alles gleichgültig.«

Dieses Wort habe ich im Laufe meines Lebens oft zu hören bekommen, von meinen Mitschülern auf den verschiedenen Schulen, die ich besucht habe, von meinen Lehrern und auch später unter dramatischen Umständen.

»Er interessiert sich für niemanden.«

Oder auch:

»Er ist verschlossen.«

Dabei bin ich überzeugt, daß ich meiner Umgebung gegenüber nie gleichgültig war. Im Gegenteil, ich würde mich eher, und das ist kaum übertrieben, als zartbesaitet bezeichnen.

In Tattenham begriff ich nach und nach, was mir bislang entgangen war. Das Stirnrunzeln meines Vaters bei meiner Ankunft galt meinem Aussehen, meiner Kleidung, die nicht dem Milieu entsprach, in dem ich einige Wochen verbringen sollte. Da ich sein Sohn war und unter seinem Dach lebte, mußte ich wie die anderen sein, und deshalb war man mit mir in das Konfektionsgeschäft gegangen.

Vieles ist mir im Laufe dieses Aufenthalts aufgefallen, und es würde zu weit führen, alles aufzuzählen, vor allem, da es sich in den meisten Fällen um belanglose Dinge oder schlichte Bilder handelt, die nur für mich wichtig waren.

So nahm mein Vater zum Beispiel fast sofort drei Tage Urlaub und widmete sich mir am ersten Tag voll und ganz, was ziemlich ungewöhnlich ist in einem Land, in dem, wie ich allmählich merkte, das Verhältnis zwischen Vater und Sohn eher distanziert und fast förmlich ist.

Wir ließen Wilbur bei seiner Mutter und seinen Schwestern zurück und gingen zum Bahnhof, wo wir gemeinsam in einem Abteil zweiter Klasse Platz nahmen. Das war der Zug, mit dem er jeden Tag fuhr, und die Leute, die um uns herum ihre Zeitung lasen, waren die gleichen Passagiere wie sonst. Da jeder eine Art Stammplatz hatte, mußte ich stehen, was allen nur natürlich erschien, war ich doch sozusagen überzählig. Man grüßte einander zwar diskret, einige so diskret, daß es kaum zu sehen war, doch es wurde kein Wort gesprochen.

Vor allem dieser Fahrt ist es zu verdanken, daß ich

mich mit einer gewissen Rührung, aber auch mit etwas Ironie an meinen Vater erinnere.

Er gehörte – ich übersetze das englische Wort *to belong* –, er gehörte, sagte ich, zu diesem Abteil, in dem jeden Tag zur gleichen Stunde Leute nach London fuhren, Leute aus der gleichen Schicht wie er, mit vergleichbaren Berufen, Leute, die eine ähnliche Familie in einem ähnlichen Haus zurückließen. Jeden Morgen auf der Hinfahrt, jeden Abend auf der Rückfahrt grüßten sie einander fast so zurückhaltend wie Freimaurer.

Mein Vater hatte seinen freien Tag, und nichts zwang ihn, seinen täglichen Zug zu nehmen. Hätten wir nicht, wenn er mich schon nach London ausführen wollte, ebensogut einen früheren oder späteren Zug nehmen können?

Ich habe das erst später, als Erwachsener, verstanden. Ich lebte auf dem Kontinent, und schuld daran war nur er. In seinen Augen lag es nämlich an ihm, daß ich nicht das Leben führte, auf das ein Adams von Natur aus Anspruch hatte.

Deshalb, um das Unrecht, das mir widerfahren war, ein wenig auszugleichen, hatte man mich als Adams eingekleidet, und heute wurde ich gewissermaßen in die Gesellschaft eingeführt. Wortlos zwar, aber Worte waren nicht nötig.

Ich sehe noch die Stationen vorbeiziehen: Tadworth, Kingswood, Chipstead, dann Purley Oaks, South Croydon, Norwood Junction. Ich höre noch das Rascheln der Zeitungen, von Zeit zu Zeit flammt ein Streichholz auf, und dann plötzlich, in einer vom Lärm der Lokomotiven und der aneinandergekoppelten

Waggons erfüllten Halle, das hektische Aufspringen und Drängeln dieser eben noch so ruhigen Männer, eine Herde, die unaufhaltsam zum Ausgang strebt, das Tageslicht, die Busse mit Oberdeck, die verstopften Bürgersteige.

Ich glaube nicht, daß sich mein Vater dessen bewußt war, aber ich bin überzeugt, der er intuitiv das Bedürfnis verspürte, mich wenigstens einen Vormittag lang an seinem täglichen Leben teilhaben zu lassen und aus dem Fremden oder Halbfremden, der ich war, einen Augenzeugen zu machen. Und ich bin gar nicht so sicher, ob er mir nicht ein gutes Beispiel geben und in mir den Wunsch erwecken wollte, eines Tages den gleichen Weg zu gehen, den er gegangen war.

Ich habe über ihn nachgedacht. Immer wieder, in jedem Alter, über ihn nachgedacht, und ich habe von Zeit zu Zeit meine Meinung geändert, und auch meine heutige Ansicht ist nicht unbedingt endgültig. Ich habe vorhin ein gewisses Unbehagen meines Vaters mir gegenüber erwähnt. Heute würde man das einen Schuldkomplex nennen. Es ist so gut wie sicher, daß meine Mutter, der er in einer Schenke im Hafen von Cherbourg begegnete, für Adams die Sünde darstellte. Er war ihren Reizen erlegen. Ich vermute, daß ihm das nur selten passiert war, und es würde mich nicht überraschen, wenn es das einzige Mal gewesen wäre.

Da dieser Sündenfall nicht folgenlos blieb, hatte er sein *punishment,* seine Strafe, akzeptiert (wenn es um meinen Vater geht, erscheint mir das englische Wort stets passender). Er war nicht unbedingt naiv. Er wußte wohl, daß meine Mutter keine Jungfrau mehr war, als er sie kennenlernte. Es konnte sein, daß ich sein Sohn war, gewiß, aber ich konnte ebensogut der Sohn von jemand anders sein.

Nichtsdestoweniger hatte er widerspruchslos in die Heirat eingewilligt. Er büßte. Und er hätte weiter gebüßt, wenn ihm meine Mutter nach England, in das kleine Haus in Tattenham Corner, gefolgt wäre.

Eigentlich hatte er Glück, denn ohne sein Zutun sorgten die Ereignisse dafür, daß die Dinge wieder ins Lot kamen.

Abgesehen von mir, der ich im Grunde weder auf der einen noch auf der anderen Seite des Kanals vollkommen heimisch war, weder bei ihm noch bei meiner Mutter.

Und es war sein *punishment,* mich nach Tattenham kommen zu lassen und die Anwesenheit eines fremden Elements in einem Haus zu dulden, in dem sonst nichts aus dem Rahmen fiel.

Vielleicht täusche ich mich, und wenn, wäre es nicht weiter wichtig. Ich glaube, ihn trieb auch ein gewisser Stolz, als er mich an seiner Seite seine tägliche Reise nachvollziehen ließ, als wir in die Menschenmenge am Trafalgar Square tauchten und als er auf das prächtige Gebäude der Cunard Line am Ende der Regent Street zeigte.

Auch da gehörte er dazu, er hatte teil an ihrem Ruhm und ihrer Macht, so wie er auch an der Macht *seiner* Kirche – nicht irgendeiner, sondern *seiner* Kirche, der Kirche in der Sutton Street in Tattenham Corner – und an dem Prestige seines Golfclubs teilhatte.

Ich sehe ihn noch, wie er einen Flügel der mit nüchternen Goldlettern beschrifteten Glastür aufstieß. Die Kunden standen bereits vor einer langen Theke. Mehrere Schlangen hatten sich gebildet, eine vor jedem der Angestellten, die auf der anderen Seite saßen.

Sie saßen auf hohen Stühlen und waren von Fahrkartenblöcken, Fahrplänen, Siegeln und Stempeln umgeben.

Nicht anders als im Zug wurde höchstens ein stummer Gruß gewechselt. Dabei waren das die Kollegen meines Vaters, die auf diesen hohen Stühlen saßen. Der dritte Stuhl in der Reihe war seiner, wie er mir mit einem Wort, einer Handbewegung bedeutete.

»Mine!«

Die Julisonne schien breit durch die großen Fenster. Wäre ich älter, erfahrener gewesen, hätte ich den Humor dieser Handbewegung, dieses einen Worts genießen können.

Dieser kleine, magere und korrekte Mann mit dem rötlichen, dicht über der Oberlippe gestutzten Schnurrbart hatte es mit ruhiger, stummer Energie vermocht, dem Schicksal einer Kneipen- oder Gasthaustheke zu entgehen, das ihm meine Mutter bescheren wollte.

An diesem Morgen zeigte er mir mit entwaffnender Schlichtheit *seinen* Lebenstraum, eine andere Theke, eine aus dunklem Mahagoni, hinter der sie zu sechst in einer Reihe saßen und die Fahrkarten für die Überfahrt nach Amerika ausstellten.

Er forderte mich nicht auf, durch das Türchen zu gehen, das die normalen Sterblichen von dem Allerheiligsten trennte. Ich bekam nicht zu sehen, was hinter der

Trennwand mit den Scheiben aus Mattglas, geschweige denn hinter der Tür mit der Aufschrift *Private* geschah. Wir blieben in der Halle, wo mein Vater erst mit dem Finger auf ein Wandgemälde zeigte (eine Weltkarte mit den gestrichelt dargestellten Routen der Cunard), dann auf die Modelle sämtlicher Schiffe der Gesellschaft, die wie Statuen in einem Museum hinter Glas auf Sockeln standen.

Ich glaube, er war fröhlicher Stimmung, höchstens mit einer Spur Nostalgie. Er führte mich durch sonnige Straßen, in denen es bereits warm wurde, zu der weißgoldenen Fassade eines Restaurants namens ›Lyons‹, und das Gesicht der Kellnerin, die auf uns zutrat, verriet, daß sie ihn gut kannte. Aber es war noch zu früh. Er konnte seinen gewohnten Lunch noch nicht bekommen, wie er selbst bemerkte, und er bestellte statt dessen Tee und Toast mit Orangenmarmelade.

Das muß ein Festtag in seinem Leben gewesen sein, denn er kam von einer unerwarteten Idee auf die andere, und wahrscheinlich hat Wilbur, mein Halbbruder, zwei, drei Jahre danach das gleiche erleben können und später, als sie alt genug waren, Nancy und Bonnie auch.

Wir besichtigten die Westminster Abbey, wo der Schatten so köstlich war wie Limonade und wo mein Vater wortlos mit dem Finger auf die Namen der Persönlichkeiten deutete, die auf die Sockel der Statuen, manchmal auch auf die Grabsteine zu unseren Füßen graviert waren.

War es an jenem Tag wirklich ungewöhnlich heiß für

Anfang Juli? Im Gedächtnis geblieben ist mir ein ständiger, immer rascherer Wechsel von Sonne zu Schatten, von Hitze zu Kühle, die ich begierig in mich aufnahm, ein ständiger Wechsel auch zwischen lärmendem Gedränge und beschaulicher Stille leerer Säle.

Wir standen auf dem Steg einer Anlegestelle Schlange, nahmen ganz vorn auf einem weißen Schiff Platz, das die Themse bis zum Tower hinabfuhr, während uns ein Führer auf die Baudenkmäler und ankernden Schiffe aufmerksam machte.

Wollte sich mein Vater, da ich nun alt genug war, mit einem Schlag all seiner Verpflichtungen entledigen? Oder war es nur das Bedürfnis, mich an seiner Begeisterung teilhaben zu lassen? Oder hielt er womöglich die Zeit für gekommen, mir ein für allemal Anschauungsunterricht zu erteilen?

Wir besuchten den Tower, und auch dort lauschten wir andächtig den Erläuterungen des Führers. Ein roter Bus brachte uns in die Innenstadt zurück, und dort setzten wir uns auf Hocker, die im Boden verankert waren, und aßen Sandwiches, die für mich nach Staub schmeckten.

Das Ende des Tages ist mir ein wenig konfus im Gedächtnis, ich habe vor allem den Eindruck müder Muskeln und nervlicher Anspannung zurückbehalten. Ich erinnere mich noch an meine schweren Beine, als wir die endlosen Treppen des British Museum hochstiegen, und auch, daß mir von dem ewigen Hin und Her zwischen Sonne und Schatten und dem ständigen Betrachten der Dinge, die mir mein Vater zeigte, die Augen weh taten.

Ich weiß nicht mehr, ob ich Hunger hatte oder Durst oder einfach nur das Bedürfnis, mich hinzulegen und zu schlafen. An die Rückfahrt, bei der die meisten Gesichter vom Vormittag wieder um uns waren, kann ich mich zwar noch erinnern, ich habe jedoch keine Ahnung, wie das Abendessen verlief.

Ich geniere mich ein wenig, den Vorfall zu erzählen, der sich am nächsten Tag ereignete, weil ich nicht sicher bin, wie es dazu gekommen ist. Ich weiß, daß wir mit der Straßenbahn aufs Land gefahren sind, und ich nehme an, daß mein Vater seinen Golfclub aufgesucht hat, denn in meiner Erinnerung war er nicht bei uns, obwohl er Urlaub hatte.

Meine Stiefmutter, die mir gegenüber, wie ich betonen möchte, stets nett und geduldig war, muß wie so oft zu mir gesagt haben: »Warum spielst du nicht mit den anderen?«

Nun, mich unter eine dieser Gruppen zu mischen wäre nichts anderes gewesen, als tags zuvor einem der in die *Times* vertieften Fahrgäste eine Geschichte zu erzählen.

I did not belong. Ich »gehörte« zu keiner dieser Gruppen. Nicht weil ich gleichgültig oder verschlossen war, wie es hieß, sondern weil diese Gruppen außerhalb von mir existierten. Vielleicht kann ich in der Folge besser erklären, was ich meine. Im Augenblick geht es um meinen Vater und um Wilbur, und was sich nach unserer Rückkehr ereignete, war für mich ebenso wichtig wie meine Erfahrungen vom Vortag.

Wilbur, er »gehörte« dazu, er spielte mit den andern. Ich sah von weitem, wie er vergnügt um die Boote herumstrich, die auf dem Fluß trieben und von Zeit zu Zeit anlegten, um andere Ruderer aufzunehmen.

Wenn ich mich nicht irre, war da eine Geschichte mit einem Ruder, das Wilbur ins Wasser warf, weil man ihn nicht mit ins Boot steigen ließ. Seine Mutter sprach mit ihm darüber. Kurz. Ohne laut zu werden. Dennoch schaute Wilbur auf dem Rückweg furchtsam und mürrisch drein.

Eine Unterredung zwischen meinem Vater und meiner Stiefmutter habe ich auch nicht mitbekommen, aber mein Vater ist bestimmt über das Vorkommnis unterrichtet worden, und das kann nur vor dem Abendessen gewesen sein.

Während der Mahlzeit wurde kein Wort über den Vorfall gesprochen. Erst danach sagte mein Vater, der es sich nach dem Essen normalerweise in seinem Sessel bequem machte, zu Wilbur:

»Hol den Stock.«

»Ja, Sir.«

Nancy, die acht Jahre alt war, und Bonnie, die fünf war, haben der Zeremonie wortlos zugeschaut, und ihre Augen drückten weder Überraschung noch Furcht oder Mitleid aus.

Ich stand neben dem nicht abgedeckten Tisch und sah, daß Wilbur seinem Vater einen Rohrstock reichte, den er aus dem Schirmständer geholt hatte, und daß er leicht zitternd, mit einem unmerklichen Zögern, seine Hosen herunterließ und sein nacktes Hinterteil zeigte.

Mein Großvater Nau hat mich bisweilen verprügelt, wenn er betrunken war. Auch Tante Louise hat er mehr als einmal mit einer fürchterlichen Ohrfeige zu Boden geworfen, und ich habe gehört, daß selbst meine Großmutter nicht vor Schlägen sicher war und deswegen zwischen der Geburt zweier Töchter einmal eine Fehlgeburt hatte.

Adams hingegen war nicht wütend. Er hatte nicht getrunken. Ruhig, fast bedächtig, versetzte er Wilbur drei wohldosierte Schläge, dann gab er ihm den Stock zurück und sagte, bevor er nach seiner Zeitung griff: »Du mußt lernen, dich immer wie ein Gentleman zu verhalten.«

In Saint-Saturnin hat mich meine Großmutter zuweilen heimlich in die Kirche mitgenommen. Es war dunkel dort. Alte oder nicht mehr ganz junge Leute mit gramzerfurchtem Gesicht und mehr oder weniger geschundenem Körper schwitzten vor einigen Kerzen, zu Füßen einer Gipsmadonna ihre Verzweiflung aus.

Auch in Cherbourg bin ich in die Kirche gegangen, sonntags, mit Tante Clémence und meinem Onkel. Wir nahmen am Hochamt teil, und um Punkt zehn Uhr brandete über unseren Köpfen die Orgel auf, meine Tante trug ihr marineblaues Kostüm, darunter eine weiße Seidenbluse, und sie trug zur Feier des Tages immer ein wenig Parfüm auf. Alle Welt, Frauen, Männer, Kinder, waren sonntäglich gekleidet, im Frühling sah man lustige, mit bunten Blumen, Kirschen und leichten Federn geschmückte Hüte, im Winter hingegen Pelzkragen, und auch die Ärmel der taillierten Mäntel hatten einen Pelzbesatz.

Es war ein feierlicher Moment, wenn wir die Stufen zur Kirche hinauf- und nach der Messe unter den Blicken aller wieder hinunterstiegen.

Mit meinem Vater, meiner Stiefmutter, Wilbur und meinen beiden Halbschwestern ging ich in der Ziegelsteinkirche an der Sutton Street zum Gottesdienst, und das war wieder anders. Nicht nur, weil wir hier in einer anglikanischen Kirche waren. Ich kann das nur mit der Atmosphäre in dem Zug vergleichen.

Die Leute ringsum, die die gleichen Gebete murmelten und die gleichen liturgischen Lieder anstimmten, grüßten einander nicht, gaben sich weder vorher noch nachher die Hand.

Und dennoch spürte man, daß sie weniger um ihres Glaubens willen gekommen waren, als um zu betonen oder zu spüren, daß sie zur Gemeinschaft gehörten.

Jeder für sich war ein Individuum, jede Familie eine Familie, aber wenn sie zwischen den Mauern dieser Kirche versammelt waren, bildeten sie eine Gemeinschaft.

Ich erinnere mich, daß ich Gesichter sah, die wie abstrakt wirkten, als hätten sie für eine Weile ihre Individualität verloren, und daß ich mich fragte, was wohl geschehen würde, wenn plötzlich jemandem, einem Erwachsenen, eine ähnliche ungebührliche Handlung unterliefe wie Wilbur, als er das Ruder seines Freundes ins Wasser geworfen hatte.

Es hätte mich damals nicht einmal überrascht, wenn sich der Priester umgewandt und den Missetäter mit nüchterner, fester Stimme aufgefordert hätte:

«Holen Sie bitte den Stock.«

To belong.

Dazugehören. Ich habe es versucht. Mehrmals dachte ich, ich hätte es geschafft. Es ist nicht meine Schuld, wenn ich in diesem Punkt heute meine eigene Auffassung habe, und die ist alles andere als ermutigend.

Im Oktober ging ich in Caen, nicht etwa in Cherbourg oder Niort, zum erstenmal aufs Gymnasium. Ich wunderte mich nicht, als ich einmal mehr Tante, Haus und Bräuche wechseln mußte. Selbst heute erscheint mir das nicht außergewöhnlich. Clémence hatte zwei Kinder und erwartete ein drittes. Da war es nur verständlich, daß Pajon nicht darauf erpicht war, obendrein einen Jungen unter seinem Dach zu beherbergen, der ihm nichts bedeutete.

Auch Tante Béatrice in Caen, die zweite Schwester meiner Mutter, hatte Kinder, drei Töchter, die so blond und rosig waren wie ihr Vater dunkel, aber ich glaube zu wissen, warum sie mich aufgenommen haben. Der Mann meiner Tante hieß Adrien Lange. Meine Tante hatte ihn in der Bäckerei kennengelernt, wo er zu der Zeit, als sie eingestellt wurde, um im Laden zu helfen, als Kommis tätig war. Sie war damals gerade sechzehn, und es hat den Anschein, als hätte sie in ihrem Leben nur einen Mann gehabt.

Drei Jahre lang »gingen« sie miteinander und legten ihre Ersparnisse zusammen. Für sie beinhaltete das Wort »Heirat« vor allem die Bäckerei, mit der sie sich eines Tages selbständig machten.

Ich habe von dieser Geschichte gehört, ohne ihr Beachtung zu schenken. Eine Tante von Lange hatte ihr Hab und Gut mit einer Hypothek belastet, um ihm das Grundkapital vorzustrecken, und den Rest erhielt er von einem Mehllieferanten. Anscheinend spielt sich das immer so ab, wenn junge Leute ein Geschäft aufbauen. Sie unterzeichnen eine gewisse Zahl von Schuldscheinen mit dieser oder jener Laufzeit, und dann brauchen sie Jahre, um ihre Schulden abzubezahlen.

Lange war ein zuverlässiger, eifriger Mensch. Ich sehe ihn noch, wie er in der Backstube hinter dem Laden stand, groß, kräftig, stiernackig, das Gesicht weiß vor Mehl, und in all der Zeit, die ich bei ihnen wohnte, stand er wochentags wie sonntags stets um drei Uhr morgens auf, um den ersten Schub vorzubereiten.

Dort habe ich auch zum erstenmal von Juristen sprechen hören.

Anscheinend hatte Lange die Verträge, die er unterschrieben hatte, nicht sorgfältig genug gelesen, und nun verlangte man von ihm die Zahlung einiger Wechsel zu cinem viel früheren Termin, als er gedacht hatte. Zudem hatte er die Zinsen und den Zinseszins falsch veranschlagt, was dazu führte, daß er Tag und Nacht in einem gutgehenden Geschäft arbeitete, ohne auf einen grünen Zweig zu kommen.

Während ich in England war, hatte Tante Béatrice meine Mutter in Niort besucht, und meine Mutter hatte ihre Ersparnisse geopfert, um einen Teil der Wechsel zurückzukaufen, so daß sie zur Miteigentümerin der Bäckerei wurde.

Ich nehme an, das war der Grund, weshalb sie mich der Familie Lange anvertraute. Die Atmosphäre in der Bäckerei gefiel mir sofort, die Glocke an der Tür, die alle naslang bimmelte, der warme Geruch des frischen

Brots und der Kuchen, die honigsüße Miene, die meine Tante aufsetzte, und auch die gewisse Unordnung, die dort, wie in allen kleinen Geschäften, in denen man sich nach den Kunden richten muß, vor allem während der Essenszeit herrschte.

Das Gymnasium stieß mich trotz seines finsteren Aussehens und des Gewimmels von Schülern, die fast alle größer waren als ich, nicht ab.

Kurzum, ich habe mich nie gegen die Außenwelt aufgelehnt, und ich glaube, ich habe niemanden gehaßt. Ich war auch auf niemanden böse, und so merkwürdig es nach allem, was ich bislang gesagt habe, klingen mag: Ich habe für meine Umgebung fast immer Sympathie empfunden, sofern man unter Sympathie nicht Gemeinschaft oder Übereinstimmung versteht. Ich sage das ganz leidenschaftslos. Ich bemühe mich, meine Worte abzuwägen, keine Tabuwörter zu benutzen, gewisse Gedanken vorsichtig anzutippen. Vielleicht werde ich eines Tages erklären, weshalb.

Nicht nur, daß ich niemals feindselig war, auch teilnahmslos war ich nur selten. Ich würde fast sagen, ich war einfach nur eigenartig, aber auch dieses Wort erscheint mir zu stark.

Dennoch möchte ich ein Bild meiner Gefühle in den verschiedenen Welten vermitteln, in die ich der Reihe nach geraten bin. Von nun an handelt es sich nämlich nicht mehr um meine mehr oder weniger lebendige Kindheit, sondern um Zeiten, die ich präzise im Gedächtnis habe, um Ereignisse, die ich im vollen Bewußtsein meiner Stellung gegenüber meinen Mitmenschen und meiner Kontakte mit ihnen erlebt habe.

Schon in frühster Kindheit, so weit ich auch zurückblicke, zum Beispiel, wenn ich auf der blauen Steinschwelle neben dem Faß saß, gab es eine Tageszeit, vor der ich mich fürchtete, deren unaufhaltsames Nahen mir angst machte: das war die Stunde, wenn die Sonne langsam am Horizont versank, wenn man über der Erde nur noch einen dunkelbraunen Streifen sah und die ganze Welt plötzlich stehenzubleiben schien.

Das Licht kam nirgendwoher, und doch war es überall, grau und kalt, ohne Glanz, und die Apfelbäume des Obstgartens warfen keinen Schatten mehr.

Die kleinen Wolken am Himmel erstarrten, ebenso die Blätter, Zweige und Grashalme, und der lautlose Flug eines Vogels war schon wie eine Entweihung.

Die Nacht sank unerbittlich hernieder, und da die Lampe erst nach der Ankunft meines Großvaters angemacht wurde, schnürte mir diese endlose Dämmerung die Kehle zu.

Ich glaube, es war nicht das Gefühl der Leere, das mich so sehr berührte, sondern der Eindruck dieser Reglosigkeit, die etwas Unwirkliches hatte.

In sämtlichen Gemeinschaften, in die ich zufällig oder aus freien Stücken geriet, überkam mich früher oder später das gleiche Gefühl der Bangigkeit. Das geschah nicht unbedingt, wenn die Sonne am Horizont verschwand, sondern irgendwann im Laufe des Tages, irgendwo, auf dem Schulhof, beim Abendessen, in einem Café oder auch in einer Amtsstube, wo ich irgendwelche Papiere zu unterschreiben hatte.

Ohne mein Zutun kam es dann urplötzlich zu einem

Bruch. Auch wenn sich die Leute ringsum weiter rührten – in meinen Augen waren sie erstarrt. Sie bewegten die Lippen, doch ihre Stimmen kamen wie aus einer anderen Welt. »Was mache ich hier?« fragte ich mich damals und frage ich mich auch heute noch.

Ich hatte nichts mit ihnen gemeinsam. Ich war nicht einmal mehr sicher, daß es sie überhaupt gab. Sie hatten keine Dichte mehr, keine Dimensionen, jedenfalls keine, die sie mit mir gemeinsam hatten.

Ich sehe mich vor allem noch eines Novemberabends auf dem Hof des Gymnasiums stehen, vor mir die gelben Würfel der erleuchteten Klassenzimmer, ringsum Hunderte von dunkel gekleideten Schülern, die ich anstarrte. Es kostete mich eine fast schmerzliche Überwindung, nicht Hals über Kopf loszurennen und mich gegen die Gitterstäbe des Zauns zu werfen.

Während des Unterrichts vernahm ich plötzlich eine Stimme, ohne daß mir bewußt war, daß mich vorher jemand angesprochen hatte:

»Träumen Sie, Monsieur Adams?«

Die anderen lachten. Ich hätte ihnen gerne erklärt, daß ich nicht träumte, daß ich keineswegs ein Träumer war. Ich habe es einige Male versucht, ohne mich verständlich zu machen.

Ich kann nur auf mein Leitmotiv zurückkommen: *to belong*. Dazugehören!

Wenn ich mich über dieses Thema so ausführlich auslasse, dann nicht aus Selbstgefälligkeit oder wegen der Besonderheit meines Falls (ich glaube nicht einmal, daß ich einen Fall darstelle), sondern weil ich im Gegenteil überzeugt bin, daß es Millionen von Menschen gibt, die mir wie Brüder gleichen.

Unser Leben lang, vom zarten Kindesalter an, verlangt man von uns, irgendwo dazuzugehören, anderen ähnlich zu sein. Man schickt uns in verschiedene Gemeinschaften, in den Kindergarten, in die Schule, einige ins Jugendheim oder auch zu den Pfadfindern, in die Werkstatt oder zur Universität, in die Kaserne, und jedesmal gilt es, neue Regeln und neue Verbote zu lernen.

Wir müssen unseren Kameraden gleichen, vor allem jedoch der Vorstellung, die unsere Eltern und unsere Lehrer von unseren Kameraden haben. Und wir müssen uns standesgemäß benehmen. Wir müssen aus unserem Dorf sein, aus unserer Provinz, aus unserem Land. Wir müssen unserem Beruf entsprechen und unserem sozialen Stand, und doch sollen wir Individuen bleiben.

Die Umstände meiner Geburt, meiner Familie, haben mich wohl öfter in eine neue Umgebung gebracht als die meisten anderen Kinder. Um zum Beispiel auf Tante Béatrice und ihren Mann zurückzukommen: Im Augenblick, da ich dies schreibe, fast vierzig Jahre nachdem ich sie verlassen habe, sind sie immer noch in ihrer Bäckerei an der Rue Saint-Pierre. Meine Tante und mein Onkel leben noch. Meine Tante steht einen Teil des Tages zusammen mit ihrer Tochter hinter der Ladentheke aus weißem, blaugeädertem Marmor. Da sie keinen Sohn haben, hat ein Schwiegersohn das Geschäft übernommen, und so brauchten sie den Namen »Lange« nicht vom Schaufenster abzukratzen, sondern nur den Namen »Leroy« davorzusetzen. Die jüngste Tochter lebt in Marokko, und die zweite ist Fernsehansagerin.

Bei den Langes in der Rue Saint-Pierre saß man nicht wie bei meinem Vater in Tattenham Corner zu Tisch, auch nicht wie in dem alten Haus in Saint-Saturnin. Tante Béatrice und Tante Clémence in Cherbourg waren zwar Schwestern, doch was in dem einen Haus richtig war, war es in dem andern noch lange nicht. Sie haben ihre Kinder unterschiedlich erzogen, haben ihnen nicht den gleichen Ehrgeiz mitgegeben.

Die Welt ist zunächst einmal in große Stücke eingeteilt, die nicht immer zusammenpassen: Rassen, Religionen, Nationalitäten – politische Gruppierungen nicht mitgerechnet. Schaut man dann in die Provinzen, in die Städte, in die Dörfer schließlich, in die Viertel, in ein und dieselbe Straße, ein und dasselbe Haus, werden die Stücke immer winziger und die Grenzen immer feiner.

Man könnte glauben, daß jeder Mensch, wenn man immer weiter dividiert, allein an seinem eigenen Platz steht. Vielleicht ist das in Wirklichkeit so, aber man erlaubt ihm nicht, daran zu glauben, er selbst weigert sich, es zu glauben, er will einer Gruppe angehören, mehreren Gruppen, will aus seinen Wänden ausbrechen, und wenn nicht für sich, dann wenigstens für seine Kinder.

Im Winter 1919/20 war mein Platz sowohl in der Bäckerei an der Rue Saint-Pierre in Caen als auch in der fünften Klasse des Gymnasiums. Mein Französischlehrer dort hieß Maréchal. Während des gesamten Schuljahrs unterbrach er mehrmals am Tag seinen Unterricht und fragte in die Stille hinein, die dem lauten Lachen vorausgeht:

»Träumen Sie, Monsieur Adams?«

Um das Maß voll zu machen, sprach er das »s« am Ende meines Namens nicht aus, und natürlich hatten meine Klassenkameraden nichts Eiligeres zu tun, als ihn nachzuahmen. Ich war, ohne daß mir das viel ausmachte, der Klassenclown.

Allmählich wurde es mir zur Gewohnheit, von einem Platz zum andern zu wechseln. Von Wollen konnte noch keine Rede sein. Es war mir kein Vergnügen, aber ich gewöhnte mich wie selbstverständlich daran.

Selbst wenn ich wie ein Fremder betrachtet wurde, wenn ich tatsächlich einer war, habe ich doch all denen, die ich in den verschiedenen Phasen meines Lebens kannte, eine gewisse Treue bewahrt. So weiß ich, obwohl ich keinen meiner Verwandten mehr sehe, was aus jeder Tante, aus jedem Onkel, aus jedem Vetter und jeder Kusine geworden ist, und das gleiche gilt für die wenigen Klassenkameraden, die aus der Masse hervorgetreten sind.

Ich hatte in meiner Kindheit keine Freunde. Weshalb, weiß ich nicht, vielleicht, weil weder diejenigen, die es hätten werden können, noch ich selbst darauf aus waren.

In Caen gab es jedoch einen gewissen Midol, den Sohn eines Metzgers, der den gleichen Schulweg hatte wie ich und der mir als erster schlüpfrige Geschichten erzählte. In der Sackgasse hinter der Bäckerei wohnte nämlich ein Mädchen, das ungefähr im gleichen Alter war wie wir und mit dem er sich abends im Dunkeln, keine zehn Meter von ihrer Haustür entfernt, traf.

Mein Klassenkamerad erzählte mir von seinen ersten, noch recht harmlosen Erfahrungen, und ich erwähne das nur, weil ich natürlich jedesmal das Bild von Tante Louise vor Augen hatte.

Ein anderer meiner Klassenkameraden hieß Prieur. Er war der Sohn eines Anwalts, und er wohnte in einem großen Haus mit steinernem Balkon. Einmal war ich nachmittags bei ihm auf einen Imbiß eingeladen. Seine Mutter, die gerade ausgehen wollte, betrat das Zimmer, in dem wir uns aufhielten, und sie trug einen Pelzmantel – einen Nerz, nehme ich an –, der mich sehr beeindruckte. Ich sehe noch die vier Marmorstufen, die man vor sich hatte, wenn man durch die Tür kam, den dunklen, von Kupferstangen gehaltenen Teppich, die hohen Eichentüren, und ich höre noch das Murmeln, das aus dem Sprechzimmer zu uns drang, durch dessen einen Spalt geöffnete Tür ich die Bücherwände und eine Lampe mit grünem Schirm erkennen konnte.

Das sind nur Anhaltspunkte. Ich bin überzeugt, diese Bilder haben eine Rolle in meinem Leben gespielt und sind vielleicht heute noch wichtig. Zweifellos gibt es andere, an die ich mich nicht erinnere, die jedoch ebenfalls ihre Rolle gespielt haben, ohne daß ich mir dessen bewußt war.

Meine Kusinen hießen Claire und Gilberte. Marie-France war noch nicht geboren, aber als ich das Haus nach den großen Ferien verließ, war meine Tante schwanger.

Letztlich war das vielleicht der Ort, an dem ich, wenn nicht das meiste Glück, so doch die meisten kleinen Freuden erfuhr, die grundlegenden Freuden, wie ich sie nenne, Freuden, die von selbst kommen, wie der Wohlgeruch der Backstube oder das fröhliche Bimmeln der Ladenglocke. Mein Onkel war mit den langen dunklen Härchen, die aus seinem Wams und seinen kräftigen Oberarmmuskeln hervorkamen, angenehm anzuschauen. Meine Tante war rund, sanft und auf eine naive Art fröhlich, wenn sie die Münzen in die Registrierkasse fallen ließ, und wir stopften uns voll, bis uns fast schlecht wurde, denn mein Onkel hatte einen gesegneten Appetit, und den ganzen Tag lag auf dem Küchentisch etwas zu essen.

Meine Mutter hat mich in diesem Jahr zweimal besucht. Vielleicht kam sie vor allem, um zu sehen, wie die Geschäfte liefen, in die sie den Großteil ihrer Ersparnisse investiert hatte, denn sie kümmerte sich nur wenig um mich, diskutierte aber mehr als einen Abend mit meinem Onkel.

Natürlich fragte sie mich nach meinen Schulnoten, und sie machte mich darauf aufmerksam, daß ich nachließ, ich sei nur noch Neuntbester.

»Von vierzig!« entgegnete ich. »In Cherbourg waren wir nur dreiundzwanzig in der Klasse.«

Ich höre noch, wie die Silben im Raum schwangen und erstarben.

Die beiden Schwestern redeten von Kindern, Geburten, Krankheiten. Damals war Louise in Port-en-Bessin, aber noch nicht verheiratet. Alle Welt wußte, daß sie die Geliebte des Hotelbesitzers war und daß dessen Frau im Bilde war, aber nichts zu sagen wagte, da sie befürchtete, er werde sie sonst ins Krankenhaus bringen. Sie war an Darmkrebs erkrankt und sehr pflegebedürftig. Von all dem bekam ich nur Bruchstücke mit. Meine Mutter seufzte, während sie ihren Hut aufsetzte:

»Nun denn! Wir werden sehen, was dabei herauskommt...«

Onkel Lucien war nach der Demobilisierung nicht auf den Hof zurückgekehrt, auf den ihn seine Eltern einst gegen seinen Willen geschickt hatten. Statt dessen hatte er seinen Traum verwirklicht, in der Stadt zu leben. Er arbeitete nun in Caen als Lastwagenfahrer für einen Lebensmittelgroßhandel in der Rue Caponnière. Ich habe ihn drei-, viermal gesehen, weil er, wie meine Tante sagte, »auf Freiersfüßen ging«.

Während der Ferien durfte ich mit dem Fahrrad meines Onkels nach Ouistreham zum Schwimmen und Fischen fahren. Midol, der ebenfalls ein Rad hatte, begleitete mich einige Male, und einmal nahm er auf dem Gepäckträger auch das Mädchen aus der Sackgasse mit.

Unweit der Schleuse von Ouistreham erstreckte sich der Strand von Riva-Bella, der damals noch nicht so bevölkert war wie heute, sondern gut bürgerlich, mit Sonnenschirmen, Souvenirläden und eleganten Konditoreien. Die jungen Leute, die Mädchen im Kreis ihrer Familie, die ich dort sah, kamen fast alle aus Paris und gehörten dem gleichen Milieu an wie die meisten meiner Schulkameraden.

Ich schaute ihnen zu, wenn sie, ganz in Weiß, auf dem zartroten Aschenplatz Tennis spielten und anschließend, das Trikot um den Hals geschlungen, Eis oder Kuchen essen gingen. Sie schienen sich alle zu kennen, riefen sich beim Vornamen, und abends, nach dem Sonnenbad, trafen sie sich auf der Terrasse des Kasinos, um zu tanzen, die Jungen in weißer Flanellhose und gestreiftem Blazer.

Ich war nur Zuschauer, gehörte nicht dazu. Ich beneidete sie zwar nicht, machte mir jedoch allmählich Gedanken, die in der Folge von Bedeutung sein sollten.

Was mir am meisten auffiel, war der Eindruck einer angenehmen Oberflächlichkeit. Die luftigen, modischen Kleider in den nicht alltäglichen zarten Farben, die Helligkeit des Strands, all das trug dazu bei, das Leben auf die leichte Schulter zu nehmen und dem Wort »Ferien« einen Sinn zu verleihen.

Diese Leute, die sich vor einer immergleichen Kulisse, wie in einem gut einstudierten Ballett, zehnmal am Tag trafen und wieder aus den Augen verloren, schienen nicht einmal einen Familiennamen zu haben, denn ständig hörte man fröhliche Stimmen rufen:

»Gaston!«

»Ginette!«

»Hast du Raoul gesehen?«

»Ich glaube, er ist mit Marie-Laure ausgeritten.«

Abends gingen sie nicht nach Hause, sondern aßen Hummer und Seezunge auf der Terrasse eines Restaurants oder im Speisesaal eines Hotels. Etliche wohnten in Villen, die sie für die Saison gemietet hatten und die aussahen wie Spielzeughäuser.

Midol beobachtete nichts, er fischte lieber und erzählte mir von dem Unterleib seiner Freundin, deren Vater Lumpensammler war.

Die Ferien kamen mir lang vor, aber alles in allem waren sie ungetrübt, freudig, mit einem nicht unangenehmen Quentchen Bitterkeit, das ich nicht genau beschreiben kann. Eine Woche vor Schulbeginn erhielt ich (ebenso mein Onkel und meine Tante) einen Brief von meiner Mutter, in dem sie mir mitteilte, daß ich als Internatsschüler auf das Gymnasium von Niort gehen würde. So könne sie mich jede Woche sehen.

Einen Augenblick lang trauerte ich der Straße längs des Kanals nach Ouistreham nach, und dem Meer an ihrem Ende, dem endlosen Strand, an dem die meisten Sonnenschirme bereits verschwunden waren.

4

Warum hatte mich schon lange vor dem Brief meiner Mutter, vielleicht schon, als ich erfuhr, daß sie in Niort Arbeit gefunden hatte, ein Gefühl von Ablehnung, Trotz erfüllt? Bisher war ich furchtlos und ohne Vorurteile überallhin gegangen, nach England, nach Cherbourg, nach Caen. Der Name Niort dagegen klang in meinen Ohren finster und bedrohlich, und selbst seine Lage auf der Frankreichkarte erschien mir düster und trostlos.

Heute finde ich es bezeichnend, daß mir mit meinen zwölf Jahren auffiel, wie sich die Schrift meiner Mutter allmählich veränderte. Sie schrieb mir ungefähr einmal im Monat einen kurzen Brief, der unweigerlich die Sätze »Paß gut auf dich auf«, »Sei schön brav« und »Deine Dich liebende Mutter« enthielt.

Sie hatte keinen Schulabschluß, und anfangs war ihre Schrift so holprig wie die eines Grundschülers, einige Buchstaben waren mühsam gemalt, andere kaum zu entziffern, viele Wörter waren so geschrieben, wie sie ausgesprochen wurden, und die Zeilen strebten mal nach oben, mal nach unten.

Seit meine Mutter in Niort lebte, hatte sich ihre Schrift verändert. Die Buchstaben waren nicht mehr so groß, nicht mehr so rund, die Zeilen gleichmäßiger, da und dort war ein Wort durchgestrichen und verriet, daß sie sich allmählich um Rechtschreibung bemühte.

Am Ende sollten ihre Briefe ganz anders aussehen, und ich bedaure, daß ich sie nicht aufbewahrt habe, denn ich hätte sie gern einem Graphologen gezeigt – aus reiner Neugier. Aber ich glaube ohnehin zu wissen, was er mir sagen würde. Wo vorher breite, zaghafte Bögen waren, sah man plötzlich Zacken und kräftige Abstriche, und das ganze Schriftbild wirkte dichter, gedrängter, die gleiche Anzahl von Sätzen füllte nur noch halb so viel Platz wie früher. Sie machte zwar immer noch Fehler, aber sie waren viel seltener und nicht mehr so naiv.

Zuerst dachte ich, meine Mutter hätte sich aus finanziellen Gründen – sie war ja jetzt Miteigentümerin der Bäckerei – mit ihrer Schwester Béatrice und mit Lange überworfen. Das wäre durchaus möglich gewesen und ist später auch passiert, auch wenn sich am Ende alles wieder eingerenkt hat. Die fünf Schwestern wohnten zwar ziemlich verstreut, sahen sich selten und schrieben sich nur ab und zu, doch gab es zwischen ihnen immer wieder Unstimmigkeiten oder offenen Streit, gegenseitige Vorwürfe und Verdächtigungen, Bündnisse wurden geschlossen und wieder aufgelöst. Der einzige der sechs Geschwister, der sich sein Leben lang aus den Zwistigkeiten heraushielt, war Onkel Lucien.

Meine Vermutung, daß es Streit ums Geld gegeben hatte, war jedoch falsch. Ich fand erst nach und nach heraus, weshalb ich ins Departement Deux-Sèvres umziehen mußte.

Ich möchte mich wirklich nicht als Wunderknaben

darstellen, der scharfsichtig alles wahrgenommen hat, was um ihn herum vorging. Ich sage noch einmal, daß ich inzwischen auf die Fünfzig zugehe und mir gewisse Wahrheiten erst ganz allmählich, Stück für Stück, aufgegangen sind, und daß ich zum Beispiel jenes Erlebnis, das ich mit zwölf hatte, immer wieder aus einer anderen Sicht betrachtet habe, aus der des Fünfzehnjährigen, dann aus der des Zwanzig- und des Dreißigjährigen, und schließlich mit den Augen des Mannes, der ich heute bin.

Diese Rückblenden kann ich unmöglich in der richtigen Reihenfolge bringen, und so begnüge ich mich damit, einzelne Bilder, zum Beispiel das erste und das letzte, einander gegenüberzustellen.

Ich war auf eine triste, unwirtliche und wenn nicht gerade finstere, so doch ziemlich düstere Stadt gefaßt, eine jener reiz- und seelenlosen Städte, wie man sie auf billigen Ansichtskarten sieht. Doch schon vom Bahnhof aus, wo mich meine Mutter erwartete, in einem schwarzen Kostüm, das besser geschnitten war als die Kostüme ihrer Schwestern, sah ich freundliche, weiß oder gelb getünchte Häuser, breite Alleen und vor allem einen Himmel, der höher, freier und weiter war als der Himmel in der Normandie.

Trotz dieses Anblicks war ich auf die Stadt nicht gut zu sprechen, genausowenig wie auf meine Mutter. Ich weiß noch, wie ich sie mißtrauisch fragte, als witterte ich Verrat:

»Und wo wohnst du?«

»Das wirst du schon noch sehen. Heute bringe ich dich zuerst mal ins Internat.«

Vor dem Bahnhof standen zwei Droschken und ein Taxi. Meine Mutter entschied sich für das Taxi, aber anders als meinem Vater in London kam ihr nicht in den Sinn, mir eine Ehrenrunde durch die Stadt zu spendieren, und so sah ich nur das Geschäftsviertel mit seinen ziemlich engen Straßen und den alten Häusern.

»Aber ich darf dich doch besuchen?«

»Ich denke schon.«

Sie sagte nicht ja. Sie sagte nicht, wann. Sie hatte überhaupt keine Ähnlichkeit mehr mit Tante Louise und mit meinen anderen Tanten.

Wir kamen zu einer steinernen Mauer mit einem Gittertor, dahinter lag der teilweise überdachte Schulhof. Ein paar Internatszöglinge, die schon vor mir eingetroffen waren, standen einzeln oder in Gruppen auf dem Platz, der natürlich viel zu groß war für sie, da die Schule nicht nur für die Internatsschüler, sondern auch für die Halbinternen und die Externen, die jetzt nicht da waren, angelegt war.

Auch die Stadt machte auf mich den Eindruck einer übertriebenen Weiträumigkeit, einer schwer zu füllenden Leere, und ich bin diesen Eindruck nie ganz losgeworden, auch als ich sie besser kannte.

Später, viel später als ich dachte, sollte ich die Place de la Brèche zu sehen bekommen, wo meine Mutter im Haus des Richters Gérondeau wohnte, und auf diesem Platz fand ich die Erklärung für meinen ersten Eindruck.

Die Place de la Brèche ist größer als jeder öffentliche Platz in Caen oder Cherbourg, fast genauso groß wie der Trafalgar Square in London. Nur vereinzelt sind

Autos oder Lastwagen zu sehen, und die wenigen Fußgänger verlieren sich in der endlos scheinenden Weite.

Kommt man jedoch am Markttag hierher, wenn Hunderte von Kühen und Pferden und anderem Vieh am Eisengeländer festgebunden sind, rund um den Platz Karren mit hochgeklappten Deichseln stehen und die Cafés von geschäftigen Bauern überquellen, dann kann man sich eher einen Begriff von den Dimensionen und der Atmosphäre der Stadt machen.

Auch die Schilder der Notare, die vielen Eisenwarenhandlungen mit den Landwirtschaftsgeräten in den Auslagen, die Saatgut- und Düngemittelhandlungen, die Immobilienmakler und Juristen, von denen es nur so wimmelt, deuten darauf hin, daß die Stadt nicht nur von sich selbst lebt. Sie ist vielmehr das Zentrum, der Kernpunkt einer bedeutenden, mit Gehöften und Schlössern reich gesegneten Region, und an bestimmten Tagen, die in jedem Kalender und Almanach vermerkt sind, strömen die Leute in Scharen vom Land in die Stadt und wieder zurück.

Diese geographische Eigenheit spiegelte sich auch in der Schule wider. Die meisten Internatsschüler waren Söhne von Bauern, von Viehhändlern oder Fleischgroßhändlern, einige auch von Landjunkern, obschon der Landadel im allgemeinen seine Sprößlinge lieber in Klosterschulen in Stadtnähe schickte. Die Externen dagegen, die mittags und abends mit dem Fahrrad durch das Schultor wegfuhren, stammten fast alle aus Familien von Geschäftsleuten, Ärzten und Rechtsanwälten.

Es gab aber auch Kinder aus niedrigeren sozialen Schichten, Söhne von Werkmeistern oder Arbeitern, sogar ein Bahnwärterssohn war dabei, der ein Stipendium bekommen hatte und still und verbissen seine ersten Preise einheimste.

Dann gab es in meiner Klasse und meinem Schlafsaal noch einen jungen Vietnamesen, schön und geheimnisvoll wie eine Statue, den wir Ho nannten, obwohl sein Name aus drei mit Bindestrichen aneinandergehängten Wörtern bestand.

Gleich am ersten Tag sollte ich einem der Männer begegnen, die einen starken Eindruck auf mich gemacht haben. Er hieß Vinauger, obwohl er für uns Schüler keinen Namen hatte. Er war der Oberaufseher, spielte in Wirklichkeit aber eine viel wichtigere Rolle, denn er war viel mehr als nur Aufseher und Sekretär, er verkörperte die Autorität schlechthin und war die Seele der Schule.

Auf den ersten Blick sah er ganz unbedeutend aus. Er war ziemlich dick, hatte eine glänzende Haut, große Augen hinter Brillengläsern und schlechte Zähne. Er kümmerte sich nicht um sein Äußeres und war immer schludrig gekleidet. Ich war überrascht, als ich später erfuhr, daß er ein Privatleben hatte, eine Frau und Kinder und ein Haus am Stadtrand.

Als ich mit meiner Mutter ankam, stand er mitten auf dem Schulhof. Sie ging nach kurzem Zögern auf ihn zu, mit einem meiner Koffer in der Hand, während ich den anderen und ein verschnürtes Paket trug.

Meine Mutter setzte ein Lächeln auf, wie Leute aus einer bestimmten Gesellschaftsschicht es sich bei so einem Anlaß schuldig zu sein glauben, aber er lächelte nicht zurück, sagte kein Wort der Begrüßung, musterte sie nur wie einen Gegenstand.

»Ich bringe Ihnen meinen Sohn Steve, Herr Aufseher…«

»Oberaufseher«, verbesserte er kühl.

Dann wies er mit dem Finger auf eine Tür, zu der drei Stufen hinaufführten:

»Gehen Sie ins Sekretariat.«

Vermochte er uns wirklich auf Anhieb richtig einzuschätzen, meine Mutter und mich? Ich bin immer noch davon überzeugt, und ich traue ihm durchaus zu, daß er die Leute in fast diabolischer Weise durchschauen konnte. Ich habe ihn auf dem Schulhof, im Speisesaal, im Studierzimmer, im Schlafsaal noch oft gesehen. Seine Stimme habe ich seltener gehört, denn er machte kaum einmal den Mund auf, und wenn, dann nur, um ein paar knappe, entschiedene Sätze von sich zu geben.

Lachen sah ich ihn nur ein einziges Mal, zwei Jahre später bei der Preisverleihung. Er sprach gerade mit der Mutter eines Schülers, und ich traute kaum meinen Augen.

Keiner der Lehrer war unfehlbar. Die Aufseher nahmen bisweilen eine Entscheidung zurück oder ließen sich umstimmen. Selbst der Rektor war gegenüber den Besuchen bestimmter Eltern nicht unempfänglich.

Vinauger war der einzige, der mir immer unbestechlich und allwissend vorkam. Er gab keine Erklärungen, er diskutierte nicht. Er schnappte sich einen Schüler in der Pause, sprach einen Jungen beim Essen im Speisesaal in gleichgültigem Ton an:

»Zwei Stunden Nachsitzen, Morin.«

Am meisten verwirrte mich an ihm, daß er sich nie irrte, jedenfalls nach seinen Regeln. Ich bin überzeugt, daß er nach zwei Tagen über den Charakter aller fünfzig neuen Internatsschüler genau Bescheid wußte und daß er mit einem Blick erfaßte, wie sich die alten Schüler in den Ferien entwickelt hatten.

Wenn ich ihn so ausführlich schildere, dann deshalb, weil ich Menschen wie ihm auch außerhalb der Schule begegnet bin, immer in ähnlichen Positionen. Wie macht die Gesellschaft solche Leute ausfindig, die genau die dafür nötigen Eigenschaften haben? Diese Frage konnte ich mir nie beantworten, denn solche Fähigkeiten lassen sich ja durch keine Prüfung ermitteln. Für diese Aufgabe braucht man den Spürsinn eines Jagdhundes und dazu noch die Eigenschaften eines Wach- oder Polizeihundes.

Ohne Aufseher würde ein Internat mehr schlecht als recht funktionieren, genauso wie eine Kaserne ohne Generäle. Die Lehrer dagegen sind austauschbar wie Kapitäne und Leutnants.

Auf jedem Kasernenhof gibt es einen, der die Soldaten nach einem unveränderlichen Maßstab einzuschätzen weiß. Er stellt mit einem Blick fest, was einem Soldat fehlt und was überflüssig an ihm ist, wieviel Arbeit es kosten wird, ihn zurechtzustutzen. Solche Männer spiegeln den Geist einer Kaserne wider, so wie Vinauger den Geist meiner Schule in Niort verkörperte und wie in der Verwaltung, in Kaufhäusern und Fabriken der Personalchef den Geist des Unternehmens widerspiegelt.

Auch wenn Vinauger mich beeindruckte und faszinierte, hatte ich doch nie solche Angst vor ihm wie meine Mitschüler, und ich haßte ihn auch nicht.

Es mag vielleicht hochmütig klingen, aber ich erforschte ihn genauso, wie er uns erforschte, ich versuchte herauszufinden, was in ihm vorging.

Er spürte das, genauso wie meine Mutter spürte, daß ich sie mit ganz neuen Augen ansah, mit Augen, die eine Frage stellten, die sie nicht beantworten wollte, nicht beantworten konnte.

Während meine Mutter mit einer gewissen Gereiztheit, mit kaum verhohlener Feindseligkeit reagierte, brachte Vinauger mir wider Erwarten Neugier, ja sogar Hochachtung entgegen.

Wir haben in vier Jahren keine fünfzig Sätze gewechselt, und doch möchte ich behaupten, daß wir uns irgendwie verbunden fühlten.

Irgendwann, wahrscheinlich gleich am Anfang auf dem Schulhof oder im Speisesaal, haben wir uns mit Blicken taxiert. Erkannte er, daß ich mich nicht unterkriegen lassen würde? Warum nahm er die Herausforderung nicht an, warum machte er sich keine Ehre daraus, mich zu unterwerfen, mich mit den anderen auf einen gemeinsamen Nenner zu bringen?

Statt dessen duldete er bei mir Verstöße gegen die Schulordnung, die er bei den Großen nicht duldete, und wenn er mich auf dem Pissoir beim Rauchen erwischte, zuckte er nur fast unmerklich mit den Achseln, ohne ein Wort zu sagen. Der Gedanke, daß er sich nur aus Mitleid so verhielt, wäre mir sehr unangenehm, denn Mitleid wollte ich nicht.

Am ersten Sonntag kam meine Mutter zu mir zu Besuch, ebenso am zweiten. Erst am dritten machten wir einen Stadtbummel, und als wir zu einem großen Platz gelangten, über den zwei Nationalstraßen führten, war mir klar, daß wir auf der Place de la Brèche waren. Es war November, aber der Himmel war klar, von einem sanften und zugleich strahlenden Blau, und die Sonne spiegelte sich auf den weißen und gelben Häuserfassaden.

Ich hatte erwartet, daß wir vor einem der Häuser stehenbleiben würden und daß meine Mutter die Tür aufschloß. Ich sah mich schon um, versuchte herauszufinden, welches Haus es sein konnte, aber dann führte sie mich in ein großes Café mit Spiegeln an den Wänden und einem Billardtisch im Hinterzimmer.

»Möchtest du heiße Schokolade und Brioches?«

Sie wußte mit Kindern nichts anzufangen, das spürte man. Sie war nicht mit mir ausgegangen, um mit mir zusammenzusein, sondern aus Pflichtgefühl, und sie war dabei linkisch und unbeholfen und auch ein bißchen ängstlich.

Auch das Café, dessen Decke von Säulen gestützt wurde, war für die Stadt viel zu groß und wohl nur an den Markttagen und zu den Versteigerungen voll besetzt. Wir setzten uns an eins der großen mit Spitzengardinen bespannten Fenster. Ich deutete auf die weit weg auf der anderen Seite des Platzes liegenden, mehrere Jahrhunderte alten wuchtigen Häuser mit den großen Holztoren.

»Ist es dort?« Sie nickte und kramte ein parfümiertes Spitzentaschentuch aus ihrer Handtasche, denn sie hatte Schnupfen.

»Welches denn?«

»Das dritte von links.«

»Das ganz graue?«

Dieses Haus war nicht weiß oder gelb gestrichen. Es war nicht breit hingelagert wie die meisten anderen Häuser. Es war ein hohes, ziemlich schmales Steinhaus, das mit seinen Fenstern im Renaissance-Stil an ein Pfarrhaus oder Stiftsgebäude erinnerte. Die Tür war mit dicken Eisennägeln beschlagen, und im Erdgeschoß glaubte ich bunte Fensterscheiben zu sehen.

Ich hatte richtig gesehen. Wenn ich enttäuscht war, dann deshalb, weil das Haus ganz genau so aussah, wie ich es mir vorgestellt hatte, und nichts Überraschendes bot. Um nicht so stumm dazusitzen, fragte ich:

»Wie viele Zimmer hat es?«

»Weiß nicht. Zwölf oder dreizehn. Ich hab sie nicht gezählt.«

Sie sagte mir nicht, warum sie mich nicht dorthin mitnahm. Weder sie noch ich sprachen den Namen des Richters aus, an den wir doch alle beide dachten. Meine Mutter wußte, daß ich Bescheid wußte, daß ich bei ihren Schwestern etwas aufgeschnappt haben mußte. Nur warum sie mich nachgeholt hatte, war mir damals noch nicht klar, denn wir machten uns gegenseitig nichts vor, sie hatte mir nie gesagt, daß sie an mir hing, daß sie mich in ihrer Nähe haben wollte, und ich hatte bei meiner Ankunft in Niort keinerlei Freude bekundet.

Wir standen auch nicht auf Kriegsfuß. Es trennte uns nichts Bestimmtes. Meine Mutter konnte ja nicht ahnen, wie enttäuscht ich war, als sie aufhörte, meiner Tante Louise zu gleichen.

Sie besuchte mich in diesem Winter noch sieben-, achtmal. Manchmal aßen wir zusammen zu Mittag, immer im selben Lokal an der Place de la Brèche, das immer zu groß für uns war und wo wir uns stumm gegenübersaßen. Ich erinnere mich vor allem an das typische Klicken der aneinanderstoßenden Billardkugeln.

Eines Sonntags verkündete ich:

»Nächsten Sonntag bin ich bei einem Schulfreund zum Geburtstag eingeladen.«

»Wie heißt er denn?«

»Lepage, der Sohn des Schuhhändlers.«

Es war wirklich so. Lepage war zwar nicht mein Freund, aber wir waren in derselben Klasse, und seine Eltern hatten ihm geraten, vor allem Internatsschüler einzuladen, die sonst wenig Vergnügungsmöglichkeiten hatten. Er hieß Arnaud mit Vornamen und war einen Kopf größer als wir anderen. Allerdings war er auch zwei Jahre älter und trug schon lange Hosen. Irgend etwas an ihm störte mich, aber ich wußte nicht, was. Das fand ich erst bei dieser Geburtstagsfeier heraus. Wir hatten das ganze Haus zur Verfügung, einschließlich des Lagerraums, der voller Regale stand. In einer Nische zwischen zwei Regalen stieß ich irgendwann auf Lepage und den Vietnamesen. Lepage lächelte mich spöttisch-herausfordernd an, während Ho ein wenig traurig aussah.

Was aus Ho geworden ist, weiß ich nicht, Lepage aber wurde vor dem Krieg, 1938 oder 1939, persönlicher Berater eines Ministers und bekam nach der Befreiung eine Stelle im diplomatischen Dienst.

»Wenn du am Donnerstag nicht nachsitzen mußt, kannst du auf die Place de la Brèche zum Kaffee kommen.«

Sie hatte nicht »zu mir nach Hause« gesagt, aber ich begriff sofort und dachte nicht einen Augenblick an das ›Café des Colonnes‹.

»Um wieviel Uhr?«

»Zwischen drei und vier. Wann du Zeit hast.«

Es war Februar, und die Luft war kalt, aber der Himmel klar wie an einem Frühlingstag. Das ärgerte mich, denn ich hatte beschlossen, daß sich an diesem Tag alles gegen mich verschworen hätte, auch das Wetter, trüb, regnerisch und windig, zumindest mit dunklen, unheilkündenden Wolken.

Entsprach das nicht dem Bild, das ich mir von Niort gemacht hatte, noch bevor ich überhaupt den Fuß in die Stadt gesetzt hatte? Vier Monate hatte ich warten müssen, und nun fragte ich mich voller Groll, ob ich in dieser Zeit vielleicht beobachtet worden war. Hatte mich Gérondeau hin und wieder auf dem Schulhof gesehen, oder war er uns ohne mein Wissen über den Weg gelaufen, wenn ich mit meiner Mutter ausging? Da er zu den Honoratioren der Stadt zählte, kannte er möglicherweise den Schuldirektor. Wer weiß, ob er ihn nicht über mich ausgefragt hatte?

Im nachhinein kommt es mir seltsam vor, daß ich

diesen Mann so wichtig nahm, noch bevor ich ihn kennengelernt hatte, während ich an meinen Vater kaum einen Gedanken verschwendete und es mir ziemlich gleich war, was er trieb. Lag es daran, daß ich auf Gérondeau böse war und ihm unbewußt vorwarf, daß er mir meine Mutter weggenommen und eine ganz andere aus ihr gemacht hatte, mit der mich nichts mehr verband und gegen die ich sogar eine gewisse Abneigung hegte?

In der Nacht von Mittwoch auf Donnerstag soll ich im Schlaf gesprochen und einmal sogar um mich geschlagen haben wie jemand, der sich gegen einen Angreifer wehrt. Das weiß ich von meinen Bettnachbarn, die hinzufügten, daß ich nicht zum ersten Mal im Schlaf unverständliche Worte gemurmelt habe.

Beinahe hätte ich mich sorgfältiger zurechtgemacht als gewöhnlich. Aber im letzten Augenblick zerstrubbelte ich mir aus Trotz mit den Händen die allzu sorgfältig gekämmten Haare und lockerte meinen Krawattenknoten.

Um drei war ich auf der Place de la Brèche. Ich ging noch ein wenig durch die umliegenden Straßen und blieb lange vor dem Schaufenster eines Antiquitätenhändlers stehen, so daß ich erst um zwanzig nach drei die beiden Stufen hinaufstieg und auf den elektrischen Klingelknopf drückte.

Meine Augen waren auf gleicher Höhe mit dem Schlüsselloch; als drinnen eine Tür aufging, wurde es heller, dann näherte sich eine Gestalt, die mir den Blick verdeckte.

Ich hörte, wie ein Riegel zurückgeschoben wurde, was mir sehr bezeichnend erschien. Die schwere, genagelte Eisentür öffnete sich, und meine Mutter stand vor mir, in einem schwarzen Kleid und einer weißen Schürze mit Spitzenvolants. Sie schien genauso verlegen wie ich.

»Komm rein«, sagte sie so leise, als wolle sie mir andeuten, daß wir nicht allein im Haus waren und daß ich keinen Lärm machen dürfe.

Die gleichen Marmorstufen im Vestibül, die gleiche verglaste Tür mit einer Kübelpflanze daneben und links die zwei hohen, dunklen Eichentüren hatte ich schon bei meinem Freund Prieur in Caen gesehen. Was mich überraschte, war die besondere Art von Stille, die hier herrschte, eine so tiefe Ruhe, daß man unwillkürlich an die Ewigkeit dachte.

Doch die Küche war hell, die Fenster gingen auf einen Platz, der halb Hof, halb Garten war, in dem die Fliedersträuche schon dicke Knospen hatten und auf einer Wäscheleine Herrenhemden und lange Unterhosen zum Trocknen aufgehängt waren.

»Zieh den Mantel aus.«

Offensichtlich hatte meine Mutter gerade nichts zu tun, sie hatte nur auf mich gewartet, und das Nähkörbchen auf dem Tisch, auf dem sonst nichts herumlag, war bloß ein Vorwand. Ein großer, blankgeputzter Herd strahlte wohlige Wärme aus, und auf einem Stuhl mit Strohgeflecht lag träg zusammengerollt eine Katze mit rotem, langhaarigem Fell.

Wir hatten uns nichts zu sagen. Wir wußten beide, daß wir nicht hier waren, um uns zu unterhalten. Der

Kaffee war fertig. Auf einem Tablett im Küchenschrank lagen kleine Mandelkuchen, die meine Mutter bestimmt selbst gebacken hatte, denn sie sahen ganz anders aus als die in den Konditoreien.

»Hast du Hunger?«

Ich weiß nicht mehr, ob ich mit Ja oder Nein antwortete, aber ich sehe sie noch vor mir, wie sie eine rotkarierte Tischdecke über eine Tischhälfte legte und eine Tasse und einen Teller daraufstellte. Sie deckte nur für eine Person.

»Monsieur Gérondeau möchte dich gern kennenlernen. Nachher stelle ich dich ihm vor.«

»Wo ist er?«

Sie zeigte in die Richtung der Zimmer im Erdgeschoß, aus denen nicht das leiseste Geräusch drang. Doch ich hatte schon beim Hereinkommen gespürt, daß sich jemand dort aufhielt.

Aus Höflichkeit und um die Situation nicht noch schwieriger zu machen, aß ich zwei von den Mandelkuchen und trank eine Tasse Milchkaffee.

»Ich sage ihm, daß du da bist.«

Als ob er das nicht wüßte! Als ob er nicht die Türglocke gehört hätte! Sie ließ mich ein ganze Weile allein, und ich sah mich in der Küche um, die ganz anders war als die bei meinen Tanten oder bei meinem Vater in Tattenham Corner. Diese Küche war nicht dazu da, daß sich eine Familie darin versammelte. Auf einer kleinen Leuchttafel über der Tür konnte man sehen, in welchem Zimmer nach dem Dienstmädchen geklingelt wurde. Die Kupfertöpfe und Kasserollen, die Pasteten-, Waffel- und Kuchenformen, die ganz anders aussahen als alles, was ich kannte, wirkten auf mich wie Symbole einer anderen Lebensart.

Meine Mutter kam zurück, und ich hatte den Eindruck, daß sie mich mit einem kurzen, flehenden Blick bat, mich nicht abweisend zu verhalten, wenigstens neutral zu bleiben. Das war überflüssig, denn ich hatte gar nicht die Absicht, mich aggressiv zu zeigen, und selbst wenn ich gewollt hätte, wäre ich nicht dazu imstande gewesen, denn ich war wirklich eingeschüchtert.

Meine Mutter öffnete die zweite Tür, die in das zum Platz hin liegende Zimmer mit den bunten Glasfenstern führte. Wegen dieser Fenster herrschte darin eine geheimnisvolle Beleuchtung, und in einer Art Aura erblickte ich einen kahlköpfigen Mann mit einem langen, schmalen Gesicht, der am Schreibtisch saß und mir entgegenblickte.

Brachte die Rolle, die er bei dieser Komödie spielte, auch ihn in Verlegenheit? Denn eine Komödie war es. Das wußten wir alle drei, und keiner von uns war stolz darauf.

»Nur herein, junger Mann.«

Ich wagte nicht, ihm als erster die Hand zu geben. Er streckte die seine aus, die genauso lang und knochig war wie sein Gesicht, mit feinen Härchen darauf.

»Jetzt sind Sie also im Gymnasium von Niort...«

Sollte ich so tun, als sei ich gerade erst angekommen, oder durfte er wissen, daß ich schon seit Schulanfang dort war? Aus Angst, etwas Falsches zu sagen, schwieg ich.

»Ist der Direktor immer noch dieser Bourillon?«

Ich schüttelte verneinend den Kopf und wollte etwas sagen, aber er kam mir zuvor.

»Ach, was sage ich da. Bourillon ist ja schon vor drei Jahren in Pension gegangen, und sein Nachfolger ist ein junger Mann aus Montpellier, wenn ich mich nicht täusche. Er soll sehr tüchtig und energisch sein, obwohl ihm manche vorwerfen, daß er sich ein bißchen zu viel mit Politik beschäftigt.«

Ich hatte nicht bemerkt, daß meine Mutter verschwunden war und daß ich in der gleichen Haltung vor ihm auf dem Teppich stand wie vor dem Schuldirektor.

»Wie alt sind Sie?«

»Dreizehn. Na ja, noch nicht ganz. Nächsten Monat werde ich dreizehn.«

Meine Augen verfolgten das Messingpendel der Wanduhr über dem Marmorkamin, in dem dicke Holzscheite brannten. Mir war aufgefallen, daß Gérondeaus Finger vom Tabak braun verfärbt waren und daß der Aschenbecher auf dem Schreibtisch voller Zigarettenstummel war, von denen einer noch rauchte. Mit langen, leicht zitternden Fingern nahm er eine neue Zigarette aus einer silbernen Dose und zündete sie an. Sein Kopf war nur in der Mitte kahl und sehr weiß und glatt, an den Seiten waren die Haare noch lang und dunkel.

»Nun denn, junger Mann, jetzt, da Sie das Haus kennen, hoffe ich, Sie bei Gelegenheit wiederzusehen.«

Einen Augenblick lang fragte ich mich, ob er auf die elektrische Klingel auf seinem Schreibtisch drücken würde, um meine Mutter zu rufen. Er tat es nicht. Ich ging allein hinaus und schloß die Tür hinter mir. Wenn ich meinen Mantel und meinen Hut gehabt hätte, wäre ich vielleicht gleich auf die Straße hinausgegangen, ohne genau zu wissen, warum, so aber mußte ich wohl oder übel noch einmal in die Küche zurückkehren.

»War er freundlich zu dir?«

Weshalb hätte er unfreundlich sein sollen? Meine Mutter fuhr fort:

»Er ist ein intelligenter Mann und sehr gebildet. Er kommt aus einer der ältesten Familien Niorts.«

Im Arbeitszimmer hatte ich in Öl gemalte Porträts an den Wänden gesehen, mindestens fünf, denn das Zimmer war sehr groß und sehr hoch, mit Paneelen und Simsen aus geschnitztem Holz. Später erfuhr ich, daß das Haus des Richters ein regelrechtes Museum war, Antiquitätenhändler und Liebhaber kannten jeden Gegenstand darin. Manches stand seit Generationen am selben Platz, seit der Zeit des Gérondeau mit Perücke, den ich links an der Wand gesehen hatte und der auch Richter gewesen war.

»Ich muß jetzt in die Schule zurück.«

»Geh nur!«

Wie immer berührte ich mit den Lippen kurz die Stirn meiner Mutter, während ich meine Tanten immer auf beide Wangen küßte. Draußen auf der Straße schritt ich sehr rasch aus, und da ich unbedingt irgendeine Dummheit machen wollte, drückte ich auf eine Klingel und rannte schnell davon.

Ich möchte Niort und alles, was damit zusammenhängt und was ich mit der Zeit erfahren oder erraten oder mir zusammengereimt habe, möglichst schnell loswerden.

Angefangen hat es mit einer kleinen Mogelei, von der ich erfuhr, weil sich Tante Clémence verplapperte. Bis dahin wußte ich nicht, daß mein Vater sich bei der Scheidung verpflichtet hatte, für meinen Unterhalt und meine Ausbildung aufzukommen. War das Teil der Strafe, die er sich selbst auferlegt hatte? Fest steht jedenfalls, daß dieser in einfachen Verhältnissen lebende Mann bis zu meiner Volljährigkeit die monatliche Überweisung an meine Mutter nie versäumt hat.

Traute meine Mutter ihm nicht? Fürchtete sie, daß er die Zahlungen einstellen könnte? Eigentlich glaube ich es nicht. Ich denke eher, daß sie sich nur deshalb eine Zeitlang so sehnlich gewünscht hatte, Café-, Bar- oder Restaurantbesitzerin zu werden, weil sie in ihrer Jugend gesehen hat, wie dort das Geld mit einer für sie wunderbaren Leichtigkeit in die Kasse floß.

Meine Tanten hatten alle das gleiche Sicherheitsbedürfnis und den gleichen Wunsch, Geld anzuhäufen. Bei meiner Mutter wurde es, als sie Cherbourg verließ und ihre anderen Hoffnungen aufgab, zur fixen Idee.

Heute weiß ich, wie sie dazu gekommen ist, nach Niort zu gehen. Denn komischerweise hat sie die Zeitungsannonce in einer alten Pralinendose zusammen mit alten Briefen und Fotos, meiner ersten Haarsträhne und meinem ersten Zahn aufbewahrt.

Richter, Jungges. in Niort s. jg. fröhl. tatkräft. Köchin u. Haushält. Sehr gutes Geh. Zuschriften unter Chiffre L. 8167.

Vor einigen Jahren habe ich mit einem Bekannten, einem Psychiater, darüber gesprochen und dabei festgestellt, daß ich damals als Kind instinktiv gespürt habe, was in dem Haus an der Place de la Brèche merkwürdig und zweideutig war. Als meine Mutter diese Annonce in einer in der Bretagne und der Normandie verbreiteten Zeitung las, konnte sie sich nichts vorgemacht haben. Sie muß genau gewußt haben, welche Rolle sie bei diesem Junggesellen erwartete, und hat sich von den Möglichkeiten, die sich ihr in einer solchen Stellung eröffneten, vor allem aber von dem Einfluß, den sie auf den Richter würde ausüben können, wahrscheinlich ganz falsche Vorstellungen gemacht.

Vier Monate brauchte sie, bis sie mich ihm überhaupt vorstellen durfte. Dann tat sich eine ganze Weile gar nichts, es herrschte Funkstille, so als existierte ich gar nicht mehr. Wochenlang kam meine Mutter nicht zu mir ins Internat, entschuldigte sich mit kurzen Briefen und schob eine Grippe oder den Frühjahrsputz vor.

Ob der Richter am Ende meinen Unterhalt bezahlte – ein zweites Mal bezahlte, da mein Vater ja schon für mich aufkam –, weiß ich nicht. Jedenfalls gehörte das zu ihrem Plan. Es war aber nur der erste Schritt. Gérondeau hatte keine Geschwister, und sein nächster Verwandter war ein Vetter, der eine Protestantin aus Nîmes geheiratet hatte, wo er inzwischen Besitzer einer großen Autowerkstatt war. Dieser Vetter hatte zwei Kinder, einen Jungen und ein Mädchen, aber zwischen Nîmes und Niort wurden höchstens Weihnachtsgrüße ausgetauscht.

Als meine Mutter mich ins Departement Deux-Sèvres holte, besaß der damals zweiundfünfzigjährige Richter zwischen La Roche-sur-Yon und La Rochelle ein Dutzend Bauernhöfe mit hundert Hektar saftigem Grasland.

Seine Mutter, mit der er bis zu ihrem Tod vor fünf Jahren zusammenlebte, hatte ihm eine gebrechliche alte Haushälterin hinterlassen, die seit seiner Geburt im Haus war und die nun im Altersheim lebte.

Ich habe hintenrum Erkundigungen eingezogen, die Licht in das Geheimnis Gérondeau bringen. Damals gab es noch Bordelle, und Niort hatte zwei, eines für die Soldaten und die durchreisenden Bauern und eins der gehobenen Klasse, in dem nicht einmal Unteroffiziere zugelassen waren. Dieses Haus suchte der Richter zu Lebzeiten seiner Mutter regelmäßig auf. Er kündigte sich unter einem falschen Namen telefonisch für eine bestimmte Uhrzeit an, meldete sich nach Einbruch der Nacht mit einem vereinbarten Klopfzeichen an der Tür und begab sich unverzüglich nach oben in eines der Zimmer.

Jahrelang traf er sich dort mit derselben Frau, die scheinbar zufällig gewisse Ähnlichkeiten mit seiner Mutter hatte, und weigerte sich, irgendeine andere zu nehmen.

Das Richteramt war für ihn, genauso wie schon für seinen Vater und seinen Großvater, lediglich eine Koketterie, vielleicht auch eine Art gesellschaftlicher Pflicht, der er gewissenhaft nachkam. Sein eigentliches Interesse galt anderen Dingen. Sein Jugendtraum war es gewesen, auf die Archivschule zu gehen; sein Vater hatte ihn daran gehindert und ihn gezwungen, das Juraexamen zu machen, einmal wegen der Landgüter, die er in der Vendée und in den Deux-Sèvres besaß, und weil ein Gérondeau als Departementsarchivar undenkbar war.

Doch in dem Arbeitszimmer mit den dunklen Paneelen und den bis an die Decke reichenden Bücherregalen an den Wänden waren mehr Werke über Heraldik und über die Geschichte berühmter Familien zu finden als juristische Abhandlungen.

Meine Mutter mußte dem Richter drei Frauen zugleich ersetzen: seine verstorbene Mutter, die alte Haushälterin und das Mädchen im Bordell, das er nun nicht mehr aufzusuchen brauchte.

»Solche Männer«, sagte der Psychiater zu mir, »gibt es viel mehr, als man denkt. Sie sind halb impotent und so schüchtern, daß sie vor normalen sexuellen Beziehungen Angst haben. Würden sie heiraten, hätten sie Angst vor ihrer Frau, Angst, ausgelacht und verspottet zu werden und zu versagen. Mit Partnerinnen aus einer niedrigeren sozialen Schicht, die in ihren Augen nicht viel wert sind, schaffen sie es unter bestimmten Umständen.«

Doch schon vor diesem Gespräch, schon als Kind hatte ich den Verdacht gehabt, daß meine Mutter nie in dem Himmelbett hinter den Samtvorhängen mit Wappenmuster geschlafen hat, das ich im Schlafzimmer im ersten Stock einmal gesehen habe. Und ich glaube auch nicht, daß Gérondeau zu ihr gekommen ist, in ihr Zimmer mit dem Eisenbett und dem altmodischen Waschtisch mit angeschlagener Marmorplatte.

Dreimal in der Woche kam nachmittags eine Putzfrau, die ihr bei den groben Arbeiten zur Hand ging. In der übrigen Zeit lebten sie zu zweit in der Stille des großen Hauses, in zwölf Zimmern voller wertvoller Möbel und geheimnisvoller Winkel, von der Welt abgeschnitten durch die schwere Haustür und die bemalten Fenster.

Vier Jahre lang setzte meine Mutter alles daran, um mir Einlaß in dieses Heiligtum zu verschaffen, mein eigenes Zimmer, ganz gleich, in welcher Etage, einen Platz am Tisch, sei es in der Küche oder im Eßzimmer.

Sie konnte nicht verstehen, weshalb ich mich dagegen wehrte, und bemühte sich bis zuletzt, meinen Widerstand zu brechen, indem sie ihn ignorierte. Und ebensowenig schien sie verstanden zu haben, warum Gérondeau seinerseits gegen alle Bitten taub blieb.

Was sie erst recht nie begriff, war das stumme und traurige Einverständnis, das zwischen mir und dem Richter entstanden war.

5

Vermutlich stand schon zu Beginn des neuen Schuljahrs im Oktober 1923 fest, daß meine Tage im Internat gezählt waren. Ich wußte es bloß noch nicht. Ich ahnte es nur, und jemand anders ahnte es auch, hatte es vielleicht schon vor mir geahnt: Vinauger, der Oberaufseher.

Ich war nicht der erste, der aufgab. Schon in der Sexta, vor allem aber von der Quarta an verließ jedes Jahr eine ganze Reihe Schüler unter verschiedenen Vorwänden das Gymnasium. Im übrigen hatte ja nicht jeder die gleichen Gründe, obwohl es bei allen ähnliche Anzeichen gab. Die Eintönigkeit des Internatslebens, die strenge Disziplin Tag für Tag, Stunde für Stunde, all das wurde plötzlich unerträglich. Die Lehrer und Klassenkameraden wurden auf einmal Fremde, wenn nicht Feinde. Das Internat wurde zum Gefängnis, und alles schien besser, als sich weiter seinen Gesetzen zu beugen.

Vinauger hatte in diesen Dingen mehr Erfahrung als ich. Man sagte ihm eine perverse Boshaftigkeit nach, die die Schüler und auch manche Eltern darauf zurückführten, daß er, weil sein karges Gehalt hinten und vorne nicht ausreichte, neidisch war auf die Bürgersöhne und die Kinder der wohlhabenden Bauern und ihnen deshalb Knüppel zwischen die Beine warf.

Ich dagegen könnte schwören, daß dieser Mann jedesmal, wenn wieder jemand das Handtuch warf, genauso betrübt war wie ein Priester, dessen Schäfchen den Schoß der Kirche verläßt. Die Schule und damit die Ziele aufzugeben, die man sich gesetzt hatte, war für ihn dasselbe, wie wenn jemand sich vom Glauben abwandte. Er ließ sich nicht täuschen durch Ausreden wie: die Lehrer hätten ein Kind durch mangelndes Verständnis entmutigt. Die reichen oder gutgläubigen Eltern schickten ihre Söhne anschließend auf eine andere Schule – und noch eine und noch eine – und merkten nicht, daß der Faden endgültig gerissen war.

Die Schüler, die in der Quarta oder Tertia aufgaben, hatten fast alle mit Pubertätsproblemen zu kämpfen und wurden innert kurzer Zeit ganz andere Menschen mit neuen Wünschen und Zielen.

Vorher hatten sie Arzt, Anwalt oder Lehrer werden wollen – oder sollen –, und jetzt genügte ein Blick durch das offene Klassenzimmerfenster auf das Leben draußen, und schon drängte es sie hinaus auf die Straße, in die Welt hinaus. Sie wollten leben, nicht in acht oder zehn Jahren, sondern jetzt, sofort.

Andere, die bisher hervorragende Schüler gewesen waren, ließen sich plötzlich hängen oder wollten nicht mehr einsehen, wozu sie lernen sollten.

Vinauger sagte kein Wort dazu. Es hätte auch nichts genützt. Er hatte sich, was mich betraf, nie Illusionen gemacht. Vermutlich wunderte er sich sogar, daß ich so lange durchhielt und am Schuljahrsende immer wieder die gleichen, recht ehrenhaften Zensuren erhielt.

Nach dem, was ich bisher erzählt habe, könnte man

den Eindruck gewinnen, daß ich ein anderes Leben führte und ganz andere Sorgen und Gedanken hatte als andere Kinder meines Alters. So war es durchaus nicht, doch wenn man sozusagen von Höhepunkt zu Höhepunkt erzählt, rückt man das Alltägliche in den Hintergrund.

Ich spielte wie die anderen Kinder. Ich war in der Fußballmannschaft, ich las viel, manchmal bis zu zwei Bücher am Tag. Mit zwölf entdeckte ich Walter Scott, wir hatten sein Gesamtwerk auf Englisch mit zeitgenössischen Stichen in der Schulbibliothek. Zwei Jahre lang las ich sozusagen nur Englisch, nach Scott kam Dickens an die Reihe, dann Stevenson, Byron und unmittelbar darauf Shaw. Erst später, als wir die französischen Klassiker durchnahmen, stürzte ich mich auf Balzac.

Meine Besuche im Haus an der Place de la Brèche waren immer seltener geworden und hatten schließlich fast ganz aufgehört, was aber nicht heißt, daß meine Mutter es aufgegeben hätte, mich wenn schon nicht zum zukünftigen Erben des Richters zu machen, so diesen doch wenigstens für meine Zukunft zu interessieren.

Später änderte sie ihre Strategie, und sie setzte es sich in den Kopf, ihren eigenen Namen schwarz auf weiß auf einem Testament zu sehen.

Ich weiß nicht mehr, wann Gérondeau starb. Der Tod ereilte ihn im Korridor des Gerichtsgebäudes, wo ihn ein plötzliches Unwohlsein befallen hatte. Er war damals jedenfalls schon hochbetagt und längst pensioniert. Man hatte ihm irgendein Ehrenamt übertragen, und so ging er weiter im Justizpalast ein und aus.

Mein Leben spielte sich damals anderswo ab, und ich bekam den Kampf, den meine Mutter gegen die Erben führte, und den endlosen Prozeß nur von fern mit.

Da man kein Testament gefunden hatte, erbten der Sohn und die Tochter des Vetters in Nîmes. Meine Mutter behauptete jedoch, sie habe mit eigenen Augen ein Testament gesehen, in dem ihr ein Teil des Vermögens zugesprochen worden sei.

Sie schreckte nicht davor zurück, vor Gericht zu ziehen. Der ganze Fall war höchst undurchsichtig, ein ziemlich übel beleumdeter Anwalt mischte sich ein, zunächst zugunsten meiner Mutter, dann gegen sie; es ging unter anderem um falsche Zeugenaussage, denn eine Putzfrau, die von meiner Mutter als Zeugin benannt worden war, hatte unter Eid behauptet, das Testament gegengezeichnet zu haben.

Ein weiterer Prozeßpunkt war der Besuch eines der Erben in Niort wenige Wochen vor dem Tod des Richters. Meine Mutter behauptete, genau an diesem Tag sei das Testament verschwunden. Der Sohn des Vetters, der die Autowerkstatt seines Vaters übernommen und zwei weitere aufgebaut hatte, eine in Marseille und eine in Aix, entgegnete, sein Onkel hätte außer sich vor Zorn zu ihm gesagt:

»Wenn du mir nur helfen könntest, diese Megäre loszuwerden!«

Solche Bosheiten und noch viele mehr hatte man sich bei der Verhandlung an den Kopf geworfen, und die Lokalblätter hatten alles weidlich ausgeschlachtet.

»Weshalb setzen Sie sie nicht vor die Tür?«

»Das verstehst du nicht! Sie hat mich in der Hand!«

Der Fall wurde noch dadurch kompliziert, daß die Erben zum Gegenschlag ausholten und meine Mutter wegen Unterschlagung verklagten.

Unter anderem ging es um ein Aktienpaket, das in einer bestimmten Schublade hätte liegen müssen, und um eine goldene Tabakdose aus dem 18. Jahrhundert, die bei einem Antiquitätenhändler in Paris aufgetaucht war, ohne daß ermittelt werden konnte, wann und auf welchem Weg sie dorthin gelangt war.

Der Fall ging von einem Gericht zum nächsten, von einer Instanz zur nächsten, von Niort nach Poitiers und schließlich nach Paris, und das Verfahren zog sich mehr als vier Jahre lang hin. Wer letzten Endes wie und warum nachgegeben hat, weiß ich nicht, und ich will es auch nicht wissen. Meine Mutter wohl nicht, denn sie lebt immer noch in Niort und nicht in der Normandie, wie man hätte annehmen können, und es fehlt ihr an nichts.

Was mich selbst betraf, so wußte ich damals noch nicht, daß das Schuljahr 1924/25 mein letztes sein würde und daß ich, nachdem ich Niort verlassen hatte, nie wieder einen Fuß in diese Stadt setzen würde.

Waren meine letzten Schulferien der Auslöser für meinen Entschluß? Schon möglich. Auch Vinauger hatte diesen Verdacht, denn schon ein oder zwei Tage nach meiner Rückkehr musterte er mich mit fragenden Blicken.

Seit ich auf dem Lyzeum war, hatte ich zweimal einen Teil meiner Ferien in England verbracht, einmal in Tattenham Corner, das andere Mal in Brighton am Meer, wo mein Vater zwei Zimmer in einem Ferienhaus gemietet hatte und wo die Kinder auf Feldbetten schliefen.

Dieses Mal, glaube ich, fragten mein Vater und ich uns jedesmal, wenn sich unsere Blicke trafen, warum wir eigentlich zusammen waren. Möglicherweise bin ich ja wirklich sein Sohn. Meine Mutter behauptete es, aber ich schenkte den Behauptungen meiner Mutter immer weniger Glauben.

Wilbur war im Gegensatz zu mir ein echter Adams, er war als Adams erzogen worden und benahm sich, wie es sich für einen Einwohner von Tattenham Corner gehörte. Und dann waren nach Nancy und Bonnie da, die schon fast junge Damen waren.

Ich durfte ihnen nicht länger zur Last fallen. Im Juli hatte ich von Wilbur eine Ansichtskarte aus Le Touquet bekommen, auf der er schrieb:

Having fun here. Won't you come?

Das englische Pfund war so stark wie noch nie, der Franc ganz tief, und das nutzten die Adams aus und gönnten sich einen langen Urlaub auf dem Kontinent.

Ich fuhr nicht zu ihnen. Mit einem einzigen Koffer und ein bißchen Taschengeld reiste ich in der dritten Klasse und meistens in kleinen Bummelzügen von einer meiner Tanten zur anderen. War mir bewußt, daß ich vor allem meine Tante Louise wiedersehen wollte, und daß die anderen nur ein Vorwand waren? Es ist nicht weiter wichtig. Ich fuhr zuerst nach Cherbourg zu den Pajons, bei denen sich die Atmosphäre ziemlich verändert hatte.

Tante Clémence war sehr dick geworden und klagte seit der Geburt ihres letzten Kindes über Schmerzen im Bauch. Sie hatte bereits mehrere Ärzte konsultiert. Einer wollte sie operieren, aber sie hatte Angst davor.

»Weißt du, Steve, wenn mir was zustößt, was wird dann aus meinem Mann und den Kindern?«

Man sprach mit mir schon wie mit einem Erwachsenen, es ging um Eierstöcke und um die Gebärmutter. Das einst nagelneue und frisch möblierte Haus hatte Patina angesetzt und eine eigene Ausstrahlung gewonnen. Es war kein anonymes Haus mehr, man sah ihm die Familiengewohnheiten und -rituale an.

»Willst du nicht auch deine Großmutter besuchen?«

Ich hatte nicht vor, über Saint-Saturnin zu fahren, wo sich mein Großvater vor einem Jahr erhängt hatte. Ich fühlte mich meiner Großmutter in keiner Weise verbunden. Vielleicht wäre ich, wenn sie auch tot gewesen wäre, hingefahren, um die Wassertonne, den Apfelbaum und den Kaninchenstall wiederzusehen.

»Es ist unglaublich, Steve. Entgegen allen Befürchtungen hält sie sich großartig. Sie wirkt jünger und munterer denn je. Sie weigert sich, zu einer von uns zu ziehen, und meint, daß sie in ihrem eigenen Häuschen besser dran sei. Vor kurzem hat sie sich elektrischen Strom legen lassen. Ab und zu kommt sie für ein, zwei Tage zu uns, dann fährt sie weiter nach Caen zu Béatrice oder Lucien, dessen Frau Zwillinge bekommen hat. Hat dir deine Mutter nichts davon erzählt?«

Ich hatte noch eine weitere Tante, Raymonde, die ich kaum kannte, weil sie ganz andere Wege gegangen war als die anderen. Sie hatte eine Zeitlang in Bayeux bei den Nonnen gearbeitet. Vermutlich mit deren Hilfe hatte sie die Prüfung als Krankenschwester gemacht. Jedenfalls hatte sie drei oder vier Jahre lang als Krankenschwester im Krankenhaus von Caen, dann in Le Havre gearbeitet, und es hieß, sie wolle heiraten.

Daraus wurde nichts, Raymonde ging wieder zu den Nonnen zurück, nicht mehr nach Bayeux, sondern ins Stammhaus nach Lisieux.

»Sie kann sich einfach nicht entschließen, den Schleier zu nehmen. Als ich mit ihr darüber gesprochen habe, sagte sie mit dieser Miene, die sie jetzt immer hat, so als erkenne sie uns kaum wieder:

›Wozu denn? Ich bin doch auch so glücklich. Ich verdanke ihnen alles und möchte lieber ihre Dienerin bleiben.‹«

Nicht nur um ihre Gesundheit machte sich Clémence Sorgen. Auch mein Onkel beunruhigte sie, und sogar mir fiel auf, daß er sich verändert hatte, obwohl ich ihn während meines Besuches kaum zu Gesicht bekam. Körperlich hatte er sich herausgemacht, er war jetzt kräftiger, breitschultrig und hatte eine selbstsichere, herrische Miene, die ich an ihm gar nicht kannte. Er bastelte nicht mehr, ging sonntags nicht mehr auf den Fußballplatz. Er war zum Gewerkschaftssekretär ernannt worden, nahm seine Aufgaben sehr ernst und opferte ihnen seine ganze freie Zeit.

»Es ist ganz plötzlich über ihn gekommen, vor zwei Jahren, beim letzten Streik. Ich wollte ihn davon abhalten, ihm klarmachen, daß jetzt nicht der richtige Augenblick ist, in die Politik einzusteigen, wo er doch gerade zum Werkmeister befördert worden ist.«

Zu mir sagte er, als er nachts um halb zwölf von einer Versammlung nach Hause kam und mich mit meiner Tante in der Küche sitzen sah, wo wir auf ihn gewartet hatten, nichts weiter als:

»Immer noch auf dem Gymnasium?«

Als ich bejahte, sah er mich an, zuckte unmerklich mit den Schultern. Das konnte heißen:

»So ist es recht.«

Oder auch:

»Schade um dich!«

Ich blieb nur vierundzwanzig Stunden in Cherbourg. Ich hatte es eilig, nach Port-en-Bessin zu kommen, und hatte Tante Louise mein Kommen bereits angekündigt.

Ich wußte, daß sie inzwischen verheiratet war und hinter der Kasse im ›Hôtel des Flots‹ saß, denn Léons erste Frau war endlich gestorben und meine Tante hatte ihren Platz eingenommen.

Das Hotel, früher ein einfacher Gasthof, in dem die Fischer des Ortes einkehrten, war teilweise renoviert, die Fassade hellblau gestrichen. Auch der Speisesaal war blau, mit blaukarierten Tischdecken auf den Tischen. Die Gäste waren einfache Leute, hauptsächlich Eisenbahner mit ihren Familien, viele davon vom Rangierbahnhof in Juvisy.

Louise hatte sich weniger verändert als Clémence und war, obwohl inzwischen dreißig, kaum rundlicher geworden. Was sich überhaupt nicht verändert hatte, waren ihr Mund, der mich immer beindruckt hatte, und vor allem ihr zugleich spöttischer und herausfordender Blick.

Jetzt war sie die Herrin im Haus, trug aber weiterhin ein schwarzes Kleid wie die Kellnerinnen, nur war ihres aus Seide. Es war die Zeit, in der die Frauen sehr kurze und schmale Kleider trugen und anfingen, sich die Haare abzuschneiden. Die meiner Tante waren voll und dunkel und fielen ihr dauernd ins Gesicht, das trotz der Meerluft noch genauso blaß wie früher war, und sie warf sie mit einer typischen Kopfbewegung zurück.

In Saint-Saturnin hatte sie nie oder höchstens heimlich geraucht. Jetzt hing ihr den ganzen Tag eine Zigarette im Mundwinkel, und wegen des Rauchs mußte sie die Augen zusammenkneifen.

»Na, was treibst du so, Wehweh?«

Sie war die einzige, die mich noch bei meinem Spitznamen aus der Kindheit nannte.

»Hast du Léon schon guten Tag gesagt? Warte, er wird gleich heraufkommen. Er ist im Keller.«

Die Falltür hinter dem Tresen stand offen, und da tauchte auch schon Léon auf, ein paar Flaschen in der Hand, plump und schwerfällig wie ein Seehund. Anstelle des Nackens hatte er drei rote Fettwülste.

»Salut, junger Mann! Was sagst du nun? Deine Tante, das Weibsstück, hat endlich gekriegt, was sie wollte...«

Seine Vulgarität, seine grobe Ausdrucksweise und seine Gestik wirkten aufgesetzt und übertrieben, genauso wie seine komische Art, mit den Augen zu rollen. Er gab sich absichtlich so, ließ die Hose über den mächtigen Bauch hinabrutschen, um sie mit einer unanständigen Hüftbewegung im letzten Augenblick wieder hochzuziehen. Diese Art entsprach im Grunde seinem wirklichen Wesen, aber er übertrieb, so daß er wie seine eigene Karikatur wirkte, sehr zum Nutzen seines Lokals. Man ging zu Léon, weil er ein Original war, man wartete auf seine Vorstellung, auf seine augenzwinkernd und unter dröhnendem Gelächter vorgetragenen Zoten.

Aber das nahm ich meiner Tante nicht übel. Ich war auch nicht enttäuscht. In Niort bei Gérondeau und meiner Mutter hatte ich mich gedemütigt, ja beinahe schuldig gefühlt. Hier in Port-en-Bessin mußte ich mich zwar zwingen, über Léons Witze zu lachen, aber ich brachte meine Tante nicht mit ihm in Verbindung.

Alle zehn Gästezimmer waren belegt, einige von ganzen Familien, für deren Kinder abends Klappbetten aufgestellt wurden, und so bekam ich ein Dachzimmer zugeteilt, das über eine steile Stiege zu erreichen war.

In der Mansarde neben der meinen, die noch schrägere Wände hatte und kaum zwei Meter breit war, schlief nachts eine Fünfzehnjährige namens Olga.

Ich hatte sie gleich am ersten Vormittag im Hof bemerkt, wo sie auf einem niedrigen Hocker saß und Kartoffeln schälte, die sie dann in einen Eimer zwischen ihren gespreizten Beinen plumpsen ließ.

In jenem Jahr trug man wie gesagt kurze, gerade geschnittene Kleider. Das von Olga war bonbonrosa und reichte ihr kaum bis zu den Knien, aber es schien ihr gar nichts auszumachen, daß man ihre nackten Schenkel sah.

Überdies mußte das Kleid beim Waschen eingegangen sein, und Olga war wie viele Mädchen ihres Alters pummelig, mit einem Busen, der schon weiter entwickelt war als der übrige Körper. Sie saß in der prallen Sonne. Es war heiß. Ein Geruch nach Gebratenem kam aus der Küche.

Alles, was ich hier zu schildern versuche, hat mich nur ein paar Sekunden lang beeindruckt. Meine Tante und ich traten aus der frischen Kühle des Hinterzimmers in den Hof hinaus. Sie hatte mir gerade das Haus gezeigt und mich dem Koch vorgestellt, einem hochaufgeschossenen Jungen mit einer weißen Mütze und einer schmuddeligen Schürze.

»Und das ist Olga…«

Ich hatte Zeit gehabt, meinen Blick über das rosagekleidete Mädchen gleiten zu lassen, über ihre nackten Beine, die gespreizten Knie und die Schenkel hinauf. Meine Tante hatte genauso schnell wie ich begriffen, was in mir vorging und warum ich errötet war, und ich erinnere mich genau, wie sie lächelte und wie es in ihren Augen aufblitzte.

»Olga, das ist mein Neffe!«

»Ja, Madame.«

»Er schläft neben dir unter dem Dach.«

»Ja, Madame.«

Das junge Mädchen war genauso zartrosa wie ihr Kleid, ihre Augen waren blau, und ihre Haare hatten zwei verschiedene Farbtöne, die oberen waren hellblond, die unteren bronzefarben.

»Weißt du, daß ich ihm die Flasche gegeben und die Windeln gewechselt habe?«

Ich bin sicher, daß das, was damals in Port-en-Bessin passierte, sehr komplex, sehr subtil und ziemlich bedeutsam für mich war. Kann sein, daß ich mich täusche und meiner Tante Gefühle und Absichten unterstelle, die sie gar nicht hatte, aber das würde mich sehr wundern.

Mit fünfzehneinhalb hatte ich im Gegensatz zu vielen meiner Schulkameraden noch keine sexuellen Erfahrungen. In Niort bin ich einmal, als Jahrmarkt war und wir aus irgendeinem Grund frei hatten, ziemlich lang einem der Mädchen nachgelaufen, die in der Nähe der Cafés herumlungerten, in denen es von Viehhändlern und Bauern wimmelte.

Ich wußte, was so ein Mädchen kostete. Meine Finger umklammerten das Geld in meiner Hosentasche. Ich war fest entschlossen, das, was ich für einen Zustand der Minderwertigkeit hielt, zu beenden. Das Mädchen ging auf und ab und blieb jedesmal stehen, wenn es aus dem Dunkel ins Licht der Gaslaterne trat. Kaum hundert Meter weiter war auf einem Leuchtschild in schwarzen Lettern das Wort »Hotel« zu lesen.

Ein Betrunkener torkelte auf das Mädchen zu, und so verzichtete ich, und ich bin froh über diesen Zufall, denn sonst wäre das Ereignis in Port-en-Bessin nicht so bedeutungsvoll gewesen.

Den ganzen Tag über stand so etwas wie eine unausgesprochene Frage in den Augen meiner Tante, und sie sah mich jedesmal, wenn Olga gleichgültig und unbefangen ins Zimmer kam, bedeutsam an.

Hatte eine Substitution stattgefunden? Es war wie eine Strömung von mir zu meiner Tante und von meiner Tante zu mir, die wir immer wieder auf das junge

Mädchen im rosa Kleid und mit dem großen Busen übertrugen.

Natürlich gab es Unterbrechungen, denn ich ging den Hafen besichtigen, sprang von einem eben heimgekehrten Fischerboot aus ins Meer, das auf meiner Haut einen intensiven Fischgeruch hinterließ.

Mit Léon, dem jeder Anlaß zum Trinken recht war und der mir genüßlich intime Details über meine Tante erzählte, mußte ich eine Flasche Muscadet leeren. Ich ließ sein Geschwätz geduldig über mich ergehen, vielleicht weil ich irgendwie ein schlechtes Gewissen hatte.

Auch meine Tante, die in der Nähe war und alles hören konnte, war nicht verärgert. Eine Art stilles Einverständnis lag in der Luft, ein merkwürdiges, unschuldiges und zugleich erotisches Knistern, wie ich es nie wieder erlebt habe.

Zehn-, vielleicht zwanzigmal begegneten sich unsere Blicke, immer mit demselben freudigen Aufleuchten der Augen, um sich gleich darauf zu dem Mädchen im rosa Kleid zu wenden.

Um halb elf waren fast alle Hotelgäste schlafen gegangen. Nur an einem Tisch saßen noch ein paar Seeleute aus dem Ort um Léon herum. Olga hörte man in der Küche zusammen mit einem Dienstmädchen aufräumen, dann kam sie herein und fragte meine Tante, die an der Kasse saß:

»Brauchen Sie mich noch?«

»Nein, mein Kind. Gute Nacht.«

Dann ging alles sehr schnell, keinem fiel etwas auf. Meine Tante winkte mich mit einem Blick zu sich, und ich ging zu ihr, genau wie kurz zuvor Olga. Mit einer Kopfbewegung deutete sie zur Treppe, die vom Speisesaal nach oben führte und deren Stufen ich knarren hörte.

»Geh.«

Sie mußte mein Zögern mißverstanden haben, denn sie fügte leise hinzu:

»Keine Angst. Sie macht es nicht zum ersten Mal.«

Und da ich wie angenagelt vor ihr stehenblieb, sagte sie noch einmal, schon leicht ungeduldig:

»Na geh schon!«

Oktober bis Anfang Juli war die unangenehmste Zeit meines Lebens; nicht tragisch, ja nicht einmal schmerzlich, denn es passierte nichts Schlimmes, und ich hatte keinen Kummer. Nur verstrich die Zeit schrecklich langsam, fast als ginge sie rückwärts. Das Wort »rückwärts« drückt wohl ziemlich genau aus, was ich damals empfand, dieses irritierende Gefühl, daß die Tage, die ich verbrachte, nicht der Gegenwart, sondern bereits der Vergangenheit angehörten.

Hätte ich damals ein Tagebuch geführt, hätte ich wohl anders darüber geschrieben. In jenem Jahr aber, das schwöre ich, hätte es nur leere weiße Seiten gegeben, abgerissene Kalenderblätter oder Kreuzchen, wie man sie beim Militärdienst macht, um die noch verbleibenden Tage zu zählen.

Ich hatte keine Entscheidung getroffen, ich hatte keinen Plan und kein Ziel. Trotzdem wußte ich, daß das, was ich erlebte, bedeutungslos war und weder mit dem, was vorher war, noch mit dem, was danach kam, in irgendeinem Zusammenhang stand. Trotzdem erledigte ich geduldig alles, was mir aufgetragen wurde.

Ich war genauso überrascht wie mein Lehrer, als ich für einen Englischaufsatz statt der gewohnten Eins eine Vier bekam. In den anderen Fächern, in denen ich nicht so gut war, bekam ich eine Fünf, manchmal sogar eine Sechs. Ich konnte nichts dafür. Es gab Tage, da war mein Kopf leer.

Ich habe nie gewagt, jemand zu fragen, ob ihm etwas Ähnliches passiert sei. Mein ganzes Leben kam ich immer wieder in Versuchung, die Leute zu fragen:

»Haben Sie auch schon so was erlebt?«

Zu meinen Kameraden hatte ich in dieser Zeit nur vage, unausgesprochene Kontakte, wie auch zu Vinauger, dem Oberaufseher, der wortlos beobachtete, wie ich mich innerlich von der Schule löste, während ich allein an meinem Pult saß.

Und war es nicht auch ein vager, unausgesprochener Kontakt zwischen mir und meiner Tante, der sich über eine Drittperson, Olga, vollzog? Tante Louise ihrerseits vollzog diesen Kontakt, indem sie von meinem Gesicht den Ausdruck meiner wild-verzweifelten, ersten amourösen Erfahrungen abzulesen versuchte und mich damit bis zum Äußersten trieb.

Einmal war ich drauf und dran, auf den reglos dastehenden Vinauger zuzugehen und ihn mitten auf dem lärmigen Pausenhof zu fragen:

»Ist das immer so?«

Damit meinte ich nicht die Sache mit meiner Tante, sondern die Leere, in der ich seit Oktober umherirrte.

Ich tat es dann doch nicht, und ich weiß jetzt, daß es

ohnehin nichts genützt hätte, daß es gegen die Regel verstoßen hätte, gegen eine ungeschriebene Regel, an die sich aber doch in einer Art stillschweigender Übereinkunft alle hielten.

Was geschähe, wenn sich die Menschen überall, auf der Straße, im Büro, in der Fabrik solche Fragen stellen würden? Jeder hat, je nach Herkunft, eine andere Vorstellung vom Wesen des Menschen, eine andere Auffassung von Pflicht, von Gut und Böse, von Schicklichkeit und Sünde. Schlimmer noch: Da jeder gewissermaßen nicht aus einer, sondern aus mehreren sozialen Gruppen kommt, weil zum Beispiel seine Mutter anderer Herkunft ist als sein Vater, hat er nicht nur eine, sondern verschiedene Auffassungen, und wenn er in neue Kreise kommt, muß er sich wieder umstellen. Kaum hat er laufen gelernt, muß er sich mit den verschiedensten Lebensauffassungen und Weltbildern auseinandersetzen, die sich genauso ändern, wie er sich selbst ändert, und bevor er sie noch seinen Kindern vermitteln kann, sind sie schon wieder überholt.

Ist das nicht ein gewaltiger Betrug? Es scheint, als wollten die einzelnen Gesellschaftsgruppen verhindern, daß ihre Mitglieder sich an andere Lebensformen gewöhnen. So wie jeder Negerstamm seine eigenen Tätowierungen hat, die ihn für die benachbarten Stämme als Feind kennzeichnen.

Jeder weiß somit, was er in jeder Lebenslage zu denken hat und wie er sich verhalten soll, keiner von uns aber weiß, was sein Mitmensch wirklich denkt und wie er aus innerer Überzeugung handeln würde.

Von den anfangs fünfundvierzig Sechstklässlern

waren nur sechzehn übriggeblieben, die sich auf das Vorabitur vorbereiteten, sechzehn hochaufgeschossene, linkische Knaben, die, wie ich später merkte, mehr oder weniger ähnliche Probleme hatten wie ich. Sieben waren Internatsschüler, zwei schliefen im selben Saal wie ich. Wir sahen uns schon frühmorgens im Waschraum und im Speisesaal und dann den ganzen Tag im Klassenzimmer, im Schulhof, im Studierzimmer oder auf dem Sportplatz.

Ich konnte unmöglich eine Ausnahme sein, als einziger innerlich mit der Schule gebrochen haben. Doch jeder von uns hütete sein Geheimnis bis zuletzt, als wäre es eine Schande, vielleicht aber auch, weil es nicht den Regeln entsprach, die man uns beigebracht hatte.

Solche Überlegungen stellte ich schon mit fünfzehneinhalb an, vielleicht nicht so ausdrücklich, aber dafür um so leidenschaftlicher, und im gleichen Alter überfiel mich plötzlich der verrückte Wunsch, die Leute auf der Straße anzusprechen und auszufragen.

Je näher die Prüfungen rückten, je mehr ließ ich es drauf ankommen, wollte das Abitur sogar ganz sausen lassen und sofort abreisen. Doch ich hatte die Prinzipien, die man mir eingebläut hatte, so verinnerlicht, daß ich es dann doch nicht fertigbrachte.

Also spielte ich weiter mit und wußte doch von vornherein, daß ich verlieren würde. Vinauger fuhr mit mir und meinen Kameraden nach Poitiers. Dort brachte er uns in eine Schule, die im Vergleich zu unserer wie eine Kaserne aussah. Auf den Schulhöfen, die nach klassischen Dichtern benannt waren, wiesen

Pfeile den Weg zu den einzelnen Klassenzimmern. Wir waren an die tausend, keiner kannte den anderen, und so machten wir uns denn auf die Suche nach den Räumen, in denen unsere Prüfer uns erwarteten.

Die Treppen, die aus Eisen waren, befanden sich außen an den Gebäuden, um die eine Art Laufsteg herumführte, auf denen die Schritte widerhallten.

Auf der Heimfahrt waren wir gedrückter Stimmung, leer und ausgepumpt, dennoch kamen am übernächsten Tag alle bis auf einen zur zweiten Prüfungsrunde.

In einem Fach, in Algebra, gab ich das Blatt leer ab, nicht als Provokation, sondern weil ich die Aufgaben nicht begriffen hatte.

»Glaubst du, daß man dich zu den mündlichen Prüfungen zuläßt?«

»Nein.«

Man sah niedergeschlagene Gesichter, und einer, der Stipendiat, dessen Mutter Bahnwärterin war, erlitt im Zug einen Nervenzusammenbruch und weinte den ganzen Weg. Dabei wußte er genau, daß er bestanden hatte. Doch er brauchte ein »Sehr gut« oder mindestens ein »Gut«.

Selbst Vinauger kam mir angespannter vor als sonst. Dabei war es, seinem Alter nach zu schließen, bestimmt das elfte oder zwölfte Mal, daß er diese Fahrt mit Prüfungskandidaten machte und später eine zusammengeschrumpfte Gruppe zum mündlichen Examen begleitete.

Aber wozu ihm Fragen stellen? Heute bereue ich es, aber was hätte es schon genutzt? Bis zur Bekanntgabe der Ergebnisse der schriftlichen Prüfungen hatte ich frei und konnte wie im vorigen Jahr meine Tanten besuchen.

Aber das interessierte mich alles nicht mehr. Ich hatte kein Bedürfnis, bekannte Gesichter zu sehen, nicht einmal meine Tante Louise. Ich stand am Anfang des Lebens, des wirklichen, unbekannten Lebens, von dem ich noch nichts wußte und mit dem ich mich messen wollte.

Ich hatte keine Angst davor. Ich weiß noch, wie ich mich an dem Morgen im Spiegel betrachtete. Ich war ein wenig bleich, man sah mir die Anstrengungen der letzten Tage an, aber ich war ruhig, gelöst.

Ich war auch nicht aufgeregt. Ich hatte nicht das Gefühl, daß mir etwas Großes bevorstand.

Die Bande hatten sich in den letzten Monaten gelockert, und im übrigen hatte ich mich nie mit nichts und niemandem eng verbunden gefühlt.

Das einzige, was mir erlaubt hätte, bereits mit dem Gedanken zu spielen, war, daß ich Geld hatte.

Mutter steckte mir immer wieder einmal etwas zu, schob ein paar Scheine in einen Briefumschlag und schickte ihn mir in die Schule. Zum Geburtstag hatte ich von meinem Vater einen Scheck erhalten, und ein weiterer war ganz unverhofft von Tante Louise gekommen.

Ich hatte kaum etwas ausgegeben, so daß ich jetzt im Besitz eines kleinen Vermögens von nahezu zweitausend Franc war, ich erinnere mich genau an den Betrag. Das Geld wurde seit meiner Geburt so oft auf- und abgewertet, daß ich nur anhand von konkreten Beispielen klarmachen kann, wieviel diese Summe damals wert war. Eine Schachtel französischer Zigaretten kostete fünfzig Centimes und eine Mahlzeit in einem billigen Pariser Restaurant, die man damals *grands bouillons* nannte, drei Franc fünfzig. Was ich in der Tasche hatte, entsprach demnach zwei Monatsgehältern eines kleinen Angestellten.

Auch die Mode hatte sich geändert, und ich trug in diesem Jahr zum ersten Mal lange Hosen. Gegen den Widerstand meiner Mutter, für die Gérondeau das große Vorbild war, hatte ich sehr weite gewählt, Elefantenhosen, wie man damals sagte, Schuhe mit eckigen Spitzen, eine kurze Weste und einen beinahe randlosen Hut. Die ganze Klasse war so gekleidet, bis auf den Sohn der Schrankenwärterin und einen Jungen, dessen Namen ich nicht mehr weiß und dessen Vater bei der Steuerverwaltung arbeitete.

Auch wenn ich meine Abreise niemandem angekündigt hatte, machte ich mich dennoch nicht heimlich davon und mußte über keine Mauer klettern.

Die unteren Klassen steckten mitten in den Prüfungen, und für die Abiturienten und Vorabiturienten, die keinen Unterricht mehr hatten, lief das Internatsleben nicht mehr in den geordneten Bahnen; manche Vorschriften wurden nicht mehr eingehalten; die Internen, die die schriftliche Prüfung hinter sich hatten und nicht nach Hause gefahren waren, erfreuten sich einer fast uneingeschränkten Freiheit.

Auch das Verhältnis zwischen den Lehrern und uns hatte sich merklich verändert. Von heute auf morgen waren wir für sie keine Schüler mehr, sondern erwachsene Männer, beinahe Ebenbürtige.

Ich besaß einen Koffer, den ich schon im letzten Sommer in der Normandie dabei gehabt hatte und in dem ich immer meine schmutzige Wäsche zu meiner Mutter brachte, denn sie behauptete, in der Wäscherei würde man zu heiß bügeln, und bestand darauf, alles selbst zu waschen. Meine Bücher nahm ich nicht mit, und ich verkaufte sie auch nicht an ein Antiquariat wie sonst zu Ende des Schuljahrs.

Auch meinen Anzug mit den kurzen Hosen, den ich in der Schule abgetragen hatte, ließ ich zurück. Ein paar Hemden, Socken und Schuhe zum Wechseln, Kamm und Haarbürste, das war schon alles. Briefe, Fotos und andere Erinnerungsstücke bewahrte ich nicht auf.

Am Handgelenk trug ich die silberne Armbanduhr, die mir mein Vater zum zwölften Geburtstag geschenkt hatte, in der Tasche ein Taschenmesser, ein Feuerzeug und ein Portefeuille, das einmal Gérondeau gehört hatte. Ich behielt es trotzdem, denn es war aus echtem Russisch Leder. Heute kennt kaum noch jemand Russisch Leder, doch für meine Mutter war es damals der Inbegriff von Luxus.

Im Waschraum unter der Dusche traf ich auf Landois, der später einer der bedeutendsten Architekten von Paris wurde. Sein Vater, ein Getreidegroßhändler, der in der Vendée wohnte, sollte ihn gegen Mittag mit dem Auto abholen.

»Und du, bleibst du hier?« fragte er mich.

Wir waren beide nackt, das kalte Wasser perlte uns über die Haut.

»Nein.«

»Wohin fährst du?«
»Nach Paris.«
»Glückspilz!«
Mehr sagte er nicht, er stellte auch keine weiteren Fragen.
Allein schon der Name Paris hatte ihn beeindruckt, wie und weshalb ich hinfuhr, wollte er gar nicht wissen.
Er sah zu, wie ich mich anzog und meine Wäsche in den Koffer stopfte.
»Verabschiedest du dich von Vinauger?«
Antwortete ich ihm? Möglich. Jedenfalls habe ich mich dann von niemandem verabschiedet, nicht mal von Landois, dem ich beim Hinausgehen lediglich »Salut« zurief, als sähe ich ihn bald wieder.
Ich ging durch das graue Treppenhaus, in dem sogar die Sonne staubig wirkte, nach unten, überquerte den menschenleeren Schulhof und schritt ohne Herzklopfen entschlossen durch das Gittertor.
Erst zweihundert Meter weiter begann ich nach einem Blick auf meine Armbanduhr rascher zu gehen. Ich würde gerade noch rechtzeitig zum Zug kommen, genau wie ich es geplant hatte.
»Einmal dritte Klasse nach Paris.«
»Hin und zurück?«
»Einfach.«
In meinem Abteil saßen Soldaten, die auf Urlaub waren, Rekruten, die sich in ihrer Uniform noch ungeschickt bewegten und glaubten, sich auffällig benehmen zu müssen, nur weil sie Soldaten waren. Mir gegenüber saß eine alte Bäuerin in Trauerkleidung, mit

einer schwarzen Tasche auf dem Schoß, die sie während der ganzen Reise nicht losließ. Immer wieder spürte ich, wie sie mich anstarrte, und ich merkte ihr an, daß sie nur mühsam die Tränen zurückhielt, zwei-, dreimal wischte sie sich die Augen ab und schneuzte sich.

Auf dem Bahnhof von Poitiers hatte der Zug einige Minuten Aufenthalt, und da es fast Mittag war, kaufte ich mir ein Schinkensandwich und nach kurzem Zögern eine halbe Flasche Rotwein. Die Soldaten drängten sich an der Waggontür und riefen den vorbeigehenden Frauen und dem Bahnhofsvorsteher Scherze zu, ahmten Tierstimmen nach und übertönten damit sogar das Pfeifen der Lokomotive.

Der Wein hatte mich schläfrig gemacht, und ich döste ein, und als ich wieder aufwachte, sah mich die Bäuerin gegenüber immer noch an und betete, stumm die Lippen bewegend, den Rosenkranz.

Damals endete die Bahnlinie noch im Bahnhof von Orsay, der nach einem langen Tunnel urplötzlich vor einem auftauchte. Ich war noch nie in Paris gewesen. Den Koffer in der Hand trat ich aus der lärmerfüllten Halle nach draußen und stand am Ufer der Seine, ohne die leiseste Vorstellung, in welche Richtung ich gehen sollte.

Ich wußte nur, daß ich ein billiges Hotel finden mußte, eines jener Hotels, von denen ich gelesen hatte und die Zimmer wochen- oder monatsweise vermieten.

Nun hatte mich die Eisenbahn aber zufällig in eines jener ruhigen, beinahe feierlich wirkenden Viertel gebracht, dessen Straßen mit vornehmen großen Wohnhäusern gesäumt waren.

Ich muß wohl eine Zeitlang im Kreis gelaufen sein, denn ich fand mich zweimal auf dem Boulevard Saint-Germain wieder und kam an ich weiß nicht wie vielen Ministerien vorbei. Von dem Wein und dem Nickerchen im Zug hatte ich Kopfweh bekommen. Ich sah die Leute zu einer Metro-Station laufen und gelangte in eine belebtere Straße mit Geschäften, Restaurants und Bistros mit Zinktresen, genau wie ich es mir vorgestellt hatte.

»Können Sie mir sagen, wo ich hier bin?« fragte ich einen Polizisten.

»Gare Montparnasse.«

Auch hier entsprachen die Hotels noch nicht dem, was ich suchte. Von jetzt an achtete ich auf die Namen der Straßen, von denen ich einige, wie die Rue de la Gaité, aus Romanen kannte.

Ich ging eine Friedhofsmauer entlang und bog dann in eine Straße, die Rue Delambre hieß und wo ich auf zwei einander genau gegenüber liegende Hotels stieß, die das Richtige für mich zu sein schienen.

Eins hieß ›Hôtel de Lorient‹, das andere ›Hôtel Bonnet‹.

Im ›Hôtel de Lorient‹ kam ich gar nicht dazu, nach einem Zimmer zu fragen, denn eine rauhe Stimme rief mir schon durch das Schiebefenster zu, daß alles belegt sei.

So ging ich ins ›Hôtel Bonnet‹.

ZWEITER TEIL

I

Der Korridor war eng, die Wände gelblichweiß gekachelt wie in einem Milchgeschäft oder einem Badezimmer. Nach wenigen Schritten kam man an eine Glastür, dahinter war rechter Hand eine Art Schalter, hinter dem sich das Büro mit den Fächern für die Schlüssel und die Post befand. Der Raum glich einer Pförtnerloge, die durch eine nicht ganz bis zur Decke reichende Trennwand geteilt war, hinter der sich vermutlich der Küchenherd verbarg, denn das Ehepaar, das das Hotel führte, schlief nicht hier, sondern in einem Zimmer im vierten Stock.

Er stammte aus Nevers, sie aus La Charité, und sie glichen sich wie Geschwister. Beide hatten die besten Jahre hinter sich, waren dick und schlaff, farblos und trübselig und bei schlechter Gesundheit.

Sie lösten einander in dem fensterlosen Zimmer mit dem Schlüsselbrett ab, beide stets in Pantoffeln, und die Frau stöhnte jedesmal, wenn sie in die oberen Etagen hinaufgehen mußte, um den Zimmermädchen frische Bettwäsche zu geben, über ihre geschwollenen Beine.

Nachts nahm ein alter Mann, der wie ein Clochard

aussah, die Stelle der beiden ein und döste in einem Sessel vor sich hin.

Die Zimmer im ersten Stock wurden nicht monatlich oder wöchentlich vermietet, sondern für die sogenannten »Zufallsgäste« freigehalten – die Mädchen, die vor dem Hotel auf und ab gingen und mit ihren Freiern für kurze Zeit nach oben kamen.

Die anderen Zimmer im Haus waren von den unterschiedlichsten Leuten bewohnt, Angestellten und Stenotypistinnen, fast alle aus der Provinz; von manchen wußte man nicht recht, welchen Beruf sie ausübten. Die ersten standen morgens um sechs auf, um zur Arbeit zu gehen, andere schliefen den ganzen Tag und verließen das Hotel erst bei Anbruch der Dunkelheit. Auch zwei Schwarze wohnten hier, einer, der stundenlang Trompete spielte, genau unter mir.

Es war verboten, auf den Zimmern zu kochen, und die Wirtin machte wie besessen Jagd auf alle, die zu mogeln versuchten. Um Geld zu sparen, mogelten die meisten Mieter, fast alle hatten irgendwo einen Spirituskocher versteckt, und im Sommer sah man, wie sie auf dem Fensterbrett – damit der Essensgeruch nicht in die Gänge zog – die Fertiggerichte aufwärmten, die sie sich in der Fleischerei gekauft hatten.

Wenn ich mich recht erinnere, bezahlte ich für mein Zimmer fünfzig Franc pro Monat. Es lag ganz oben, im sechsten Stock, und der rote Läufer auf der Treppe endete im fünften. Das Zimmer hatte schräge Wände, genau wie das Dachzimmer in Port-en-Bessin, und auf dem Treppenabsatz polierte ein Dienstmädchen nachts die Schuhe der Gäste, so daß ich beim Einschlafen das monotone Geräusch der Bürste hörte, die das immer schläfrige, magere und häßliche Mädchen manchmal fallen ließ.

Meiner Mutter hatte ich nichts von meiner Abreise gesagt. Doch schon am zweiten Tag schickte ich ihr eine Postkarte. Warum keinen Brief? Wahrscheinlich wollte ich sie irgendwie provozieren, und so wählte ich eine nüchterne Ansichtskarte mit dem Triumphbogen.

Im Schriftlichen bin ich ganz bestimmt durchgefallen. Jedenfalls habe ich keine Lust, das Abitur zu machen. Ich bin in Paris. Mach dir keine Sorgen. Es ist alles in Ordnung.

So wie ich mich kenne, hatte ich zu dieser Zeit keine festen Pläne. Ich hatte keine besonderen Neigungen und interessierte mich für keinen bestimmten Beruf. Dennoch war ich nicht zufällig in Paris gelandet, es sei denn, man bezeichnet die Gabe, instinktiv das zu tun, was gut und nützlich für einen ist, und das Schädliche zu meiden, als Zufall.

Das Hotel, in das es mich verschlagen hatte, war nur zweihundert Meter vom Carrefour Montparnasse entfernt, damals einer der Brennpunkte des gesellschaftlichen Lebens. Hier befanden sich die beiden berühmten Cafés, ›La Rotonde‹ und ›Le Dôme‹, in denen sich die Maler und ihre Modelle, die Künstler und Philosophen trafen, eine Generation im Aufbruch. Ein Stück weiter wurde gerade die riesige ›Brasserie de la Coupole‹ gebaut.

Auf den Straßen begegnete man Männern und

Frauen in der unterschiedlichsten Kleidung, Skandinaviern und Amerikanern, Franzosen aus der Provinz und aus allen Gesellschaftsschichten; auf den Caféterrassen hatte man nicht nur mittags und abends, sondern den ganzen Tag über den Eindruck, auf einem Jahrmarkt der Ideen und Talente zu sein.

Wie kam es, daß ich kaum etwas davon merkte, daß ich achtlos vorbeiging, ohne irgendeinen Kontakt herzustellen, wo ich doch sonst auf alles so neugierig war?

Über drei Jahre lang gab ich mich voller Begeisterung dem Pariser Leben hin, trunken vom Treiben auf den Straßen, trunken vor allem von den Gesichtern, und um wirklich mitten im Getümmel zu sein, drängte ich mich manchmal um sechs Uhr abends in einen Zug der Metro, in die Menge eingezwängt und von ihr geschoben, um mich herum immer neue Gesichter, wie in Großaufnahme.

Ich war hungrig auf das Leben der Straße. Wenn wir im Internat in Niort in einem der tristen Klassenzimmer oder im Studierzimmer sitzen mußten, hatte ich in den letzten beiden Jahren manchmal mit wütend zusammengebissenen Zähnen auf das Viereck des offenen Fensters gestarrt, durch das die Geräusche von draußen drangen, Stimmen und Schritte, Räderrollen, Kindergeschrei, Pferdegewieher, die Geräusche des wirklichen Lebens, während wir gezwungen waren, das monotone Geschwätz der Lehrer anzuhören.

In der vierten Klasse konnte ich von meinem Platz aus das auf einen Hof gehende Fenster des gegenüberliegenden Hauses sehen, und ich interessierte mich immer viel mehr für das, was hinter diesem Fenster vorging, als für das, was im Klassenzimmer gesprochen wurde. Ich konnte nur einen Teil des Zimmers sehen, das Bein eines Bettes, dessen Decken morgens zum Lüften aus dem Fenster gehängt wurden, und über das später eine weiße Tagesdecke gebreitet wurde, eine Wiege, einen Tisch und einen großen Spiegelschrank.

Ich weiß nicht, ob die junge Frau, die dort wohnte, verheiratet war. Ich habe nie einen Mann bei ihr gesehen, aber zur Essens- und zur Schlafenszeit war ich ja nicht im Klassenzimmer. Zuletzt kannte ich ihre Gewohnheiten ganz genau, denn ich sah sie jeden Tag wie in einem stummen Ballett ihre Arbeiten in der gleichen Reihenfolge erledigen und wurde ungeduldig, wenn es eine Verspätung oder eine Programmänderung gab.

Wegen dieser Frau haßte ich den Regen, denn dann blieben die Fenster geschlossen. Das Kind, das sechs oder sieben Monate alt war, bestimmte den Tagesablauf der Mutter. Es wurde nicht mehr gestillt, sondern bekam zu festen Zeiten die Flasche, bei deren Zubereitung ich zusah. Ich beobachtete auch, wie die Windeln gewaschen und zum Trocknen ans Fenster gehängt wurden, und einmal in der Woche, dienstags, war Nähtag. Eine tragbare Nähmaschine wurde auf den Tisch gestellt, und wenn die junge Frau sich die Stecknadeln zwischen die Lippen klemmte, hatte sie einen ganz anderen Gesichtsausdruck.

Einmal in der Woche wusch sie sich die Haare und wickelte sich dann ein Handtuch wie einen Turban um den Kopf. Ich wußte auch, wann sie ihr blaues Hauskleid wusch, weil sie dann einen alten, geblümten Morgenrock trug.

Durch meine Beobachtungen in diesem Jahr habe ich sicher mehr über das Leben gelernt als in den Schulstunden, die uns doch eigentlich auf das Leben vorbereiten sollten. Doch wie oft hat mich das ewige »Sie träumen wohl, Monsieur Adams?« hochschrecken lassen!

Jetzt war ich endlich frei, ich konnte mich unter die Menschen mischen, sie auf den Trottoirs mit dem Ellenbogen anrempeln, sie aus nächster Nähe betrachten und auf der Straße, in den Bistros und Geschäften Bruchstücke ihrer Unterhaltung aufschnappen. Ich konnte im Bett bleiben, und war doch mitten im Gewühl, nahm am Leben von zehn Leuten zugleich teil, von Einzelgängern, Paaren, einem, der schreckliche Hustenanfälle hatte, und vom schwarzen Trompeter.

Was machte es da schon aus, daß mir das bunte und malerische Treiben in Montparnasse künstlich vorkam oder mir ganz einfach fremd war? Die überfüllten Terrassen beachtete ich kaum, und selbst die ›Closerie des Lilas‹ war mir nur einen gleichgültigen Blick wert. Dabei hatte mir mein Klassenkamerad Jean Caveau, der Gedichte schrieb und an Paul Fort schickte, schon viel darüber erzählt. Daß sich in der ›Closerie des Lilas‹ die Dichter trafen, ließ mich kalt, es weckte nicht die leiseste Neugier in mir, und auch der Boulevard Saint-Michel und das Quartier Latin, die Universitäten und das Studentenleben kamen mir eher künstlich vor.

Ziellos ging ich über die Seinebrücken, dorthin, wo das Gewimmel am dichtesten war, als begänne das wirkliche Leben erst im Châtelet. Die Markthallen faszinierten mich besonders, vielleicht weil dort zu spüren war, wie auch das Land und das Meer zum Pariser Leben beitrugen und weil ich dort mit allen möglichen Gerüchen, Berufen und Dialekten in Berührung kam.

Ich ging die Rue Montmartre hinauf zur Rue du Croissant, wo ich Druckereien und Zeitungsredaktionen entdeckte, und von da weiter zu den Grands Boulevards. Hier wartete ich auf den Augenblick, in dem die Leute aus den Büros und Geschäften strömten und zum Mittagessen in die Restaurants oder abends zum Bus oder zur Metro eilten.

Erst nach zwei Wochen entdeckte ich Montmartre mit seinen Leuchtreklamen, und an der Gare du Nord und der Gare de l'Est vorbei gelangte ich schließlich auch zur Bastille.

Mir lag weniger daran, die Leute zu verstehen als sie zu sortieren, sie zuordnen zu können, mich in den verschiedenen Welten zurechtzufinden.

Bislang hatte ich immer nur Individuen beobachtet, meine Großeltern, meine Onkel und Tanten, später dann meine Mitschüler im Internat. Ihnen allen hatte ich ohne große Mühe einen Platz zuweisen können; ich wußte genau, wohin jeder gehörte.

Jetzt hatte ich es mit einer großen Menschenmenge zu tun mit den verschiedensten Typen. In ein und derselben Straße, ein und demselben Haus, ein und demselben Restaurant trafen Menschen aus ganz entgegengesetzten Himmelsrichtungen zusammen, und jeder hatte andere Neigungen und gehorchte anderen Gesetzen.

Es war wohl wieder mein Instinkt, der mich von Anfang an hinderte, eine Wahl zu treffen, eine bestimmte Richtung einzuschlagen, mich auf ein bestimmtes Feld zu stellen und dort für immer steckenzubleiben.

Auf den Gedanken, einen Beruf zu ergreifen und Karriere zu machen, kam ich erst gar nicht. Was ich suchte, und zwar sofort, war ein Broterwerb, denn ich wollte nicht plötzlich mit leeren Taschen dastehen und hatte Angst vor dem Hunger, Angst vor allem, auf der Straße zu stehen. Ich wollte mir meinen Lebensunterhalt verdienen, Tag für Tag, mir etwas zu essen kaufen und mein Zimmer bezahlen können, mir das Recht verdienen, weiter durch die Menge zu schweifen und Geräusche und Bilder, vor allem aber Gesichter, Hunderte, Tausende von Gesichtern in mich aufzusaugen.

Seit meiner Schulzeit hatte ich eine Abneigung gegen geschlossene Mauern, und um keinen Preis wollte ich erneut einen Teil des Tages vom Leben abgeschnitten sein. Mit meinem »halben« Abitur hätte ich vielleicht als kleiner Angestellter in irgendeinem Büro anfangen und dort Adressen schreiben und Briefmarken auf Umschläge kleben können.

Eine knappe Woche nach meiner Ankunft in Paris entdeckte ich die Schaukästen vor den Zeitungsredaktionen, in denen die druckfrischen Blätter ausgehängt wurden und um die sich Männer und Frauen drängten, gierig die Kleinanzeigen verschlangen und sich Adressen notierten, um dann loszulaufen und sich zu bewerben.

Es wurden Schuster-, Schreiner- oder Klempnerlehrlinge gesucht, aber Handwerker wollte ich nicht werden.

Um ein Haar hätte ich einen Fehler gemacht. Als ich auf der Place de la Madeleine am Büro der Cook-Agentur vorbeikam, dachte ich, daß ich vielleicht meine Englischkenntnisse nutzen könnte, und war nahe daran hineinzugehen. Nur ein Zufall hinderte mich daran. Als ich gerade auf die Tür zugehen wollte, trat ein Paar heraus, und ich kam zum ersten Mal mit einer Welt in Berührung, die mir noch ganz unbekannt war. Alles an dieser Frau und an diesem Mann war ganz anders als das, was ich kannte, ihre Kleidung, die Art, wie sie sich bewegten und wie sie die Leute ansahen, wie sie auf ein großes Sportauto, einen Hispano-Suiza, zugingen, der am Straßenrand geparkt war.

Gérondeau mit seinen wertvollen Möbeln und den seltenen Kunstgegenständen in dem großen Haus an der Place de la Brèche war nichts gegen diese Leute. Ich hatte geglaubt, schon ziemlich weit nach oben geschaut zu haben, und jetzt stellte ich plötzlich fest, daß es darüber noch Schichten gab, von denen ich keine Ahnung hatte.

Ich war zu unbedarft, zu unwissend, um mich in diese Kreise, ja auch nur in ihre Nähe zu wagen. Die Zeit war noch nicht reif. Ich bin mir absolut sicher, daß ich genau das dachte: Die Zeit ist noch nicht reif.

So stromerte ich weiter durch die Stadt, stundenlang,

fuhr bald mit dem Bus, bald mit der Metro, aß Croissants an den Theken der Bars und betrachtete die Fleischerauslagen, die verlockend garnierten kalten Platten mit Hummer, russischem Salat, die mit einer Trüffel gekrönten Gänseleberpasteten.

Wenn ich erst den Pont Saint-Michel überquert hatte, konnte ich geradeaus zu den Markthallen und den Grands Boulevards weitergehen, mich nach links in Richtung Rue de Rivoli wenden oder rechts einbiegen und zur Rue Saint-Antoine und zur Bastille weitergehen.

Ich nahm mal den einen, mal den anderen Weg, und in der Rue Saint-Antoine, fast genau gegenüber vom Saint-Paul-Kino, stand ich eines Morgens vor einem italienischen Feinkostgeschäft und bewunderte die fertig zubereiteten Gerichte und exotischen Vorspeisen im Schaufenster.

Längs des Trottoirs standen kleine Karren, die mit Gemüse und vor allem mit Obst beladen waren, denn es war die Saison für Aprikosen, Pfirsiche, Mirabellen, Williamsbirnen und die ersten weißen Trauben, von denen ich mir gerade welche gekauft hatte. Ich verzehrte sie, spuckte die Schalen und die Kerne aus und betrachtete unterdessen neugierig die kleinen, gebackenen Fische, die ich im Schaufenster entdeckt hatte, als mein Blick auf einen kaum postkartengroßen Zettel fiel, der an der Glasscheibe hing.

Lieferjunge gesucht, Einverständnis der Eltern erforderlich.

Sofort sah ich eins der Dreiräder vor mir, die sich durch das Gewühl auf den Straßen schlängelten. Rasch aß ich meine Weintrauben auf und ging hinein. Ein langer, schmaler, ziemlich dunkler Laden, brechend voll mit Lebensmitteln. Die Waren lagen auf dem marmornen Ladentisch und in Regalen, füllten Säcke, Kisten und Körbe, und von der Decke hingen Schinken und Mortadellawürste und Salami herab. Es war offensichtlich ein Familienbetrieb. Vater, Mutter, zwei Töchter und wahrscheinlich eine Tante liefen in weißen Schürzen hin und her, riefen Zahlen, die jemand in die Registrierkasse tippte. Mit der Kundschaft sprachen sie Französisch, untereinander Italienisch.

»Ich komme wegen der Stelle.«

Der Mann, ein dunkelhaariger Typ mit einem breiten schwarzen Schnauzbart, sah ein bißchen aus wie mein Onkel Lange, der Bäcker.

»Haben Sie die Erlaubnis Ihrer Eltern?«

»Meine Mutter wohnt in der Provinz, in Niort, aber sie weiß Bescheid und kann Ihnen schreiben.«

»Kennen Sie sich hier im Viertel aus?«

»Ein wenig. Aber ich lerne schnell.«

»Wie alt sind Sie?«

»Siebzehn«, log ich drauflos.

Der Mann hieß Barderini und kam aus der Gegend von Genua. Meine Schlabberhosen hätten mir beinahe noch einen Strich durch die Rechnung gemacht. Er musterte sie mit einem argwöhnischen, mißbilligenden Blick, als seien sie ein schlechtes Omen, beinahe wie Vinauger, als er mich in der Schule bei meiner ersten Zigarette ertappte.

»Sie haben hoffentlich noch andere Hosen?«

Ich log erneut und bejahte.

»Ich kann Ihnen nur fünfzehn Franc pro Tag geben, aber Sie bekommen auch Trinkgeld.«

Errötete ich? Spielt keine Rolle. Ich war fest entschlossen. Und da er mir befohlen hatte, am nächsten Tag um sieben Uhr da zu sein, sah ich mir unterwegs die Hosen der Laufburschen an. Die meisten trugen schwarze oder dunkelgraue, oft auch gestreifte; vermutlich waren es Hosen des Vaters, die gekürzt und enger gemacht worden waren.

Zwischen Saint-Paul und Châtelet betrat ich ein Konfektionsgeschäft, vor dem die Kleider an Stangen auf dem Trottoir hingen und ein Verkäufer die Passanten, vor allem Mütter mit kleinen Kindern an der Hand, anzulocken suchte.

»Ich möchte eine billige dunkle Hose für die Arbeit.«

»Was für eine Arbeit?«

»Laufbursche.«

»Metzgerei? Milchgeschäft?«

Es gab also auch hier Klassifizierungen, die so fest etabliert waren, daß jede Gruppe sogar eine eigene Berufskleidung hatte.

»In einer italienischen Feinkosthandlung.«

»Die Weste wird gestellt?«

»Weiß ich nicht.«

Ich kaufte, was er mir empfahl, etwas anderes zu nehmen wäre auch kaum möglich gewesen, denn er ließ mir gar keine Wahl: eine dunkelgraue, fast schwarze Hose mit feinen Streifen, deren rauher Stoff auf der

Haut kratzte, und eine kurze, kleinkarierte Baumwollweste.

»Davon brauchen Sie mehrere zum Wechseln.«

»Die kaufe ich später.«

Die Weste lag an den Schultern nicht eng an. Ich sah darin wie ein zu magerer Metzgergeselle aus, dem noch die roten Backen fehlten. Ich schämte mich nicht, ich fühlte mich nicht gedemütigt, aber mir wurde noch deutlicher bewußt, welcher Abgrund mich von dem Paar trennte, das aus der Cook-Agentur gekommen war, von dem Diamanten, den die Frau am Finger trug, und von der Lässigkeit, mit der ihr Begleiter die weiß behandschuhten Hände auf das Steuerrad des Hispano gelegt hatte.

Ich zog nicht sofort um. Ich stand um sechs Uhr morgens auf und traf beim Hinuntergehen fast immer einen unrasierten Mann unbestimmten Alters, mit dunklen Ringen unter den Augen, der wohl nachts arbeitete, denn er kam zum Schlafen nach Hause, wenn ich zur Arbeit ging.

Vor der ›Closerie des Lilas‹ stieg ich in die Linie 10 der Straßenbahn, die mich zum Châtelet brachte. Ich blieb auf der Plattform stehen und beobachtete, wie die Abfallkörbe am Straßenrand geleert wurden und die städtischen Sprengwagen Stück für Stück die Straße abspritzten.

In einem Café mit Kacheln an der Wand, auf denen der Mont-Saint-Michel abgebildet war, trank ich zwei Tassen Kaffee und aß fünf Croissants dazu.

Mein Chef, den alle Gino nannten und der täglich um vier Uhr aufstand, war bereits von den Markthallen zurück. Als erstes mußte ich ihm die Waren zureichen, damit er sie in die Regale einräumen konnte.

In einem Hinterzimmer arbeitete ein Koch, ein Vetter von Gino. Unterstützt von zwei Frauen, bereitete er die Vorspeisen und Gerichte zu, die vorn im Laden verkauft wurden. Sie begannen mitten in der Nacht zu arbeiten und gingen vormittags um zehn nach Hause.

Ich war der einzige, der nicht zur Familie gehörte. Vielleicht gab es in der Familie niemanden in meinem Alter. Der dreirädrige Karren war schwerer und weniger leicht zu lenken, als ich gedacht hatte. In den ersten Tagen war ich ziemlich entmutigt und fragte mich, ob ich es je schaffen würde, mich mit der gleichen Leichtigkeit zwischen Bussen, Straßenbahnen und Gemüseständen hindurchzuschlängeln, wie ich es bei den anderen Jungen beobachtete.

Ich lernte ein großes, vielseitiges Stadtviertel kennen, denn die Kundschaft wohnte weit verstreut, von Saint-Louis bis Boulevard Beaumarchais, von der Bastille bis zum Louvre, und ich fand mich in dem Gewirr der kleinen Straßen in der Gegend der Francs-Bourgeois nur schwer zurecht.

Mir stand ein Mittagessen zu, das ich im Hinterzimmer an einer Ecke des Tisches einnahm, manchmal allein, manchmal mit einer der Töchter, mit der Tante oder der Chefin, denn jeder aß, wann er gerade Zeit hatte, und oft lief man noch mit vollem Mund, die Hände an der Schürze abwischend, in den Laden zurück.

Ich versuchte, mir die Namen der Straßen und der

Kunden im Kopf zu merken. In bürgerlichen Häusern ging ich über die Dienstbotentreppe hinauf; dort hatte ich es vor allem mit Köchen oder Hausmädchen zu tun. Die meisten duzten mich. Ab und zu konnte ich durch einen Türspalt einen Blick auf die Geheimnisse einer Wohnung werfen, eine Frau im Negligé erspähen oder ein Kind mit seiner Pflegerin, manchmal kam auch eine alte Dame heraus, um die Lieferung und die Rechnung zu überprüfen.

Um sechs Uhr war mein Arbeitstag zu Ende, aber ich war noch nicht müde, ich hatte immer noch nicht genug Gesichter gesehen, und so schlenderte ich durch die Straßen, stieg in die Metro hinab, und oft wurde ich im Gedränge gegen einen warmen Frauenkörper gedrückt. Anfangs errötete ich dabei und hatte das Gefühl, einen Diebstahl zu begehen. Dann bemerkte ich, daß es die anderen Männer um mich herum genauso machten, ja sie legten es direkt darauf an, daß sie von der Menge zu den verführerischsten Frauen geschoben wurden.

Ich glaube, die Frauen waren nie so spärlich bekleidet wie in jenen Jahren. Nie wieder waren die Kleider so kurz und leicht, und oft hätte ich schwören können, daß keine Unterwäsche drunter war.

Dagegen bin ich nicht sicher, ob die Jagd auf jenes andere auch in demselben Sommer begann. Ich blieb etwa ein Jahr bei den Barderinis und fing dann als Laufbursche in der Papeterie de la Bourse in der Rue Richelieu an. In meiner Erinnerung vermischen sich meine ersten beiden Pariser Sommer, und ich bringe die damaligen Ereignisse in vielen Punkten durcheinander.

In meiner Erinnerung bildet diese Zeit eine Einheit, in der sich die Ereignisse nicht chronologisch aneinanderreihen, sondern sich vermengen und überlagern. Für mich nenne ich diese drei Jahre umfassende Periode meine Straßenzeit. Ich entdeckte die Straße, die Welt der Straße, das Leben der Straße. Außer zum Schlafen hielt ich es zwischen meinen vier Wänden nicht aus. Und selbst dann mußte ich die anderen um mich herum atmen hören, und freute mich, daß die Wände nicht zu dick waren!

Es war, als müßte ich meine Substanz aus der Substanz der anderen schöpfen. Aus diesem Grund sprach ich vorhin von Diebstahl. All den Frauen, an die ich mich drückte, in der Metro, auf der Busplattform oder sogar in den Geschäften, ja sogar den zwei dicken Töchtern von Gino stahl ich etwas, und ich wußte es und schämte mich dafür, aber ich konnte es einfach nicht lassen.

Und so schob ich die Schuld auf die Frauen, auf sie und auf etwas nicht genau Definierbares, das ich die Welt oder die Gesellschaft nannte. Sie durften halbnackt herumlaufen, in dünnen Fähnchen, die ihre Körperformen noch betonten, sie noch verführerischer machten. Im Gedränge kam man mit ihnen in Tuchfühlung, atmete ihren Geruch ein, spürte ihre Rundungen. Und danach lag ich dann stundenlang, litt nächtelang Qualen, biß die Zähne zusammen, um vor Verlangen nicht laut herauszuschreien.

Heute frage ich mich, ob ich nicht auch diesen Zustand absichtlich herbeigeführt habe, ob ich ihn nicht genauso brauchte wie den Kontakt mit dem Leben auf der Straße. Ja, ich frage mich letztlich sogar, ob es nicht ein und dasselbe Bedürfnis war.

Ich weiß, es ist riskant, dieses Thema anzuschneiden, aber was für einen Sinn hat mein Bericht – wenn ich solche wichtigen – vielleicht gar die wichtigsten – Erlebnisse ausklammere?

Das Tabu, das mit dem Sexuellen zu tun hat, ist das häufigste Tabu überhaupt und in fast allen Gesellschaftsgruppen anzutreffen, auch da, wo man es nicht erwarten würde. Meine Mutter zum Beispiel wird finden, ich bringe Schande über mich und die Familie, und zu meiner Rechtfertigung behaupten, ich sei in der Beziehung nicht ganz normal.

Doch das stimmt nicht. Ich habe Bücher über dieses Thema gelesen, in denen alle unsere Neigungen und Verhaltensweisen gern mit irgendwelchen Anomalien unserer unbewußten Sexualität erklärt werden.

Wäre es bei mir eine Obsession gewesen, dann hätte sie sich im Lauf der Jahre verstärken müssen, wie dies bei Perversionen meist der Fall ist.

Obwohl ich sicher keine Ausnahme bin, möchte ich versuchen, meinen Fall so genau wie möglich zu schildern.

Ich habe bereits von meinem Bedürfnis gesprochen, im Leben auf der Straße, im Leben der anderen aufzugehen. Wenn ich beispielsweise im Winter durch die nun stilleren Straßen lief, blieb ich manchmal vor einem Haus stehen und versuchte mir vorzustellen und mitzuerleben, was hinter dem Fenster mit den zugezogenen Vorhängen geschah: Vielleicht machten die Kinder gerade Schulaufgaben, vielleicht lag im Bett ein Kranker und litt, oder ein Sterbender oder auch ein eng umschlungenes Paar?

Nicht anders erging es mir im Sommer, wenn sich eine Frau oder ein Mann, der am offenen Fenster lehnte und die frische Luft genoß, vor meinen Augen umwandte und jemandem im halbdunklen Zimmer etwas zurief.

Das war keine bloße Laune von mir, sondern Wißbegier, der Wunsch, alles über meine Mitmenschen zu erfahren.

Wenn ich auf der Straße einer Frau nachlief – es konnte genausogut ein Mann sein –, dann versuchte ich, mich in ihre vier Wände zu versetzen, so wie ich es mit der Frau getan hatte, die gegenüber dem Internat wohnte, mir ihren Tagesablauf vorzustellen. Ich sah sie essen, träumen, sich ausziehen und ins Bett legen.

Ich versuchte nicht herauszufinden, welchen Triebkräften sie folgten, ich stellte keine psychologischen Studien an. Es kam mir nur widersinnig und unerhört vor, daß mir ein Teil der Welt verschlossen und fremd bleiben und daß mein Leben letztlich auf mich selbst beschränkt sein sollte.

Und ähnlich wie in Port-en-Bessin kam es zu einer Art Substitution. Kommunikation zwischen Männern ist ja unter normalen Umständen unmöglich, zwischen Mann und Frau jedoch gibt es eine Art von Kontakt, die einem zumindest die Illusion gibt, mit dem anderen zu verschmelzen, ihn zu besitzen, ihn sich sozusagen »einzuverleiben«.

Ich bin nie ein sonderlich sinnlicher Mensch gewesen, und wenn ich elend vor Verlangen auf der Suche nach einer Gefährtin durch die Straßen von Paris irrte, so war ich gleichzeitig auch unbestimmt und ziellos in meinem Begehren.

Es verlangte mich auch nicht nach dem Trost zärtlicher Zuwendung, und ich glaube auch nicht – das sage ich wegen der Bücher, die ich darüber gelesen habe –, daß ich mir selbst körperliche Überlegenheit beweisen oder mich meiner Manneskraft vergewissern wollte.

Um meine Ansichten weiter auszuführen, will ich einen jener geheimen Gedanken preisgeben, wie wir sie in unserer Jugend alle haben und eifersüchtig verbergen, weil wir Angst haben, ausgelacht zu werden. In der Schule lernen wir, daß sich jeder Stoff, selbst der härteste, durch Reibung abnützt, und als Beispiel nannte man uns Münzen oder Türschwellen. Genauso könnte man sagen, daß ein winziger Teil einer Materie durch mehr oder weniger langen Kontakt auf einen anderen Körper übertragen wird.

Als unsere Lehrerin uns später erklärte, daß sich unsere Haut ständig abnützt und erneuert, fiel mir wieder das Beispiel mit den Münzen ein. Damals war ich noch in Saint-Saturnin. Ich sah mir die Wände der Hütte an, die Tonne, die ich im Vorbeigehen oft gestreift habe, und sagte mir:

»Ein bißchen was von mir bleibt an den Steinen, am Holz, an der Wiese im Obstgarten hängen.«

Und wenn ich mich später in Bayeux, Cherbourg oder Tattenham Corner aufhielt, war mir bewußt, daß ich eine unsichtbare, aber doch gewissermaßen materielle Spur hinterließ.

Auch jetzt, mit neunundvierzig, passiert es mir noch manchmal, daß ich mir mit einer gewissen Nostalgie das verwickelte Muster meiner Spuren in der Welt vorzustellen versuche, und seit den neuen wissenschaftlichen Erkenntnissen vom Funktionieren des Lebens erscheint mir diese Spur noch viel geheimnisvoller.

Man mag mich deswegen lächerlich finden, doch manchmal, wenn ich den nackten Körper einer Frau an mich gepreßt hatte, sagte ich mir voller Genugtuung: Ich habe mein Zeichen auf ihr hinterlassen, ein unsichtbares und doch reales Zeichen.

Am liebsten hätte ich allen Frauen mein Zeichen aufgedrückt, und ich litt darunter, daß es unmöglich war.

Diese Anwandlungen konnten mich zu jeder Tageszeit überkommen und mich buchstäblich in Panik versetzen. Wenn ich zum Beispiel mit meinem Dreirad an den Stundenhotels in der Rue Saint-Antoine, in der Rue de Birague und in der Rue Saint-Paul vorbeifuhr, sah ich manchmal ein Pärchen hineingehen. In Gedanken folgte ich dann den beiden ins Zimmer hinauf, und so wie es mir im Internat in Niort ungerecht erschien, eingesperrt zu sein, während die anderen draußen lebten, packte mich dann jäher Zorn, weil ich draußen war, während sich ein paar Meter weiter zwei nackte Körper umschlangen.

Manchmal dachte ich:

»In diesem Augenblick liegen in Paris Hunderte, Tausende von Paaren beieinander.«

Auf die Idee, mir eine Freundin zu suchen, kam ich

nicht. Es schien mir unsinnig und kindisch, einer Frau den Hof zu machen und alle möglichen Vorstadien zu durchlaufen, um das zu erreichen, was mich einzig und allein interessierte. Ich hatte ihnen nichts zu sagen. Ich hatte keine Lust, ihnen zuzuhören, mit ihnen zu lachen, nett zu ihnen zu sein, mit ihnen zu essen oder spazierenzugehen.

Ich fand, daß es ohne jedes Vorspiel ablaufen mußte – so wie es sich meiner Vorstellung nach im Urwald abspielte –, und deshalb verzichtete ich in jenen Jahren oft auf das Essen, um mir ein Straßenmädchen leisten zu können.

Zugleich war ich, so widersprüchlich es klingen mag, sehr schamhaft, und den Ausdruck »Liebe machen« empfand ich als Profanation.

Ich weiß, daß ich mir da etwas vormachte, daß ich auf dem Holzweg war. Stundenlang lief ich von einem Viertel ins andere, von einer Straßenecke zur nächsten, kehrte wieder um, zögerte, gab eine Spur auf, um einer anderen zu folgen. Und weil ich so viel Zeit mit dieser Jagd verbrachte, weiß ich auch, daß Tausende von Männern, nicht nur junge, in Paris und anderswo tagtäglich mit dieser aufreibenden Suche beschäftigt sind.

Vielleicht sind darunter auch solche, die das Laster suchen, Besessene, wie es in Fachbüchern heißt, doch in den meisten der hastig Vorbeieilenden, in den meisten Blicken, die mir begegneten, erkannte ich mich selbst wieder, genauso wie ich mich wiedererkannte, als ich einmal in Begleitung einer Frau in ein schäbiges Hotelzimmer hinaufging und einem Paar begegnete, das stumm und verdrossen die Treppe herabkam.

Machte ich mir jedesmal wieder etwas vor? Fast glaube ich es. Und jedesmal gab es einen Augenblick, in dem die Hoffnung mir fast den Atem nahm und meine Hände zu zittern begannen. Ein menschliches Wesen, das mir noch vor kurzem gar nichts bedeutet hatte, eine Frau, die auf der Straße an mir vorbeigegangen war, entblößte sich vor mir und gab sich mir hin.

Es gab keine Schranken mehr zwischen uns, keine gesellschaftlichen Konventionen, keine Tabus, keine Scham.

Kurzum, es hing alles nur von mir ab, und warum sollte ich nicht jedesmal hoffen, daß ein Wunder geschehen, eine Verbindung hergestellt werden könnte, eine Beziehung, von der ich selbst nicht recht zu sagen wußte, wie sie sein sollte?

Natürlich war es dann doch nie etwas anderes als mein Leib auf einem anderen Leib, der sein Geheimnis verloren hatte, und meistens beeilte ich mich, den befreienden Akt zu vollziehen, mit dem es enden mußte.

Eine Zeitlang glaubte ich, es sei eine Frage der Gesellschaftsklasse, wenn ich das so banal sagen darf. Da ich nicht viel Geld hatte, beschränkte ich mich auf bestimmte Stadtviertel, auf Straßen, wo die Preise für mich erschwinglich waren. Wie die Armen ging ich aber hin und wieder ins Stadtzentrum, um den Luxus in den Schaufenstern zu sehen. In der Nähe der Place de la Madeleine trugen die Frauen Seidenstrümpfe, die damals noch etwas Besonderes waren, und ich malte mir die passende Unterwäsche und besonders schöne Körper dazu aus.

Ich könnte auf diese Weise einen erotischen Stadtplan des damaligen Paris zeichnen, angefangen bei den hübschen, üppigen, stets lächelnden Mädchen, die bei der ›Taverne Royale‹ auf ihre Stammkunden warteten, bis zu den breithüftigen, grell geschminkten Frauen, die auf allzu hochhackigen Schuhen auf dem Trottoir der Rue de la Lune auf und ab gingen und sich manchmal auf einer Türschwelle ausruhten.

Um bei meinen Forschungen auf die nächsthöhere Stufe zu gelangen, sparte ich und nahm Entbehrungen auf mich. Ich lernte auch Mädchen vom Land kennen, die nach Paris gekommen waren, um sich im Haushalt zu verdingen, und auf dem Boulevard Sébastopol ihr tristes Debüt gaben; ihre Füße waren immer schmutzig. Wegen meines jugendlichen Alters musterten sie mich mit neugierigen oder mütterlichen Blicken, und in niedrigen, überheizten Souterrains, in denen die Stille einer Kirche oder Sakristei herrschte und nur leises Geflüster wie von Beichtenden zu hören war, entdeckte ich hinter Türen, die sich lautlos öffneten und schlossen, zwischen Vorhängen, die auf- und zugezogen wurden, vier, fünf Frauen, die sich von früh bis spät an- und auskleideten und ihren Leib dem immer gleichen Akt der Besitzergreifung, der doch immer unmöglichen Verschmelzung hingaben.

Ich hatte kein Bedürfnis, Freunde zu finden, um mit ihnen auszugehen. Meine Mutter schickte mir von Zeit zu Zeit resignierte Briefe. Im ersten – sie hatte gerade meine Ansichtskarte erhalten – schrieb sie:

»...ich wußte schon immer, daß Du Deine Familie nicht liebst, und daß Du nie anerkennen wirst, was ich für Dich getan habe...«

Ich war ihr nicht mehr böse, und heute erst recht nicht, aber ich habe auch nicht das geringste Verlangen, sie wiederzusehen. Manchmal dachte ich noch daran, was im Haus an der Place de la Brèche geschehen war, an das Verhalten meiner Mutter, an den Prozeß, den sie gegen die Erben geführt hatte.

Ich habe ihren Standpunkt zwar nie gebilligt, aber ich konnte ihn zuletzt doch verstehen. Dreißig Jahre lang hatte sie bei dem Richter Gérondeau gearbeitet und war ihm, wie sich gezeigt hatte, immer wichtiger geworden. Dieser Mann hatte genau gewußt, was er suchte, als er seine Annonce aufgab, und die Chancen, an jemanden wie meine Mutter zu geraten, standen für ihn eins zu tausend.

Meine Mutter gewährleistete ihm seine Ruhe, auf die er allergrößten Wert legte, dank meiner Mutter blieb sein guter Ruf gewahrt, ganz zu schweigen davon, daß sie für seine Bequemlichkeit sorgte und auf seine Marotten einging.

Sie war ihm das Ersatzobjekt für alles, sogar für seine Mutter, mit der er bis dahin gelebt hatte.

Dreißig Jahre lang hat sie sich seinen Forderungen, seinen Schrullen gebeugt; wann immer er wollte, hatte er, ohne lang zu suchen, ohne sich kompromittieren zu müssen, das willige Wesen zur Verfügung, das er brauchte.

Warum könnte ich sie nie einfach nur als Frau sehen?

Weil sie meine Mutter ist? Sie ist auf dem Dorf geboren, wo alles Körperliche bar jeder Romantik und Geheimnisse ist. Sicher hat sie genau wie ich gesehen, wie ihr Vater meine Großmutter bestieg, wenn er betrunken nach Hause kam. Eine vom Lande hatte keine andere Wahl, als ihren Körper gewinnbringend einzusetzen, wenn sie in bessere Kreise gelangen wollte.

Auch meine Mutter hat es in Cherbourg so gemacht, genauso wie meine Tante Louise und ihre anderen Schwestern, bevor sie heirateten. Sie empfand dabei keinen Ekel, und vermutlich sah sie die Männer, die auf ihr lagen, mit dem gleichen verträumten, gleichgültigen oder fürsorglichen Blick an, mit dem manche Frauen mich ansahen.

Gérondeau war reich, und sie hatte wie alle Frauen, wie alle Bäuerinnen, Angst vor der Zukunft, vor der Armut im Alter.

Irgendwann merkte sie, daß der Richter nicht auf sie verzichten konnte, daß sie in gewissen Augenblicken Macht über ihn hatte, ihn in die Knie zwingen konnte, und ich kann mir vorstellen, daß sie es nur für recht und billig hielt, daraus Profit zu ziehen. In ihren Augen war es ungerecht, daß sie nur als Haushälterin bezahlt wurde, und seltsamerweise benutzte sie zunächst mich, um für einen gewissen Ausgleich zu sorgen. Das einzige, was ich ihr vielleicht heute noch übelnehme, ist, daß sie mich in ihr Kalkül einbezogen hat. Aber wenn sie es nicht getan hätte, wäre ich nie aufs Gymnasium gekommen.

Ich habe den Verdacht, daß sich in diesem düsteren Haus, wo selbst das Licht etwas Zweideutiges hatte, haarsträubende Szenen zwischen diesen beiden Menschen abspielten, und es ist keineswegs undenkbar, ja sogar sehr wahrscheinlich, daß der Richter in gewissen Situationen präzise Versprechungen gemacht hat. Wer weiß, ob er nicht sogar, um zu bekommen, wonach er begehrte, vor den Augen meiner Mutter ein Testament geschrieben hat, das er hinterher wieder zerriß?

Zuletzt kannte jeder den anderen in- und auswendig. Sie hatte ihn in der Hand, weil er auf sie angewiesen war, um gewisse Bedürfnisse zu befriedigen, doch er bewahrte sich genug Willenskraft, um sich danach wieder zu fangen, und er war wohl auch durchtrieben genug, ihr etwas vorzuspielen.

Für Gérondeau, Sohn seiner Mutter und seines Vaters, des Staatsanwalts, Abkömmling all jener Richter mit oder ohne Perücke, deren Porträts ihn wie einen Schutzwall umgaben, war meine Mutter nichts als ein Requisit. Undenkbar, daß ein noch so kleiner Teil des Vermögens an jemand gehen konnte, der kein echter Gérondeau war.

Und war es aus der Sicht meiner Mutter andererseits nicht unerhört, daß die Kinder seines Vetters, die den Richter kaum kannten, nach seinem Tod kamen, sie vor die Tür setzten und diese versiegeln ließen?

Auch das kann ich verstehen, ich kann beide Seiten verstehen, jeder folgte seinem vorgeschriebenen Weg, so wie ich in den verschiedenen Vierteln von Paris dem meinen folgte.

Aus dem Hotel in der Rue Delambre war ich ausgezogen, wegen des Hausmädchens, das jede Nacht vor meinem Zimmer die Schuhe polierte. Eines Abends, als ich an ihr vorbeiging, glaubte ich zu erkennen, daß sie unter ihrem schwarzen Kittel nichts anhatte. Sie hielt einen Schuh in einer Hand, die Bürste in der anderen, und sie war, wie gesagt, häßlich und mager.

Trotzdem stieß ich sie in mein Zimmer, warf sie ohne ein Wort auf mein Bett, und auch sie machte den Mund nicht auf, sie ließ mich gewähren, ohne daß ich erriet, was sie dabei dachte.

Als ich mir vorstellte, sie am nächsten und den darauffolgenden Tagen wiederzusehen, mit ihrem sanften, traurigen Hundeblick, zog ich es vor, am Morgen meine Sachen zu packen und in der Rue de Turenne, ganz in der Nähe des italienischen Feinkostgeschäfts, ein möbliertes Zimmer zu nehmen.

Manchmal frage ich mich, ob ich ihr nicht ein Kind gemacht habe, denn ich hatte keinerlei Vorsichtsmaßnahmen getroffen. Gleich darauf hörte ich wieder das monotone Geräusch der Schuhbürste.

Genauso zufällig, wie ich das Stellengesuch in der Rue Saint-Antoine gelesen hatte, erblickte ich eines Abends in der Rue Richelieu einen maschinengeschriebenen Zettel im Schaufenster eines Schreibwarengeschäfts.

Seriöser Laufbursche gesucht

Die Viertel Saint-Paul und Marais hatte ich inzwischen gründlich genug durchkämmt, und den Geruch nach Bleistiften, Radiergummis und Papier hatte ich schon immer gemocht. So stellte ich mich am nächsten Morgen dort vor. Es war ein viel größeres Geschäft als das in der Rue Saint-Antoine. Es gab ein Dutzend Angestellte, männliche und weibliche, große Lagerräume hinter und über dem Laden, denn die Firma betrieb nicht nur Einzelhandel, sondern belieferte auch große Unternehmen, darunter Zeitungen und Banken.

Hier hielt ich es für angebracht zu verkünden:

»Ich habe das Gymnasium besucht und Vorabitur gemacht.«

Den Geschäftsführer, einen energischen Mann, der wie aus dem Ei gepellt aussah und von ganz anderem Schlag war als mein alter Chef, schien das nicht zu beeindrucken.

»Sie haben doch gelesen, daß es sich nur um Botengänge handelt?«

»Ja.«

»Ich möchte nicht, daß Sie falsche Vorstellungen haben und sich Illusionen machen.«

Ich verdiente genauso viel wie bei dem Italiener, aber es gab kein Mittagessen, und ich würde wahrscheinlich auch kein Trinkgeld bekommen wie früher manchmal von den Köchinnen.

Eine Zeitlang behielt ich noch mein Zimmer in der Rue de Turenne, die nicht allzuweit entfernt war, dann zog ich erneut um und stürzte mich in ein noch verrufeneres Viertel, das mich besonders reizte. Ich nahm mir ein Zimmer in der Rue de Douai, am Rand von Montmartre, dort wo die Nachtclubs sind.

Bei dieser Gelegenheit schickte ich meiner Tante eine Ansichtskarte, auf der die Place Pigalle mit den roten, grünen und gelben Leuchtreklamen der Kabaretts abgebildet war.

2

Über die Einsamkeit in der Großstadt wird viel gesprochen, und es gibt jede Menge Bücher und Chansons über dieses unbarmherzige Paris, das den einsamen Menschen aufreibt, vor allem, wenn er noch dazu arm ist.

Ich dagegen habe die Erfahrung gemacht, daß Paris der Ort ist, wo man am wenigsten unter Einsamkeit leidet, auch wenn man keine Angehörigen und Freunde hat. In der Provinz, ob in Niort oder anderswo, ist Einsamkeit viel deprimierender, und man spürt sie sogar, wenn man zu einer Gemeinschaft gehört, im Familienkreis lebt, denn niemand entspricht genau dem Bild, das sich die Leute von ihm machen.

Gerade in einem Dorf ist der einzelne am meisten isoliert, wenn er sich nicht genau so verhält, die gleichen Vorstellungen, die gleichen politischen und religiösen Überzeugungen hat, die gleichen Vergnügungen sucht wie die anderen. Oft bleibt ihm kein anderer Ausweg als die stumme Zwiesprache mit der Natur oder – wie im Fall meines Großvaters Nau – mit der Flasche. Ich kenne keinen trostloseren Anblick als die Bauern, die sonntags im schwarzen Anzug und im allzu weißen Hemd mit roten Gesichtern stocksteif vor der Dorfkneipe stehen, umgeben von einer dumpfen, leblosen Postkartenidylle.

In Paris lebt man nicht nur ständig eng beieinander, man findet auch auf allen sozialen Stufen Orte, die nur dazu da zu sein scheinen, sich mit Gleichgesinnten zu treffen, wenn man das Bedürfnis danach hat. Auf der untersten Stufe sind es die Seinequais, Place Maubert, die Bänke auf den Plätzen, im Bois de Vincennes oder im Bois de Boulogne, dann gibt es eine reiche Auswahl an Bistros und schließlich am anderen Ende der Skala die Bars und Restaurants auf den Champs-Elysées und anderswo, und die als Privatclubs geführten Nachtlokale.

Das gilt natürlich nicht für Alte und Kranke, die das Haus nicht verlassen können. Beim Ausliefern der Ware im Marais-Viertel habe ich solche Leute gesehen. Damals bekam ich Einblick in Wohnungen aller Art. Wenn ich mich in meine Einsamkeit eingeschlossen hatte, dann weil ich es so wollte. An meinem ersten Weihnachten in Paris boten mir die Barderinis, obwohl ich für sie ein Fremder war, der nicht einmal ihre Sprache sprach, einen Platz an ihrem Tisch an und konnten gar nicht verstehen, daß ich ablehnte.

In den Bars, wo ich meine Croissants aß, in den Restaurants, in denen ich manchmal meine Mahlzeiten einnahm, begegnete mir immer mindestens ein Blick, der nur darauf wartete, erwidert zu werden.

Durch mein Schweigen habe ich Hunderte abgewiesen, die mir ihre Freundschaft anboten.

Worunter ich litt, war nicht mein eigenes Schicksal, sondern das der anderen. Ich war ja sozusagen nur auf der Durchreise. Wenn ich eine steile Dienstbotentreppe hinaufstieg, wenn ich eine Wohnung betrat, in der zwei, drei Menschen für immer zusammenleben mußten, dann stellte ich mir die Bewohner vor, wie sie sich auch in zehn oder zwanzig Jahren noch in demselben engen Kreis bewegten.

Ich selbst dagegen würde in zehn Jahren weit weg sein und wie ein Meteor, der zu keinem Sonnensystem gehört, viele verschiedene Welten durchwandert haben.

Wenn ich in einem Lokal am Tresen lehnte und neben mir einen Mann sah, der abgehärmt, den Blick auf die Uhr geheftet, ein Ei aß oder einen Aperitif trank, dann dachte ich:

»Der war auch schon vor zehn Jahren um diese Zeit hier und hat gewartet, bis der Uhrzeiger einen bestimmten Punkt erreicht, um dann schnell zur Metro zu laufen. Und in zehn Jahren wird er immer noch dasein, vielleicht auch in zwanzig, wenn er bis dahin nicht gestorben ist.«

Mit anderen Worten, was mich erschreckte und mich für die anderen beinahe verzweifeln ließ, war die Enge ihres persönlichen Lebenskreises innerhalb ihrer Familie und ihrer Gesellschaftsschicht, während Paris doch so unermeßliche Möglichkeiten bot.

Jeder spielte nur einen winzigen Part im großen Konzert, vom Rest sah und hörte er nichts.

Selbst im Gewimmel auf den Grands Boulevards, wo sich zu bestimmten Zeiten Leute aus allen zwanzig Arrondissements vermischten, waren die Grenzen zwischen ihnen noch deutlich zu erkennen. Hundertmal bin ich diese Boulevards entlanggelaufen, mal von der Place de la Madeleine, mal von der Place de la République aus, und immer bot sich mir der gleiche

Anblick, der einem kontrastreichen Abbild von Paris glich.

Am einen Ende, zur Place de la République hin, waren die Geschäfte für den kleinen Geldbeutel der einfachen Leute, für die Naiven, die kaufen, was angepriesen wird, scheußliche Lampen, Möbel von ausgesucht schlechtem Geschmack. Ich sehe noch die Verkaufshallen vor mir, vollgepfropft mit allem, womit sich die kleinen Leute bei Taufen, Erstkommunionen, Hochzeiten und Geburtstagen zu beschenken pflegen, versilberten Tortenschaufeln, vergoldeten Blechbechern, ganzen Services in lila Schachteln und Wanduhren, allem Erdenklichen an Wanduhren mit den unglaublichsten Bronzefiguren links und rechts, ganz zu schweigen von den Hüten, Handtaschen, Reiseartikeln und den Schildern, die in riesiger Schrift auf einen »Ausverkauf« oder auf »Sonderangebote« hinwiesen.

Hinter der Porte Saint-Martin und der Porte Saint-Denis visieren die Händler schon eine ganze andere Kundschaft an, und sogar die Konfektionsgeschäfte erheben hier einen gewissen Anspruch auf Eleganz.

Auch die Kinos sehen anders aus, je mehr man sich der Oper nähert, und auf dem Boulevard des Capucines drängen sich auf den Trottoirs zwar noch genauso viele Leute, aber kaum jemand kauft etwas, denn hier gelangt man schon in die feineren und feinsten Gegenden von Paris.

Diese Geographie stimmt heute nicht mehr ganz, denn das Geschäftszentrum hat sich nach Westen verlagert, und was ich vom Boulevard des Capucines gesagt habe, trifft jetzt eher auf den Faubourg Saint-Honoré und die Avenue Matignon zu.

Weshalb sollte ich unter diesen Grenzen leiden? Ich lebte gar nicht in der Gegenwart, besser gesagt, ich wußte, daß die Gegenwart nur eine Zwischenstation war.

Die anderen aber, die sicher sein konnten, daß sie ihr Leben lang vor jedem noch so kleinen Kauf das Geld in ihrem Portemonnaie zählen und ein Stück ihres Wegs zu Fuß zurücklegen mußten, um weniger für den Bus auszugeben?

Geldprobleme, Armut, Mittelmäßigkeit, der Kampf ums tägliche Brot, all das war im übrigen nicht das, wovor ich mich am meisten fürchtete. Was mir am schlimmsten erschien, waren die Mauern, nicht die wirklichen Mauern wie im Internat, sondern die unsichtbaren, die das Leben eines jeden auf einen winzigen Teil der Welt einschränken.

Machte ich mir schon mit siebzehn, mit achtzehn Jahren so genaue Gedanken darüber? Ich bin davon überzeugt, aber vielleicht täusche ich mich auch. Ich weiß nur, daß ich ständig mehr oder minder bewußt versuchte, Ordnung in das Bild zu bringen, das ich mir von diesem Häusermeer, von diesem Wirrwarr von Dächern und Fenstern und dem Menschengewimmel in der Hauptstadt machte.

Als ich damals bei Gino Barderini als Lieferjunge begann, war mir zuerst gar nicht klar, daß ich nun nicht nur von morgens bis abends auf der Straße unter den Leuten sein konnte, sondern sogar die Ehre hatte, Hunderte von Wohnungen zu betreten und die Bewohner in ihrem normalen Alltag zu überraschen.

Meine eigene Einsamkeit war eine gewollte oder ungewollte Abwehr. Ich gehörte zu keinem der Kreise, die ich kennenlernte, und ich durfte in keines der Kästchen geraten und vielleicht für immer dort hängenbleiben.

Ich war weder arm noch reich, weder ein Bourgeois noch ein Künstler, kein Angestellter und kein Chef. Ich war auch kein Rebell und erst recht kein zufriedener Bürger. Ich war nichts – und wollte alles sein. So wie ich körperlich litt, wenn ich eine Frau sah und mir sagen mußte, daß ich sie nie besitzen würde, daß sie außer meiner Reichweite war und ich keine Macht über sie hatte, so ballte ich zornig die Fäuste beim Gedanken, daß mir ein Teil der Welt und damit bestimmte menschliche Erfahrungen verschlossen bleiben könnten.

Ich hatte ganz unten angefangen, in dem Häuschen in Saint-Saturnin, wo man sich einmal wöchentlich in einem Zuber neben dem Küchenherd die Füße wusch, und ich war fest entschlossen, mir einmal anzusehen, wie es ganz oben aussah. Was machte es, daß ich dieses »Ganz oben« noch nicht richtig zu lokalisieren wußte? Es wechselte übrigens mit den Fortschritten, die ich machte.

Eine Zeitlang wurde es von dem Paar, das ich am Eingang der Cook-Agentur gesehen hatte, und dem langen Hispano-Suiza verkörpert.

In der Rue de Richelieu sah ich Finanziers, die allmorgendlich zur Börse gingen und in den unauffälligen

Nobelrestaurants in der Nähe zu Mittag aßen. Manchmal betrat ich eins davon, weil ich jemandem eine Nachricht überbringen mußte. Noch heute, nach so langer Zeit, erinnere ich mich an den edlen, schweren Geruch und an die Beleuchtung in diesen Restaurants, an die wertvollen Weine, die leicht geneigt in Körbchen serviert wurden, und an ihre schöne Farbe in den Kristallgläsern.

Beim »Journal« nicht weit von der Schreibwarenhandlung und in den Druckereien in der Rue du Croissant, wo ich oft zu tun hatte, sah ich einflußreiche Männer ganz aus der Nähe, die Meinungsmacher, um die Politiker, Abgeordnete und Senatoren ehrerbietig herumscharwenzelten.

Mit offenen Augen betrachtete und registrierte ich alles, ohne mich näher damit zu befassen; ich legte alle diese Bilder für später beiseite, wohlwissend, daß ich diese Stufe noch nicht erreicht hatte. Aus dem gleichen Grund hatte ich für gewisse unnahbare Frauen in Pelzmänteln, die ihren Autos entstiegen und bei Cartier in der Rue de la Paix oder in eins der großen Modehäuser oder in ein Luxusrestaurant eintraten, nur einen beiläufigen Blick übrig.

Wenn sie mich nicht reizten, wenn sie nichts in mir auslösten, so lag das nicht nur daran, daß sie für mich unerreichbar waren, sondern daß sie in meinen Augen keine wirklichen Frauen mehr repräsentierten: Sie waren überirdische, der realen Welt entrückte, rein symbolische Wesen.

Abgesehen von diesen verstohlenen Einblicken in eine mir noch verbotene Welt war ich mit der Entdeckung des ›Moulin Rouge‹ doch eine kleine Stufe weiter nach oben gelangt.

Meine ›Moulin Rouge‹-Periode, wie ich sie nenne, dauerte Monate, wie viele weiß ich nicht mehr genau, mindestens aber einen Winter und ein Frühjahr, und ich bereue sie nicht mehr als alles andere. Ich mußte da wohl einfach hindurch. Wenn ich auf mein Leben zurückblicke, stelle ich fest, daß diese Zeit sich wie ein Puzzleteil in mein Schicksal einfügt.

Ich sah und sehe arbeitende Menschen, ich sah sie zur Arbeit und wieder nach Hause gehen. Ich kannte ihre Wege durch Paris, kannte die Metros, Busse, Bahnhöfe, die Restaurants und Cafés, die Bars, in denen man nur rasch etwas trinkt, und andere, in denen man stundenlang verweilt, um die Zeit totzuschlagen.

Nun entdeckte ich eine andere Seite derselben Welt: dieselben Leute, zumindest einen Teil von ihnen, auf der Suche nach dem Vergnügen.

Das ›Moulin Rouge‹ von damals mit seinen beleuchteten Windmühlenflügeln, die sich langsam am Himmel der Place Blanche drehten, und seinem Eingang, der prunkvoller war als der übrige Boulevard und mich an den aufgerissenen Rachen eines Ungeheuers erinnerte, war ein riesiger Saal, in dem allabendlich ein großer volkstümlicher Tanzabend stattfand. Volkstümlich aber keineswegs im Sinn einer tristen und abgeschmackten Veranstaltung! Für ein paar Francs konnten sich hier Tausende von Tippfräuleins, Verkäuferinnen, Dienstmädchen, jungen Leuten, die in den Büros der Stadt arbeiteten, der Illusion von Luxus und einem glanzvollen Leben hingeben. Nirgendwo sonst gab es zu jener Zeit eine solche Lichtfülle, so viele bunte Scheinwerfer. Zwei Orchester spielten abwechselnd, und um elf, wenn die Paare sich mit klassischen Tänzen oder Charleston müde getanzt hatten, strömten die temperamentvollen French-Cancan-Tänzerinnen auf die Tanzfläche.

Solche Tanzveranstaltungen gab es auch im ›Elysée-Palace‹ auf dem Boulevard Rochechouart und im ›Moulin de la Galette‹ ganz oben in der Rue Lepic, aber dorthin machte ich nur kurze Abstecher, denn ich fand dort nicht diese intensive Stimmung, vor allem aber nicht in dieser Vielfalt.

Im ›Moulin Rouge‹ stießen ganz verschiedene Welten aufeinander und vermischten sich manchmal sogar. Eine entscheidende Rolle spielten hier die Eintrittspreise. Außer samstags und sonntags hing um acht, halb neun ein Schild über dem verglasten Kassenschalter und verkündete: »Eintritt frei«.

Dies war die Zeit, zu der ich und meinesgleichen – Männer wie Frauen – auf der Bildfläche erschienen. Wir waren gewissermaßen die Statisten, die Leben in den weitläufigen Saal bringen sollten, bevor die seriöse Kundschaft eintraf. Man ließ uns umsonst ein, wir mußten nur unsere Getränke bezahlen.

Bereits um neun wurde das Schild durch ein anderes ersetzt, und der Eintrittspreis betrug nun drei Franc, wenn ich mich recht erinnere. Je mehr sich das Etablissement füllte, desto höher stieg der Preis, um dann gegen halb elf, wenn wegen des Cancans und der Bar die Ausländer kamen, den Höchststand zu erreichen.

Im ›Moulin Rouge‹ gab es an den Seitenwänden die

längste Bar, die ich je gesehen hatte. Ich selbst habe dort nie etwas getrunken, denn an der Bar konnte man ja nicht den ganzen Abend nur ein einziges Glas trinken. Fabrikherren, Geschäftsleute auf der Durchreise, Männer mit dicken Brieftaschen konnten sich hier eine hübsche Frau angeln. Tatsächlich sah man hier viele begehrenswerte Frauen, in kurzen Lamé- oder Fransenkleidern, mit kurzgeschnittenem Nackenhaar, die lässig eine dreißig Zentimeter lange Zigarettenspitze zwischen den Fingern hielten. In der Rue de Douai habe ich sie aus nächster Nähe gesehen, denn einige von ihnen wohnten im gleichen Hotel wie ich. Nur selten kam eine von ihnen allein nach Hause.

Zwischen diesem Teil des ›Moulin Rouge‹, wo das Tanzen und die Darbietungen nebensächlich waren, und der Masse der Tische rund um die Tanzfläche, wo sich die Mäner und Frauen mit den Blicken suchten, bevor sie sich für die Dauer eines Foxtrotts oder auch für ein paar Monate, manche sogar für das ganze Leben zusammentaten, gab es noch einen anderen, exklusiven Teil. Ich meine die etwas erhöht über den Plätzen für das gemeine Volk liegende und somit einen guten Überblick bietende Reihe von Logen, in denen nur Champagner serviert wurde und mehr Smokings und Fräcke als Anzüge zu sehen waren.

Noch bevor das Orchester mit dem Stimmen der Instrumente fertig war, setzte ich mich an meinen Lieblingsplatz, von dem aus mir nichts, was sich drunten tat, entgehen konnte, wo mich die Pärchen jedoch, wenn sie auf ihre Plätze zurückkehrten, unvermeidlich anrempeln mußten.

Ich nahm immer die billigsten Getränke, Kaffee oder ein Glas Bier, und erst wenn mich der Kellner vorwurfsvoll ansah, bestellte ich ein zweites Mal.

Es gab neben mir noch andere, die jeden Abend hier waren, aber außer den Leuten in der Loge und in der Bar war ich wohl der einzige, der nie tanzte.

Ich erinnere mich besonders an ein junges Mädchen mit pechschwarzem Haar, glänzenden Augen und schmalen Nasenflügeln. Immer wenn ich sie sah, trug sie ein Kleid von allzu leuchtendem Blau, unter dem sich ganz deutlich ihre kleinen spitzen Brüste abzeichneten. Sie saß immer allein an einem Tisch, der strategisch ebenso günstig lag wie meiner, und vor jedem neuen Tanz musterte sie die Reihe der Männer, um einen guten Tänzer ausfindig zu machen, denn wie bei Tanzabenden auf dem Dorf kamen die meisten Jungen und Mädchen allein und wechselten ihren Platz den ganzen Abend nicht.

Ich sehe noch ihre weit aufgerissenen, begehrlich funkelnden Augen vor mir, wenn sie einen besonders guten Tänzer entdeckt hatte, ihre triumphierende Freude, wenn er seinerseits auf sie aufmerksam geworden war und auf sie zusteuerte.

Sie versuchte nicht, ihm ihren Rhythmus, ihren Tanzstil aufzuzwingen, sondern paßte sich schon bei den ersten Takten ganz dem Stil ihres Partners an.

Jedesmal hätte man meinen können, sie sei verliebt, so verzückt wirkte sie, sie war aber nur in sich selbst verliebt, in ihren Körper, ihre Bewegungen, ins Tanzen.

Ich habe nie gesehen, daß sich ein Mann an ihren

Tisch setzte, und erst recht begleitete sie nie einen an den seinen. Wahrscheinlich hat sie ihren Partnern immer sehr einsilbige Antworten gegeben, wenn diese sich beim Tanzen mit ihr unterhalten wollten.

Auch einige Schwarze waren da, die mit ihren schlaksigen Gliedern den Charleston ganz anders tanzten als die anderen, und ich bemerkte, daß manche schon etwas reifere Frauen aus bürgerlichen Kreisen nur ihretwegen kamen.

Ich bildete mir nicht ein, ein großer Herr zu sein. Ich wußte genau, wo ich hingehörte. Ich wußte, was ich hier suchte, nämlich ein Schauspiel, das ein wenig schriller und bunter und irgendwie künstlicher war als das, was ich auf der Straße sah, ich suchte den leicht anstößigen Kontakt mit einer anderen Welt, der eine dunkle und wilde Begierde in mir weckte.

Auch hier biß ich manchmal in ohnmächtiger Wut die Zähne zusammen, weil es für mich keine Befriedigung gab, während sich um mich herum Hunderte von Frauen tummelten und die prachtvollen Geschöpfe des French Cancan mit ihren Spitzendessous genau vor meiner Nase wedelten.

Den Frauen an den kleinen Tischen, die zum Tanzen hier waren oder um einen Liebhaber zu finden, hätte ich das übliche Theater vorspielen müssen, ich hätte mit ihnen reden, mich binden müssen.

Die an der Bar waren zu teuer für mich, selbst diejenigen, die im gleichen Hotel wohnten wie ich.

Am Ende ging ich manchmal in eine enge Gasse in der Nähe, die ich gut kannte und die ich verabscheute, oder ich schlenderte unentschlossen über den dunklen

Boulevard des Batignolles, wo ab und zu eine Gestalt hinter einem der Bäume hervortrat.

Häufiger aber wartete ich, bis die Vorstellung mit einem rasanten Marsch der Blasmusiker zu Ende ging, und warf beim Hinausgehen einen sehnsüchtigen Blick durch eine Glastür, die gerade geöffnet worden war.

Denn wenn die Abendvorstellung für die Allgemeinheit zu Ende war, begann die Nachtvorstellung, nicht für das große Publikum, sondern für wenige Auserlesene, in einem kleineren Saal mit Spiegeln und Teppichen, Kristallgläsern und weißen Tischdecken, roten Tapeten und schwarzweiß gekleideten Kellnern.

Ich habe diesen Raum nie voll besetzt gesehen, denn wenn die Masse aus der Halle strömte, trafen gerade die ersten Gäste ein, und ich konnte nur sehen, wie die letzten Vorbereitungen getroffen wurden. Der Pianist rauchte auf den Tasten klimpernd seine Zigarette zu Ende, Blumen wurden in den Vasen arrangiert, an den Tischen, auf denen noch nicht entkorkte Champagnerflaschen standen, frischten Frauen im Abendkleid ihr Make-up auf. Sie sahen ganz anders aus als die an der Bar. Auch junge Männer im Smoking standen bereit; vor den Leuten taten sie, als würden sie die Mädchen nicht kennen, dabei hatten sie genau die gleichen Aufgaben wie diese.

Das Ganze wirkte wie eine große Falle, in die man die Leute locken wollte, oder wie die Vorbereitungen für eine Zeremonie. Manchmal wartete ich auf dem Trottoir, neben der Blumenverkäuferin, die früher selbst Tänzerin gewesen war, und dem livrierten Portier. Ich sah die Paare in Abendkleidung aus Taxis steigen oder aus der Abendvorstellung oder von einem späten Diner aus einem Restaurant kommen. Während die Männer, die mit der größten Selbstverständlichkeit Trinkgelder austeilten, fast alle schon ein gewisses Alter hatten, waren die meisten Frauen jung und trugen tief ausgeschnittene Kleider; manche warfen im Vorbeigehen einen besorgten Blick in die großen Spiegel in der Eingangshalle, wie um sich zu vergewissern, daß es wirklich sie selbst waren, die dieses Luxusetablissement betraten.

Allein im ›Moulin Rouge‹ konnte man also genau wie im Quartier Saint-Antoine eine, zwei, drei Grenzen überschreiten, doch keine davon schien mir die endgültige, die wirkliche Demarkationslinie zu sein. Meine Erfahrung, so neu und unvollständig sie auch war, sagte mir, daß alle diese Felder oben, in der Mitte und unten nur eine sekundäre, mehr scheinbare als reale Gliederung darstellten.

Real ist nicht der richtige Ausdruck, denn für die Leute, die ihr Leben lang innerhalb dieser Grenzen eingeschlossen bleiben, waren sie sehr wohl real.

Ich will damit nur sagen, daß diese Unterteilungen keine natürlichen, sondern nur vorgetäuschte, ganz und gar künstliche Unterteilungen waren, die man denen aufzwang, die es so wollten.

Ich vermutete, daß es noch eine ganz andere Trennlinie geben mußte, eine, die wirklich sorgsam gehütet und gewahrt wurde; und diese zu überschreiten nahm ich mir schon damals fest vor.

Man wird meine Ausdrucksweise vielleicht belächeln, aber wahrscheinlich schafft sich jeder für gewisse Gedanken und heimliche Vorstellungen seinen eigenen Wortschatz, mit Bezeichnungen, deren wahre Bedeutung nur er selbst kennt und die ich Totemwörter nennen möchte. Es gibt sie in jeder Familie, jeder Gruppe, jedem Berufsstand, jedem Handwerk, jeder Religion und in jeder Provinz.

Normalerweise verwendet man sie nur im Kreis der Eingeweihten; da ich hier jedoch meine geheimsten Erinnerungen schildere, muß ich auch diese nur für mich selbst geprägten Ausdrücke verwenden.

Das ›Moulin Rouge‹ stellt für mich eine Phase dar, die zugleich Zeit, Fläche und Raum umfaßt. Hunderte von Gestalten tummeln sich in meiner Erinnerung und machen sie so lebendig, daß ich sie unmöglich genau beschreiben kann. Man müßte ein ganzes Stadtviertel wieder aufleben lassen, eine ganze Epoche mit ihrer Musik, ihrer Mode, ihren Frauen, die damals nicht nur einen anderen Körperbau und eine andere Gesichtsform, sondern auch einen anderen Ausdruck in den Augen, ein anderes Lächeln hatten.

Auch die Rue Richelieu sieht heute ganz anders aus. Das damals so wichtige und aus dem Pariser Leben nicht wegzudenkende »Journal« existiert nicht mehr, und die Schwarzen sind ebenso wie die russischen Portiers und die Maharadschas aus Montmartre fast ganz verschwunden.

Was sich aber am meisten verändert hat und sich unmöglich auch annähernd genau beschreiben läßt, ist der junge Mann, der ich damals war, der Achtzehn- oder Neunzehnjährige, der jeden Morgen schon nicht mehr ganz der vom Tag zuvor und noch nicht ganz der vom Tag darauf war.

Genauso wie das Aussehen der Straßen und Viertel von Paris hat sich auch die Aufgliederung der Gesellschaft verändert, und eine neue ist an ihre Stelle getreten. Wurde die berühmte Linie, die ich genauso leidenschaftlich suchte wie andere einst den Heiligen Gral, gleichzeitig verschoben wie die Staatsgrenzen? Vielleicht liegt sie jetzt weiter hüben oder drüben, aber sie besteht weiter, weil sie seit Menschengedenken besteht und es keinen Grund gibt, weshalb es sie einmal nicht mehr geben sollte.

Viele bilden sich ein, sie zu überschreiten, dabei wechseln sie doch nur von einem Feld auf das nächste und werden dabei wie beim Mensch-ärgere-dich-nicht-Spiel oft weit zurückgeworfen.

Damit mir so etwas nicht passierte, ließ ich mir lieber Zeit und erkundete vor jedem Schritt das Terrain.

Zweimal hätte ich in jener Zeit beinahe einen falschen Schritt gemacht und wäre womöglich steckengeblieben. Ich befand mich wieder einmal in einer Phase des Umbruchs und spürte schon, daß ich nicht mehr lang in der Schreibwarenhandlung in der Rue Richelieu bleiben würde. Meine Arbeit dort bestand vor allem darin, mehrmals täglich zur Post zu laufen, um Pakete und Einschreiben aufzugeben und die Post aus dem Postfach zu holen oder eilige Lieferungen in die Büros der Gegend zu bringen. Die gewöhnlichen Lieferungen, die meist schwer und umfangreich waren, wurden mit dem Lieferwagen ausgefahren, und ich hatte nichts damit zu tun, allenfalls half ich im Hof beim Beladen, wenn ich nichts anderes zu tun hatte.

In der letzten Zeit war ich stark gewachsen und glich mit meinem schmalen Gesicht und meiner ruhigen Miene eher einem jungen Engländer aus gutem Hause als einem Laufburschen. Man begann mich bereits mit der Arbeit im Laden vertraut zu machen, und ich sah den Tag kommen, an dem man mir eine Beförderung aufdrängen würde, die ich gar nicht wollte.

Es war nur ein vages Zeichen am Horizont, ein ungutes Gefühl, das mich nicht weiter beunruhigte. Weihnachten kam, und am Heiligen Abend ging ich aus Trotz oder Stolz absichtlich viel früher ins Bett als sonst. Am nächsten Morgen irrte ich allein durch die menschenleere Stadt. Ich ging die Quais entlang und folgte der Seine bis nach Charenton, wie ich es öfter tat.

Dort aß ich in einer verlassenen Kneipe zu Mittag. Zurück nahm ich dann den Bus. Gegen drei war ich in der Rue Auber und sah mir das Schaufenster einer Schiffahrtsgesellschaft an. Neben mir stand eine junge Frau, besser gesagt ein junges Mädchen, die genauso zerstreut wie ich ins Schaufenster sah, und ich warf ihr einen Blick zu, ohne sie gleich einordnen zu können.

Schlimmstenfalls hätte sie eine Prostituierte sein können, dann allerdings eine Anfängerin, die es am falschen Tag und im falschen Viertel versuchte. Sie konnte auch ganz einfach ein junges Mädchen sein, das noch zu Hause bei den Eltern wohnte, doch das schien mir eher unwahrscheinlich.

Als sie weiterging, folgte ich ihr und blickte bewundernd auf ihre schmalen Fesseln, ihre wohlgeformten Beine, die mir sofort aufgefallen waren, obwohl ich sonst bei Frauen kaum auf die Beine sehe.

Vor dem nächsten Schaufenster blieb sie erneut stehen; ich ebenfalls. Desgleichen vor einem dritten, wo ich gleich darauf merkte, daß darin nur Damenunterwäsche ausgestellt war. Unsere Blicke trafen sich, und da wir ziemlich dicht beieinander standen, fragte ich sie:

»Haben Sie schon was vor?«

Etwas Besseres fiel mir nicht ein. Sie lachte.

»Nein. Und Sie?«

»Ich auch nicht.«

Auf der ganzen Straße waren nicht mehr als zwanzig Personen zu sehen. Nach der Weihnachtsnacht war die Stadt menschenleer, und diejenigen, die ausgegangen waren, saßen jetzt in den Kinos, denn es war sehr kalt.

»Was würden Sie denn gerne machen?«

»Weiß nicht.«

Ihre Augen hatten etwas Fröhliches, Herausforderndes, und sie sprach mit starkem spanischem Akzent, der ihre Worte wie Vogelgezwitscher klingen ließ.

Ich war mir jetzt fast sicher, daß sie keine Prostituierte war. Ich hatte aber auch nicht viel Geld bei mir und wollte sie nicht ins Kino und danach ins Restaurant führen. Deshalb setzte ich alles auf eine Karte und schlug vor:

»Wir könnten zu mir gehen.«

»Ist das weit?«

Ich deutete in Richtung Saint-Augustin.

»Da drüben …«

Wir machten uns auf den Weg. Ich erfuhr sofort, daß sie auch nicht Weihnachten gefeiert hatte, aber anders als ich hatte sie nicht freiwillig darauf verzichtet, sondern weil sie Dienst gehabt hatte. Sie arbeitete als Zimmermädchen bei einer südamerikanischen Diplomatenfamilie, die in der zwischen der Place de l'Etoile und dem Parc Monceau gelegenen Avenue Hoche wohnte, in meinen Augen neben der Avenue Foch die vornehmste Straße von Paris.

Ich stand im Begriff, genau das zu tun, was ich bisher immer vermieden hatte, nämlich mich in ein Abenteuer zu stürzen, und war nicht gerade mit Begeisterung bei der Sache. Zu meinem Erstaunen plapperte sie munter drauflos, und zu meinem noch größeren Erstaunen, wenn nicht Befremden, hakte sie sich bei mir unter.

»Ist es noch weit?« fragte sie, während wir gemächlich die abfallende Straße hinuntergingen.

»Wir sind gleich da.«

Ohne Widerstreben und ohne jedes Zögern folgte sie mir ins ›Hôtel du Grand Saint-Georges‹.

Ich hatte nicht genau verstanden, wie sie hieß. Da ich den Namen noch nie gehört hatte, hielt ich ihn zuerst für ihren Familiennamen. Sie hieß Pilar.

Im Zimmer nahm sie ihren Hut ab, warf ihn achtlos irgendwohin, dann preßte sie sich an mich, drückte ihre Lippen auf die meinen und gab mir den kompliziertesten und raffiniertesten Kuß, den ich je bekommen hatte.

»Mach die Vorhänge zu, Chéri.«

Obwohl sie nur ein, zwei Jahre älter war als ich,

übernahm sie die Führung, so als sei sie viel älter und erfahrener als ich. Sie streifte ihr schwarzes Wollkleid ab und wurde ungeduldig, weil ich mich nicht rührte.

»Warum ziehst du dich nicht aus?«

Im Grunde war ich weder mit ihr noch mit mir selbst zufrieden. Ich, der nie so etwas wie Scham gekannt hatte, schämte mich, mich vor ihr auszuziehen, dabei stand sie bereits nackt vor mir. Ihr ganzer Körper war so wohlgeformt wie ihre Beine, zarter als die Körper, an die ich gewöhnt war, unglaublich geschmeidig, und ich glaube, daß ich eine gewisse Erregung empfand, als ich ihre kleinen Brüste betrachtete und dann berührte.

Sie hatte den Bettüberwurf weggezogen und die Laken zurückgeschlagen.

»Komm…«

Kurz darauf schalt sie mich lachend aus, als sei ich der naivste kleine Junge der Welt.

»Aber nicht doch, Chéri! Du machst es ja wie ein Tier.«

»Tierrr« sprach sie es aus. Und von nun an durfte ich nicht mehr die Initiative ergreifen. Sie bestimmte, was gemacht wurde, und sah mich dabei hin und wieder mit einem spöttisch-zärtlichen Blick an.

Das war nicht mehr der Geschlechtsakt, wie ich ihn kannte, der Zusammenprall von zwei Körpern, sondern ein Spiel, das genauso raffiniert war wie ihr Kuß, viel zu raffiniert für meinen Geschmack, ein Spiel, das mich verlegen machte und mir peinlich war. Man hätte meinen können, daß sie jede empfindsame Stelle meines Körpers, jeden Nerv von mir kannte, und sie hatte ihren Spaß daran, mich zu erregen, und stieß kleine, stolze Schreie dabei aus.

Sie war sehr ausgelassen und wollte mir alles zeigen, was sie wußte und konnte, und jedesmal, wenn ich zum Schluß kommen wollte, wiederholte sie in vorwurfsvollem Ton:

»Du bist ein Tierrr.«

An diesem Nachmittag wurde mir klar, daß ich kein sinnlicher und auch kein wollüstiger Mensch war. Unser Spiel hatte kaum eine Stunde gedauert, aber ich erstickte schier in dem Zimmer mit den zugezogenen Vorhängen, in dem feuchtwarmen, mit dem Geruch unserer beiden Körper getränkten Bett; für Pilar hingegen war es nur der Anfang, man sah ihr an, daß sie im Bett erst richtig auflebte und daß alles andere für sie nicht zählte.

Zweimal wollte ich mich wieder anziehen, und zweimal gelang es ihr, nicht ohne Mühe, mich davon abzuhalten. Immerhin gewährte sie mir eine Zigarettenpause, und sie rauchte selbst auch, vor meinen Augen, und wirkte dadurch noch nackter, von einer für mich bis dahin unvorstellbaren Nacktheit, die sonderbare Empfindungen in mir weckte.

Ich weiß nicht mehr genau, worauf ich Lust hatte, gewiß auf etwas Unmögliches, ich weiß nur, daß wir wieder in den Laken versanken und daß die Lichter an den Nachtclubs bereits angeschaltet waren, als ich die Vorhänge aufzog.

Ich merkte, daß ich Hunger hatte und Lust, ordentlich frische Luft zu schöpfen, und während sie sich anzog, dachte ich:

»Wenn sie nur nicht wiederkommt.«

Gleichzeitig hätte ich sie am liebsten sofort wieder ausgezogen. Meine Haut, mein Mund, mein ganzer Körper rochen nicht mehr nach mir, sondern nach ihr, das ganze Zimmer war so von ihrem Geruch erfüllt, daß ich mich, als ich zwei Stunden später zurückkam, aufs Bett warf und vor lauter Verwirrung beinahe geweint hätte.

Wir hatten in einem italienischen Restaurant in der Rue Notre-Dame-de-Lorette Spaghetti gegessen, dann hatte ich sie mit dem Bus in die Avenue Hoche begleitet. Dort war sie vor einem Palais stehengeblieben, dessen Balkon ein Wappen und eine Flagge zierten. Sie klingelte nicht am Portal, sondern schloß mit ihrem Schlüssel den Dienstboteneingang auf.

»Adios!«

Sie kam weder am nächsten noch am übernächsten Tag wieder, und ich ging nicht in die Avenue Hoche. An diesen beiden Abenden ging ich auch nicht ins ›Moulin Rouge‹, ich blieb in meinem Zimmer, las und lauschte auf die Schritte draußen im Treppenhaus. Ich hörte die Frauen weggehen, die auf der Place Blanche und anderswo arbeiteten; ich erkannte sie am Geklapper ihrer hohen Absätze.

Eine Zimmernachbarin, die ich immer nur von hinten gesehen hatte, kam in Begleitung eines Mannes nach Hause, und ich hörte zuerst Gemurmel, dann die Geräusche von allem, was drüben vorging.

Am vierten oder vielleicht auch am fünften Tag ging ich gleich nach der Arbeit ins Hotel zurück, um mein Abendessen, das ich mir beim Fleischer geholt hatte, zu verzehren. Als ich an der Rezeption meinen Schlüssel verlangte, gab man mir zur Antwort:

»Es ist schon jemand oben.«

Ich dachte nicht sofort an Pilar. Doch sie war es, diesmal hatte sie nicht ihr schwarzes Kleid an, sie lag auch nicht nackt in meinem Bett, sondern trug einen roten, kunstseidenen Morgenrock. In einer Ecke stand ein Koffer, und auf der Ablage über dem Waschbecken sah ich einen Kamm und eine Haarbürste, die nicht mir gehörten.

Zuerst stand sie keck mitten im Zimmer, als erwarte sie, daß ich mich in ihre Arme werfen würde, dann senkte sie den Kopf, sah mich beunruhigt, beinahe ängstlich an, lehnte sich schließlich an die Wand und fragte:

»Soll ich wieder gehen, Chéri?«

Ich wußte selbst nicht, was ich wollte, aber ich glaube, daß ich sie eigensinnig und hart anblickte.

»Meine Chefin hat mich rausgeworfen, weil... weil...«

Ich erfuhr nie, warum, denn sie warf sich schluchzend auf das Bett, daß die Sprungfedern quietschten, und ich ging zu ihr, alles andere als stolz auf mich.

Am nächsten Morgen erwachte ich zum ersten Mal in meinem Leben mit einer Frau neben mir im Bett.

»Keine Angst, Chéri«, sagte sie, »ich habe etwas gespart. Ich werde dich nichts kosten. Und wenn du willst, daß ich gehe, dann brauchst du nur zu sagen: ›Pilar, verschwinde!‹«

Sie sagte es so komisch, daß ich lachen mußte. Am Samstag darauf verkündete mir die Geschäftsführerin des Hotels, eine Rothaarige, die einmal schön gewesen sein mußte und deren Busen mich immer noch gereizt hätte, daß sie meine Miete erhöhen müsse, da das Zimmer jetzt von zwei Personen bewohnt sei.

Ich weiß nicht, was Pilar den ganzen Tag trieb. Ich nehme an, daß sie die meiste Zeit schlief und den Rest des Tages mit dem Enthaaren ihrer Beine, dem Lackieren ihrer Nägel und mit sonstigen kleinen Schönheitspflegemaßnahmen verbrachte.

Ohne mich um Erlaubnis gefragt zu haben, kam sie in die Rue Richelieu, um mich von der Arbeit abzuholen. Wenn dort die Rolläden herabgelassen wurden, konnte ich so gut wie sicher sein, daß sie aus dem Dunkel treten und sich an meinen Arm hängen würde.

»Heute gehen wir nicht ins Restaurant, Chéri. Ich habe uns was gekocht.«

Auch das war mir peinlich. Es war Teil einer Welt, die nicht die meine war, Ausdruck mir fremder, mir widerstrebender Empfindungen. Wie durch ein Wunder schaffte sie es, auf einem Spiritusbrenner kleine spanische Gerichte zuzubereiten, und ich tat, als ob sie mir schmeckten. Abgesehen von unseren Liebesübungen bestand ihre Lieblingsbeschäftigung darin, an meinem Arm durch die Straßen zu bummeln und die Schaufenster zu betrachten.

»Keine Angst. Ich habe noch Geld.«

In ihrer abgewetzten Handtasche, die immer offen auf irgendeinem Möbelstück und manchmal sogar auf dem Boden herumlag, denn Pilar liebte die Unordnung um der Unordnung willen, hatte ich zwischen allerlei Krimskrams große Geldscheine gesehen.

Ich hatte nie das Bedürfnis verspürt, ihr von mir zu erzählen, und so stellte sie mir vorsichtige Fragen, wobei sie langsam und schrittweise vorging.

»Wieso hast du einen englischen Namen?«

»Weil mein Vater Engländer ist.«

»Und du?«

»Ich deshalb auch.«

»Hast du einen englischen Paß?«

»Nur einen Ausländerausweis. Aber wenn ich einen Paß will, brauche ich nur einen Antrag beim Konsulat zu stellen.«

»Das solltest du tun«, meinte sie daraufhin ernst.

»Weshalb?«

»Es ist immer gut, wenn man einen englischen oder amerikanischen Paß hat. Ich habe einen spanischen. Das ist nicht so gut.«

Ich wußte nicht, was sie damit meinte. Sie öffnete mir die Augen für etwas, was mir bisher entgangen war. Ich erfuhr auch, daß sie in Kuba geboren war, daß ihre Eltern Spanier waren und daß sie einige Jahre in Panama gelebt und dort in einem von Franzosen geführten Hotel gearbeitet hatte, bevor sie als Hausmädchen anfing, zuerst in einem englischen Haushalt und dann bei der südamerikanischen Diplomatenfamilie, die sie nach Frankreich mitgenommen hatte.

Sie sagte mir zwar nicht, was sie vorhatte, aber sie schien schon eine Vorstellung zu haben, schien sie bereits gehabt zu haben, als ich ihr am Weihnachtstag auf der Rue Auber begegnet war.

Ich war nicht eifersüchtig. Doch als ich im Schrank zwei Kleider entdeckte, die ich an ihr noch nicht gesehen hatte, Kleider von der Art, wie sie die Frauen an der Bar im ›Moulin Rouge‹ trugen, hatte ich ein sehr unangenehmes Gefühl, und es kostete mich einige Selbstüberwindung, ihr keine Fragen zu stellen.

Sie kümmerte sich auch um meine Zukunft, natürlich aus ihrer Sicht, und sie hatte eine ganz andere Lebensauffassung als ich.

»Ich verstehe gar nicht, daß du dir keine bessere Arbeit suchst.«

Ich konnte es nicht leiden, wenn man sich in meine Angelegenheiten mischte, und ich wundere mich noch heute, daß es nicht zum Streit gekommen ist.

»Neulich habe ich dich Englisch sprechen hören. Du sprichst wie ein Engländer. Damit hättest du so viele berufliche Möglichkeiten.«

Sie führte ihren Gedanken an diesem Abend nicht zu Ende, sondern erst später, zu der Zeit, als man in der Rue Richelieu begann, mich mehr im Laden als mit Botengängen zu beschäftigen, was mir sehr mißfiel.

Wir kamen gerade an einem Nachtlokal vorbei. Am Eingang stand ein Portier in hellblauer Livree, und ich hatte den Eindruck, daß er Pilar zuzwinkerte.

»Weißt du, was der verdient?« fragte sie mich fünfzig Meter weiter.

»Wer?«

»Der Mann dort vor dem ›Boston‹. Der bekommt in einer Nacht allein an Trinkgeldern und an den Provisionen von den Mädchen und von den Taxifahrern mehr als du im ganzen Monat.«

Am Abend kam es zu einer heftigen Szene, die damit endete, daß ich sie voller Wut verprügelte, bis die Zimmernachbarn an die Wand klopften. Ich erfuhr, daß sie den Portier kannte, daß er ein Landsmann von ihr war, ein gewisser Pedro. Und ich erfuhr noch etwas, was ich bis dahin nicht gewußt hatte, nämlich daß manche Nachtclubs schon am Nachmittag zum Tanztee geöffnet waren und daß Pilar mehrmals in der Woche dort arbeitete.

Das erklärte die beiden neuen Kleider, die Geldscheine in der Handtasche, die nie ausgingen, obwohl Pilar auch unsere gemeinsamen Kosten mitbestritt. Es erklärte noch vieles mehr, unter anderem auch, warum sie am Weihnachtstag mit mir gegangen war, als sei ich ihr von der Vorsehung geschickt worden.

Ich war der Mann, den sie gebraucht hatte, um das zu tun, was sie schon immer hatte tun wollen, wofür ihr nur der Mut und ein Vorwand gefehlt hatten.

Ich fürchtete, sie ernsthaft verletzt zu haben, denn sie stand am Waschbecken, in das dicke Blutstropfen fielen.

»Hab ich dir sehr weh getan?«

Sie schüttelte den Kopf und brachte zwischen zwei Schluchzern ohne jeden Vorwurf hervor:

»Nein, Chéri.«

Sie war nackt, mit blutigen Striemen an der Brust und am Schenkel. Vergeblich betupfte sie ihre geschundene Nase mit kaltem Wasser, und als nach einer Weile das Blut endlich zu fließen aufhörte und sie mir ihr Gesicht zuwandte, war ihr Augenlid geschwollen.

Sie suchte ihre verstreut herumliegenden Kleider zusammen.

»Ich gehe, Chéri. Auf der Stelle.«

Linkisch und unschlüssig stand ich da und sah zu, wie sie sich ihr seidenes Höschen anzog. Sie hob die Arme, um in ihr Unterkleid zu schlüpfen, aber ich riß es ihr aus der Hand. Ich riß ihr auch das Höschen vom Leib, zerfetzte es und stieß Pilar so heftig zum Bett, daß sie sich den Kopf beinahe gegen die Wand schlug.

»Du bleibst da!«

Schon wieder unsicher, fügte ich hinzu:

»Bis morgen jedenfalls.«

Sie sah mich ängstlich und prüfend an, ob ich mich beruhigt hätte, spürte, daß ich immer noch voller Groll war und daß mich die Wut jeden Augenblick wieder packen konnte.

Ich streichelte ihr sanft die Stirn und die Schultern. Als sie mich bald darauf ebenfalls liebkosen wollte, stieß ich entschieden ihre Hand zurück.

»Nein.«

Allerdings machte sie eine Minute später einen erneuten schüchternen Versuch, und diesmal wagte ich ihre Geste, die sie wohl als Beweis ihrer Unterwürfigkeit und Selbsterniedrigung betrachtete, nicht zurückzuweisen.

Am nächsten Morgen sahen wir wie Gespenster aus, und Pilars Gesicht war entstellt, die Oberlippe dick, ein Auge fast zugeschwollen. Um ein Haar wäre ich nicht zur Arbeit gegangen. Wäre ich jedoch zu Hause geblieben, hätte ich wahrscheinlich bald die blau-rote Livree eines Nachtclubportiers getragen.

3

Sie blieb noch vier Tage, dann ging sie ohne ein Wort. Als ich nach Hause kam, waren ihre Sachen aus dem Schrank und den Schubladen verschwunden. Ihr Koffer stand nicht mehr in der gewohnten Ecke, und ihre Seite der Ablage über dem Waschbecken war leer.

Erst als ich schlafen ging und die Bettdecke zurückschlug, fand ich den Zettel auf dem Kopfkissen. Sie hatte ein Herz mit ihren und meinen Initialen darauf gemalt und das Wort *Adios* darunter geschrieben. Daneben lag eine flache, längliche Pappschachtel mit drei für meinen Geschmack zu auffälligen, aber sehr teuren Seidenkrawatten.

Monate danach sah ich sie vor dem ›Maxim's‹ aus einem Auto steigen, und viel später traf ich sie in London wieder, und diesmal waren wir einander ebenbürtig. Sie war mit einem einflußreichen Engländer, zu dem ich geschäftliche Beziehungen hatte, verheiratet, und wir aßen zu dritt im Grillrestaurant des ›Savoy‹ zu Abend.

Nicht ihretwegen, nicht wegen dem, was sie über meine Zukunft gesagt hatte, und erst recht nicht aus Verzweiflung kündigte ich zwei Wochen, nachdem sie gegangen war, in der Papeterie de la Bourse. Es hatte sich, wie gesagt, bereits seit einiger Zeit angebahnt.

Abschiedszeremonien mag ich genausowenig wie dramatische Trennungsszenen. Ich beschränkte mich darauf, meinen Arbeitgebern eines Morgens einen Rohrpostbrief zu schicken, in dem ich mitteilte, meine Mutter habe mich nach Hause gerufen.

Ich hatte keine Vorstellung, was ich jetzt machen sollte. Mir schon im voraus eine neue Stelle zu beschaffen, wäre mir wie ein Betrug vorgekommen, weniger gegenüber meinem Arbeitgeber als gegenüber dem Schicksal. Außerdem wollte ich erst einmal frei und ungebunden sein, und das blieb ich länger als vorgesehen.

Es war Februar, und nach ein paar milden, sonnigen Tagen, die an einen vorzeitigen Frühling denken ließen, wie er in Paris nicht selten ist, war der Winter mit Stürmen und Schneematsch zurückgekehrt, und die Quecksilbersäule des Thermometers schwankte zwischen null und fünf Grad. Die Leute waren mürrisch, als hätte man sie um etwas betrogen, auf das sie ein Anrecht hatten, und ich habe selten so viele verschnupfte Nasen gesehen.

Wieder einmal stand ich vor den Vitrinen der Zeitungen und studierte die Kleinanzeigen, nur mit dem Unterschied, daß ich inzwischen die Fallen erkannte, die sich hinter einigen davon verbargen, und daß ich, obwohl ich nicht recht wußte, was ich wollte, zumindest wußte, was ich nicht wollte.

Das bißchen Geld, das ich besaß, war bald verbraucht. Ich hatte meiner Tante Louise geschrieben und sie gebeten, mir welches zu schicken, und die Zahlungsanweisung traf an einem Morgen ein, als ich gerade noch zwei Franc in der Tasche hatte und mein Zimmer seit Wochen nicht bezahlt war. Ich beschwichtigte erst einmal die Sorgen meiner Vermieterin, deren Brüste mir um so verführerischer erschienen, als ich seit zwanzig Tagen keine Frau mehr gehabt hatte. Auch dem half ich sofort ab, in einem jener Souterrainzimmer, die etwa zur gleichen Zeit öffnen wie die Banken und die Post.

Ein paar Tage später lauerte ich bei den Markthallen gegen ein Uhr nachts auf dem dunklen Trottoir auf den richtigen Augenblick, mich unbemerkt unter die Männer mischen zu können, die einen Lastwagen voller Blumenkohl entluden. Ich war vorher schon zwei-, dreimal dagewesen, um mir alles genau anzusehen und zu lernen, wie es läuft.

Viele Leute, vor allem berühmte Künstler und Schriftsteller brüsten sich damit, bei den Hallen Gemüse abgeladen zu haben, als sei es eine Heldentat und als hätten sie damit den Tiefpunkt menschlichen Elends berührt.

Auch wenn ich diese Arbeit nicht sehr lange gemacht habe, kann ich doch sagen, daß das alles Dichtung ist. Bei den Hallen und auf den umliegenden Straßen ist nachts zwar wirklich alles anzutreffen, was sich in Paris herumtreibt und kein Geld in der Tasche hat, um sich ein Zimmer oder eine warme Mahlzeit leisten zu können. Im Winter ist es sehr kalt, auch das ist wahr, aber es gibt ja die Öfen der Pommes-frites- und der Würstchenverkäufer, an denen man sich wärmen kann, und man kann auch in jedes Bistro gehen, ohne daß einem irgend jemand eine Frage stellt.

Gerade weil das Hallenviertel der Treffpunkt der Habenichtse und Hoffnungslosen ist, empfindet man die Not hier weniger schmerzlich als anderswo, und es bietet sich immer eine Möglichkeit, da oder dort ein paar Sous zu ergattern.

Die Gemüseanbauer, die Bauern, die Kommissionäre und ihre Angestellten verschenken allerdings nichts und registrieren die Männer, die nachts das Obst und Gemüse in Kisten, Geflügel, Butter und alle möglichen anderen Lebensmittel ausladen und auf den Verkaufsständen am Straßenrand und auf dem Trottoir in ordentlichen Reihen aufstapeln. Es wird jedoch nicht so streng kontrolliert, und ich habe es am Ende immer geschafft, mich in eine Mannschaft einzuschmuggeln und etwas zu essen zu bekommen.

In der zweiten Nacht erspähte ich gegen Morgen, kurz vor dem Glockenschlag, Barderini, der hier mit einem breiten roten Schal um den Hals seine Einkäufe machte, und ich paßte auf, daß er mich nicht sah.

Die meisten Händler und Käufer, die Kommissionäre und alle, die hier arbeiten, unterscheiden sich ihrer Herkunft nach kaum von denen, die herumlungern, was vielleicht auch zur besonderen Atmosphäre des Hallenviertels beiträgt. Reichtum zeigt sich hier nicht in abstrakten Symbolen, man tauscht keine Schecks aus, sondern zieht dicke Geldbündel aus der Hosentasche. Und die Nachtschwärmer, die hierher kommen, weniger um die gewaltige Anhäufung von Lebensmitteln aus ganz Frankreich zu bewundern, als um sich die armen Schlucker aus der Nähe anzusehen, sind sozusagen in Spendierlaune.

Sie lassen sich nicht lange bitten: Jede Gestalt in der Dunkelheit, jedes vor Müdigkeit bleiche Gesicht in der Ecke eines Bistros ist für sie ein »Fall«, und sie ziehen unaufgefordert den Geldbeutel aus dem Smoking.

Die Mädchen hier sind fast alle vorbestraft und führen ein hartes Leben. Oft tun sie ihre Arbeit in irgendwelchen dunklen Ecken, manchmal auf einer Türschwelle oder hinter einem Stapel Gemüsekisten.

Alles trifft sich in bestimmten Cafés. Die Fensterscheiben sind beschlagen, und es riecht nach Schweißfüßen und nach Stall. Manche trinken am Tresen oder an den Tischen Kaffee, Grog, Rotwein, Calvados, Trester oder was es sonst an Getränken gibt, andere stehen nur herum, eine Schulter an die Wand gelehnt, und dösen vor sich hin.

Ekel erregt hier keiner. Schmutz, Krankheit, Gebrechen spielen keine Rolle, man stößt ständig auf Krüppel und Entstellte, ohne sich darüber zu wundern, ohne Mitleid oder Abneigung zu empfinden.

Ich galt hier letztlich nur als Laie. Ich hatte keinen Stammplatz, keine festen Gewohnheiten wie die meisten anderen. Ich gehörte nicht zu dieser Gesellschaftsgruppe – denn auch das ist eine –, aber ich sah mich genau um und nahm mir vor, hierher, auf die unterste Stufe zurückzukehren, wenn ich nicht ganz nach oben gelangen würde, wie ich es mir jetzt mehr denn je wünschte.

Ich weiß nicht mehr, ob ich an Vorahnungen glauben soll oder nicht. Ich hatte noch einen Franc fünfzig in der Tasche, mein Zimmer war bis Samstag bezahlt, und wir hatten Mittwoch. An jenem Abend fiel ein kalter, strömender Regen, der die breiten Trottoirs auf den großen Boulevards leergefegt hatte, und von den Taxis und Bussen rannen Wasserkringel.

Es war Mitternacht vorbei. Ich war in eine schummrige Bar an der Ecke Rue Montmartre/Boulevard Poissonnière getreten.

Bevor ich mit meiner Erzählung begann, hatte ich mir eigentlich nie Gedanken über das Verstreichen der Zeit gemacht. Ich wußte wohl, daß meine Jugend allmählich dem reiferen Alter gewichen war, aber ich achtete nicht darauf, wie sich gleichzeitig auch die Dinge um mich herum veränderten. Ich muß also immer wieder Ausdrücke verwenden wie »damals«, »zu jener Zeit«...

Ich frage mich sogar, ob mich jemand, der nicht so alt ist wie ich, überhaupt versteht. Und es genügt nicht einmal, das gleiche Alter zu haben, man muß sich auch im selben Milieu bewegt haben, in der gleichen Stimmung und unter den gleichen Bedingungen.

Jene Bar hatte bestimmt auch einen Namen, aber ich kannte ihn nicht, ich ging hinein, ohne den Kopf zu heben, steuerte immer dieselbe Stelle an der halbmondförmigen Theke an, wo auf einem pyramidenförmigen Drahtgestell die hartgekochten Eier standen.

Hartgekochte Eier, in fettiges Butterbrotpapier eingewickelte Croissants und Hefewecken gab es auch in anderen Bars. Warum wirkte das alles anderswo viel weniger armselig?

Wenn ich mich nicht täusche, war dies damals die einzige Bar, die rund um die Uhr geöffnet hatte. Gegen Morgen, kurz vor Tagesanbruch, kamen die Putzfrauen und wischten zwischen den Füßen der Gäste den Boden.

Diese Bar war für Eingeweihte so etwas wie eine Institution. Wenn die anderen Lokale auf den Boulevards geschlossen waren, traf man hier Taxifahrer, Strichmädchen, Blumenverkäuferinnen, Leute aus allen möglichen dubiosen Branchen. Die meisten hatten viel Zeit und machten selten den Mund auf. Die Atmosphäre erinnerte an eine Bahnhofsgaststätte; man fragte sich, wohin zum Beispiel der Mann, der eben noch reglos und in sich gekehrt dagestanden war, um zwei Uhr morgens so plötzlich zu laufen hatte.

Es wurden keine Fragen gestellt. »Wie viele Eier?« war das einzige, was mich der hemdsärmelige Kellner mit der Schürze aus grobem, blauem Leinen jedesmal fragte.

In besagter Nacht war ich unschlüssig, ob ich mir meinen Mantel über den Kopf ziehen und zu den Markthallen ganz in der Nähe rennen oder lieber nach Hause und ins Bett gehen sollte, auf die Gefahr hin, am nächsten Tag nichts zum Essen zu haben. Zwei Polizisten mit völlig durchnäßten Umhängen stießen die Glastür auf und musterten die Gesichter der Anwesenden. Das war nichts Ungewöhnliches, und ich wußte, daß sie dabei die Steckbriefe der polizeilich gesuchten Personen im Kopf hatten. Fast immer warfen sie einen Blick in diese Bar, aber ich bin nie Zeuge einer Verhaftung gewesen.

Nur einmal sprachen sie einen dicken Kerl mit fettiger Haut und ängstlichem Blick an, und ich dachte schon, er würde die Beine in die Hand nehmen und davonrennen. Statt dessen zog er eine abgewetzte Brieftasche hervor. Mit seinen dicken, leicht zittrigen Händen fingerte er daran herum und reichte dem Polizisten schließlich irgend etwas, keinen Ausweis, sondern einen zusammengefalteten, an den Knicken schon brüchigen gelben Zettel. Der andere las über die Schulter seines Kameraden gebeugt mit. Dieser gab das Papier wortlos zurück, und alle beiden legten die Fingerspitzen an die Kappe, bevor sie wieder hinausgingen.

Das war aber nicht an dem Abend, als es so stark regnete. An jenem Abend hatte ich drei hartgekochte Eier gegessen und rechnete mir gerade aus, daß mir noch fünfzig Centimes übrigblieben, wenn ich sie und meine zwei Kaffee bezahlt haben würde. Ich konnte mich trotzdem nicht überwinden, mit kalten Füßen in meinen durchnäßten Schuhen zu den Markthallen zu gehen und im harten Licht einer Bogenlampe nasse Gemüsekisten abzuladen.

Eine Zeitlang schob ich die Entscheidung vor mich hin. Ich hatte auch nicht die Kraft, mich sofort auf den Weg in die Rue de Douai zu machen.

Warum blickten in dieser Bar alle mit abweisenden Mienen zur Tür statt auf die hinter der Theke aufgereihten Flaschen wie in den anderen Bars? Man hätte meinen können, daß jeder eine geheimnisvolle Verabredung hatte oder auf eine wundersame Begegnung hoffte.

Ich hatte eine solche Begegnung. Ein Mann stieg aus einem Taxi, und das hieß, daß er eigens hierher gekommen war. Er schickte das Auto nicht weg. Ich sah, wie es mit laufendem Motor am Bordstein stand und kleine Abgaswolken in den Regen spuckte.

Genau wie die Polizisten stieß er die Tür halb auf, hielt kurz inne, und ich glaubte zunächst, daß er sich ein Mädchen suchen wollte. Am Rand der Theke standen drei, die wie auf ein Zeichen aufhörten zu plaudern und sich in Pose warfen.

Doch der Blick des Mannes blieb an mir hängen. Er musterte nicht nur mein Gesicht, sondern auch meine Schuhe, meine Hände, die Eierschalen vor mir, die ich ganz mechanisch zerkrümelt hatte. Er kam auf mich zu, und obwohl er ganz anders als die Stammgäste aussah, zeigte sich der Kellner nicht verwundert.

»Einen Cognac«, bestellte er.

Und als der Barmann den Arm nach einer Flasche ausstreckte, sagte er:

»Nicht den.«

Er deutete auf eine andere Flasche, zog ein Zigarrenetui aus der Tasche. Er war so alt wie ich jetzt, um die fünfzig, und sein Haar war fast weiß, von einem seidigen Weiß, die Haut rosig, und in seinen blauen Augen lag eine Mischung aus Lebenserfahrung und Lebensfreude, eine Art »heiterer Ernst«.

Seinem Aussehen und seiner Kleidung nach war er ein wohlhabender Mann, der in schicken Restaurants verkehrte und sich bei guten Schneidern einkleidete, und im ›Moulin Rouge‹ zum Beispiel würde ich ihn der Kategorie zuordnen, die in Begleitung einer jungen Frau direkt in den Nebenraum mit den Teppichen und Kronleuchtern treten, der erst geöffnet wird, wenn die große Masse nach Hause geht.

Ich wußte, daß wir von den anderen beobachtet wurden, und glaubte auf dem Gesicht einer der Frauen ein anzügliches Lächeln zu bemerken. Ich erriet, was sie dachte, und wurde verlegen, denn genau derselbe Gedanke war mir auch gerade durch den Kopf geschossen. Ich überlegte, ob ich rasch bezahlen und gehen sollte, da sagte der Mann in ruhigem Ton zu mir:

»Bist du blank?«

Ich nickte eingeschüchtert, mit einem unbehaglichen Gefühl.

»Allein in Paris?«

Es war ein Verhör, obwohl seine Fragen eher wie Feststellungen klangen.

»Bist du ehrgeizig?«

In diesem Augenblick drehte er sich zum Kellner um, gab ihm vermutlich ein Zeichen, denn gleich darauf hatte ich ein Glas Cognac in der Hand.

»Auf Ihr Wohl!«

»Danke. Auf das Ihre«, stammelte ich.

»Franzose?«

»Ja... das heißt...«

Ich konnte nicht anders als ihm antworten, und es fiel mir nicht ein zu schwindeln.

»Meine Mutter ist Französin, mein Vater Engländer.«

Von da an setzte er die Unterhaltung auf Englisch fort, das er völlig akzentfrei sprach.

»Schulbildung?«

»Ich hab Vorabitur gemacht.«

Je weiter unsere Unterredung fortschritt, desto zufriedener schien er mit mir und mit sich selbst.

»Bist du gebunden? Freundin?«

Ich schüttelte den Kopf. Wenn er weiter gefragt hätte, hätte ich ihm von meinem Abenteuer mit Pilar erzählt. Obwohl ich eigentlich abweisend sein wollte, konnte ich nicht anders, als ihm vertrauensvoll zu antworten. Wer weiß, ob meine Antworten auf die folgenden Fragen nicht den Ausschlag gaben. Er fixierte mich mit seinen blauen Augen, aber sein Blick hatte nichts Forschendes; es war sozusagen ein wissender Blick, der es nicht nötig hatte, forschend zu sein.

»Was für Zukunftspläne haben Sie?«

»Ich weiß nicht.«

»Was erhoffen Sie sich von der Zukunft?«

Mein Blick wurde hart, und ohne zu überlegen antwortete ich:

»Alles.«

Daraufhin legte er mir die Hand auf die Schulter, und ich merkte, daß sein Verhalten nichts Zweideutiges hatte.

»Dann werden wir uns bestimmt schnell einig.«

Sein Blick wanderte über die gelblichweiße Wand und musterte die im harten Licht wie erstarrten Gestalten.

»Sie hätten wohl nichts dagegen, woanders zu leben.«

Er lächelte, sich meiner bereits gewiß, und wartete gar nicht erst auf eine Antwort.

»Und viel Geld zu verdienen und es schnell zu verdienen?«

Später erfuhr ich, daß er eine Methode hatte, daß er für alles eine Methode hatte, daß er nichts dem Zufall überließ. Er winkte dem Kellner und legte einen Geldschein auf den Tresen.

»Morgen müssen Sie mich besuchen, dann unterhalten wir uns ernsthaft miteinander. Mein Taxi wartet vor der Tür. Darf ich Sie ein Stück mitnehmen?«

Beim Hinausgehen ließ er mir den Vortritt, und ich hatte dabei das Gefühl, daß nicht wir die Bar verließen, sondern daß das Lokal hinter uns in die Ferne rückte.

»Sie wohnen möbliert?«

»In der Rue de Douai. Im ›Hôtel du Grand Saint-Georges‹.«

Er kurbelte die Zwischenscheibe hinunter und nannte dem Fahrer die Adresse. Dann beugte er sich zum Seitenfenster, um im Licht der Gaslaternen besser zu sehen, suchte in seinem Portefeuille nach einer Visitenkarte und gab sie mir.

»Um elf, wenn es Ihnen recht ist. Oder halb zwölf. Morgens faulenze ich gern. Fragen Sie beim Portier nach mir.«

Zur Rue de Douai hatte das Taxi nicht weit zu fahren. Als es anhielt, musterte mein Begleiter den Hoteleingang, und ich hätte schwören können, daß er mißbilligend den Kopf schüttelte, als wolle er sagen, dies sei nicht der richtige Ort für mich, daß ich meine Zeit vergeudet und den falschen Weg eingeschlagen hatte. Dieses unausgesprochene, ja vielleicht nicht einmal gedachte Urteil war schuld daran, daß ich eine sehr unruhige Nacht verbrachte.

Ich schlief. Schlafen konnte ich immer. Aber ich hatte verwickelte, anstrengende Träume. Immer wieder gelangte ich an den falschen Ort. Ich machte kehrt, fest entschlossen, es diesmal besser zu machen, verirrte mich abermals, zog eine Visitenkarte aus der Tasche und stellte fest, daß ich schon wieder zu einer falschen Adresse ging. Ich entschuldigte mich stammelnd, ich weiß nicht bei wem, denn in meinem Traum sah ich nur Kellner und Polizisten.

Vor dem Zubettgehen hatte ich mir die Visitenkarte des Unbekannten angesehen.

Alvin Haags
Hôtel Victoria
28 bis, Rue de Bourgogne, Paris

war darauf in schlichten Buchstaben gedruckt, und das Papier erschien mir von edelster Qualität. Wo die Rue de Bourgogne lag, wußte ich nicht, und ich hatte keinen Stadtplan von Paris in meinem Zimmer, denn meinen hatte ich Pilar gegeben, die ihn zusammen mit ihren Sachen mitgenommen hatte.

Beim Einschlafen überlegte ich, in welches Viertel, in welche Kreise ich Alvin Haags einordnen sollte, und das war wohl der Grund, warum ich diese quälenden Träume hatte.

Ich hatte nichts entschieden. Ich brauchte mich nicht zu entscheiden. Am nächsten Morgen, bevor ich mich rasierte, betrachtete ich noch einmal eingehend die Visitenkarte. Dann nahm ich ein Bad. Zu dieser Stunde schliefen die meisten Bewohner des ›Grand Saint-Georges‹ noch, und das Badezimmer am Ende des Ganges war fast immer frei.

Ich erkundigte mich weder bei meiner Wirtin noch

bei sonst jemandem nach dem Weg, ich sah auf dem Stadtplan am erstbesten Metroeingang nach. Ich fand die Rue de Bourgogne am linken Seineufer hinter dem Palais-Bourbon, in dem ruhigen, vornehmen Viertel, durch das ich am Tag meiner Ankunft am Gare d' Orsay schon einmal gekommen war.

Es war erst zehn Uhr morgens, und so ging ich zu Fuß und betrachtete zuweilen besorgt mein Spiegelbild in den Schaufensterscheiben. Viel zu früh stand ich vor dem ›Hôtel Victoria‹, das friedlich und stattlich wirkte, mit Grünpflanzen in Porzellantöpfen zu beiden Seiten des Portals und einer Art Wintergarten am Ende des Ganges mit weiteren Grünpflanzen, Korbsesseln und kleinen Tischchen, auf denen Zeitschriften lagen.

Ich ging mehrmals um den Häuserblock, blieb immer vor denselben Schaufenstern stehen und sah dabei auf die Uhr hinter dem Palais-Bourbon, denn meine Armbanduhr hatte ich verkauft.

Alvin Haags sollte derjenige sein, mit dessen Hilfe ich zum ersten Mal heimlich und illegal die Linie überschritt.

Wenn diese Aufzeichnungen irgendwann einmal gelesen werden – woran ich allmählich zweifle –, dann wird manch einer daran herumkritteln und mir vorwerfen, diese Linie willkürlich, ein wenig einfältig zu ziehen und sie anzusetzen, wo sie gar nicht ist. Dem werde ich entgegnen, daß die Linie für jeden woanders liegt, je nach seinem Ausgangs- und Zielpunkt, und daß sie auch leicht mit der nicht sehr scharfen Grenze eines oder mehrerer zusammengehöriger »Felder« verwechselt werden kann.

Weiter werde ich sagen, daß ich diese erste Erfahrung nicht für meine wichtigste halte, daß ich noch zwei weitere Erfahrungen dieser Art gemacht habe, was im Leben eines Mannes höchst selten vorkommt, und mithin zu wissen glaube, wovon ich rede.

Im übrigen belustigt mich der Gedanke, daß es ähnliche Streitigkeiten auch zwischen Forschungsreisenden gab, die dieselben Länder besucht haben, und daß einige sogar den anderen Betrug vorwarfen.

Zwei Jahre lang habe ich mit Alvin Haags, oder besser gesagt unter seiner Führung, ein ungewöhnliches, ja unglaubliches Leben geführt, doch wer an meinem Bericht zweifelt, den verweise ich an die Archive der Kriminalpolizei.

Zuerst einmal aber hatte ich mich zu mausern, ich mußte meine Art, mich zu kleiden, genauso ändern wie viele meiner Gewohnheiten und Verhaltensweisen, die ich nie für sonderlich signifikant oder milieutypisch gehalten hatte.

Es war beinahe so wie die Verwandlung des jungen Mädchens, das aus der Gosse aufgelesen wird und zu einer Kurtisane gemacht werden soll.

Beim weiblichen Geschlecht mag das hin und wieder vorkommen, doch für einen Jungen ist es doch sehr ungewöhnlich, und deshalb will ich einige Einzelheiten schildern, die sonst überflüssig wären.

Socken waren das erste, was Monsieur Haags für mich kaufte. Auf der Place Vendôme wählte er höchstpersönlich ein Paar aus Baumwollgarn für mich aus, mit einem schlichten seitlichen Streifen, und anschließend führte er mich in ein englisches Schuhgeschäft.

»Die nächsten sind dann maßgefertigt«, meinte er.

In einem Wäschegeschäft kamen die Unterhosen, Hemden und Pyjamas an die Reihe, alles nüchtern einfarbig, aus Batist oder englischer Baumwolle, die ich nicht gleich mitnehmen konnte, weil noch meine Initialen eingestickt werden mußten.

»Später lassen wir das alles nach Maß für Sie anfertigen.«

Jetzt wußte ich mir auch die Selbstsicherheit zu erklären, die mich bei manchen Männern wie auch bei Haags selbst beeindruckt hatte. Sie trugen stets scheinbar ganz schlichte Sachen, und doch hatte alles, wie ich erst jetzt begriff, seinen besonderen Stil.

Der Schneider kam zuletzt an die Reihe, wir gingen jedoch in keins der bekannten und modernen Häuser, sondern in die Rue Saint-Honoré. Zu meiner Überraschung gab mein Gefährte zunächst zwei schlichte graue Flanellhosen in Auftrag, wobei er auf guten Sitz im Bund, auf die Taschenform und den Schlag besonderen Wert zu legen schien. Für die Jacketts suchte er aus den Tweedballen zwei zugleich rauhe und geschmeidige Stoffe heraus, den einen in Blaugrau, den anderen in einem rostroten Farbton. Ein grauer Zweireiher, ein Smoking sowie ein Übergangs- und ein Regenmantel vervollständigten meine Ausstattung.

Mit der gleichen Sorgfalt wählte er meine Hüte aus. Er verbot mir gestreifte Krawatten. Danach führte er mich in ein merkwürdiges Geschäft in der Nähe des Crédit Municipal im Marais-Viertel, in dem ich mich gut auskannte. Hier kauften wir Reisetaschen aus dickem Leder mit soliden Schlössern und stabilen Griffen.

»Bei der Ankunft in einem Hotel werden Sie nach Ihrem Gepäck beurteilt. Wichtig ist, daß es von erstklassiger Qualität ist, am besten mit dem Markenzeichen eines berühmten Londoner oder Pariser Koffermachers; nicht weniger wichtig ist aber, daß es nicht neu ist. In Ihrem Alter und in Anbetracht der Rolle, die Sie spielen werden, ist es sogar am besten, wenn es schon Ihr Vater oder gar Ihr Großvater benutzt hat.«

Ich gab mich gelehrig und geduldig. Ich war in ein anderes Hotel umgezogen. Haags hatte mich in ein äußerlich unauffälliges Haus an der Place de l'Odéon geführt, wo er sich als mein Onkel ausgegeben hatte und wo man Leute aus aller Herren Länder antraf, Studenten, Professoren und allerlei merkwürdige Gestalten, die ich nur schwer einzuordnen vermochte. Ich bekam ein recht großes Zimmer und zum ersten Mal in meinem Leben ein eigenes Bad.

»Jetzt können Sie einen Paß beantragen.«

Das war ein Kinderspiel. Die Formalitäten waren damals unkomplizierter als heute, und ich bekam den Eintrag »Student«, um den ich auf Rat meines Mentors ersucht hatte.

Ich wußte, daß ich mindestens einen Vorgänger gehabt hatte, einen jungen Ägypter aus gutem Haus; ich wußte auch, daß ihm nichts Gefährliches oder Unangenehmes zugestoßen war, daß er aber gemäß den Abmachungen zwischen den beiden Männern seine

Freiheit wiedergenommen hatte, sobald er genug Geld zusammengespart hatte, um sich sein Medizinstudium finanzieren zu können. Derzeit war er an der Universität in Montpellier.

Aus Gründen der Vorsicht, die Haags mir erläuterte, machte er mich nicht in Paris mit dem Leben in einem großen Hotel und mit dessen Funktionsweise vertraut, sondern wir fuhren zu diesem Zweck nach Amsterdam.

»In Amsterdam habe ich nie gearbeitet«, hatte mein Gefährte mir gesagt, »und ich habe es auch nicht vor. Auch in Paris, London und New York nicht, dort verfügt die Polizei über Informationen aus der ganzen Welt. An so gut überwachten Orten lasse ich mich lieber nicht sehen.«

Er sprach ganz offen mit mir und erklärte mir bis ins kleinste, worin meine Mitarbeit bestehen würde, wenn ich erst eingearbeitet war. Falls es jemand wissen will: Es gab bei mir nicht das geringste Widerstreben, nicht die geringsten Bedenken.

Er vertraute mir wenig über seine Vergangenheit an, häppchenweise erfuhr ich aber doch so manches, unter anderem, daß er dreimal verhaftet worden war, in England, das er seither peinlich mied, im Gefängnis gesessen hatte und die beiden anderen Male aus Mangel an Beweisen freigesprochen worden war. Seit er seine neue Methode entwickelt hatte, war er nie mehr von der Polizei behelligt worden.

Nach außen hin führte er, zumindest in Paris, ein komfortables, aber bescheidenes Leben, hatte seine guten Stammrestaurants und trank jeden Abend seine zwei Whisky in derselben Bar in der Rue Daunou, in der die angesehenen Engländer verkehrten.

Was seine neue »Methode« war, wußte ich ebensowenig wie seine wahre Herkunft und Nationalität. Später erfuhr ich, daß er sich jetzt zwar Haags nannte, zuvor aber Cottin, Chailloux, Sautard geheißen hatte und eine ganze Weile unter dem Spitznamen »Baron« bekannt gewesen war.

Meine ersten Lehrstunden in Amsterdam, einer Stadt, die ich heute noch liebe, waren einfach, und wir verbrachten einen Teil unserer Zeit damit, Museen zu besichtigen. Ich lernte einen Portier von einem Concierge zu unterscheiden, einen Liftjungen von einem Groom, und erfuhr alles über die Hierarchie hinter der Rezeption der großen Hotels, über die Rangordnung in den Speisesälen vom Maître d'hôtel über den Oberkellner und den einfachen Kellner bis hin zum Kellnerjungen. Ich wußte nun, was die schwarze Krawatte der einen, die weiße der anderen, der Abendanzug oder Smoking bedeuteten. Zugleich gewann ich Einblick in die Topographie eines Hotels und entdeckte hinter gewissen Türen, die sich in nichts von anderen unterschieden, die Kulissen des Etablissements, die Aufenthaltsräume des Etagenpersonals, die Eisentreppen, die Lastenaufzüge, das Reich der Wirtschafterinnen, Kellner und Diener.

Ich errang immer mehr Sicherheit und gewöhnte mich daran, Trinkgelder richtig zu bemessen, rasch zu kalkulieren, weder übertrieben viel noch zu wenig zu geben.

In Paris kehrte ich in mein Hotel an der Place de

l'Odéon zurück, und Haags reiste zur Côte d'Azur ab. Er teilte mir mit, daß er bald wieder zurücksein werde, und empfahl mir, im Quartier Latin das Leben eines Studenten zu führen, der sich wenig um seine Studien kümmert.

Alvin Haags hatte ich es also zu verdanken, daß ich endlich keiner bestimmten Gesellschaftsschicht mehr angehörte und wie zum Spaß von einem Feld in ein anderes übergewechselt war. Ich lernte endlich, der Mann von überall und nirgends zu sein, der ich schon immer sein wollte.

Ich hatte Geld, nicht übermäßig viel, aber doch genug, um mir meine Gespielinnen auf einem höheren Niveau auszusuchen, was allerdings eher enttäuschend war, denn ohne das Element der Dringlichkeit, das meine früheren Abenteuer gehabt hatten, ohne die ewig enttäuschte Hoffnung, auf die große Ausnahme zu stoßen, war mein Verlangen weniger häufig und weniger schmerzlich.

Ich brauchte keine Mahlzeiten ausfallen zu lassen. Ich lief nicht mehr von einer Straßenkreuzung zur anderen, beobachtete nicht mehr mit sehnsüchtigen Blicken die Eingänge schäbiger Hotels.

Versuchsweise kehrte ich zu den Orten von früher zurück und mußte einsehen, daß es unmöglich geworden war. Es lag nicht nur an mir; ich war immer noch derselbe Mensch und ungefähr im selben Alter, und doch warfen mir die Frauen mißtrauische Blicke zu und fragten sich, was ich von ihnen wollte, verdächtigten mich vielleicht irgendwelcher schändlicher Laster.

Sicher überschätzte ich wie jeder Neuling den Grad meiner Verwandlung. Ich war natürlich immer noch ich selbst. Ich hatte keine große Leistung vollbracht und würde bei meinem Bündnis mit Haags auch keine vollbringen müssen. Was von mir erwartet wurde, war einfach, hundert andere hätten es genauso gut gekonnt. War ich stolz darauf, daß er ausgerechnet mich erkoren hatte? Möglicherweise. Auch darauf, daß ich immer vorhergesehen hatte, daß es so kommen würde, und nicht zuletzt darauf zu wissen, daß es nur eine Zwischenstation war.

Denn ich war fest überzeugt, daß meine Rolle nur provisorisch war, daß nicht Haags mich benutzte, sondern ich ihn, um Zeit zu gewinnen.

Das klingt alles recht wirr und vielleicht auch ein bißchen nach schlechtem Gewissen. Doch ich will mich auch in diesem Punkt so eng wie möglich an die Wahrheit halten und nichts dazudichten.

Da ich in meinem Zimmer kein Telefon hatte, erhielt ich eines Morgens gegen Ende März einen Rohrpostbrief von Haags, in dem er mich in ein Restaurant im Palais-Royal beorderte.

Haags war sonnengebräunt, kam mir aber nun, da es ans Arbeiten ging, ernster und angespannter als sonst vor.

Er hatte mich in seine Methode eingeweiht. Anders als ich vermutet hatte, bestand sie darin, mehrere Coups auf einmal vorzubereiten und laufen zu haben und dann eine gewisse Zeit verstreichen zu lassen, bevor man woanders erneut losschlug.

Er gab nur einen Bruchteil des Geldes aus, das er auf

diese Weise einnahm. Er verbot sich jeden unbedachten Kauf, mit dem er die Aufmerksamkeit hätte auf sich ziehen können, und hielt sich, wo immer er sich befand, bis in kleinste Detail an seine Rolle.

Mag sein, daß er irgendwann in seinem Leben im Zirkus oder in der Showbranche gearbeitet hatte. Nicht nur seine unglaubliche Gelenkigkeit hatte mich auf diesen Gedanken gebracht, sondern auch die Geduld und die Genauigkeit, mit der er seine Arbeit vorbereitete, alles immer wieder übte, so wie ein Trapezkünstler seine Nummer übt, um dann im letzten Moment, gewissermaßen kurz bevor er die Arena betritt, alle Seile ein letztes Mal zu überprüfen.

Einmal, als wir in Deauville waren, fiel das Foto eines jungen Mädchens aus seiner Brieftasche, und er gestand mir errötend, daß es seine Tochter war, die er in Italien erziehen ließ. Mehr weiß ich nicht über sie, nur daß sie mir sehr schön erschienen war. Über ihre Mutter sagte er mir nichts, und er hat auch nie mit mir über seine Frauenbekanntschaften gesprochen.

An jenem Tag gingen wir nach dem Mittagessen durch die Straßen, und er gab mir Anweisungen, die ich mir gewissenhaft merkte. Ich hatte Lampenfieber wie ein Schauspieler vor seinem ersten Auftritt.

Am selben Abend stieg ich in der Gare de Lyon in den *Train Bleu,* und am nächsten Morgen griff der livrierte Gepäckträger eines der Grandhotels der Croisette nach meinem Gepäck, denn ich hatte mich per Telegramm angemeldet.

Ich habe keine Bedenken, Einzelheiten meiner Arbeit zu schildern; die Presse hat längst beschrieben, wie bei betrügerischen Coups und Diebstählen aller Art vorgegangen wird.

Das einzig Originelle an Haags Methode war die Art und Weise, wie er alles vorbereitete, so daß die Polizei, wenn alles glattging, nichts gegen ihn in der Hand hatte.

Nach außen war ich ein junger englischer Student aus guter Familie, der an der Côte d'Azur auf seine Eltern wartete, und niemand wunderte sich, wenn ich in der Nähe der Aufzüge oder gegenüber der Rezeption in der Halle saß und las.

Auch auf der Croisette und im Casino bekam man mich zu sehen, vor allem bei Galaabenden, denn ich war noch minderjährig und der Zutritt zum Spielsaal war mir untersagt.

Mein Zielobjekt war damals eine Mrs. Forester, eine Amerikanerin um die Fünfzig, die mit sehr hohen Einsätzen spielte, im Hotel und im Casino an der Bar saß und nicht vor vier Uhr morgens schlafen ging. Sie war Witwe und Eigentümerin einer der größten Hutfirmen in Übersee.

Mein Aufgabenkatalog, den ich auswendig gelernt hatte, war höchst detailliert und enthielt Punkte, deren Nutzen mir unerfindlich war. Gleich am ersten Tag war mir gelungen, was ich für den schwierigsten Auftrag gehalten hatte, nämlich unbemerkt einen Abdruck vom Türschloß der Nummer 661-663 – Mrs. Foresters Appartement – zu nehmen. Dieser Abdruck war nun in einer kleinen Schachtel, die ich höchstpersönlich zur Post gebracht hatte, nach Paris unterwegs, und das übrige Programm lief ohne unvorhergesehene Zwischenfälle ab. Jedesmal, wenn ich in mein Zimmer zurückkehrte – ich hatte es gewechselt, um ebenfalls in der sechsten Etage zu sein –, notierte ich geduldig, wann die Amerikanerin, ihr persönliches Zimmermädchen und ihre Freunde kamen und gingen, zu welchen Tageszeiten sie ihre Masseuse kommen ließ und wann sie etwas zu essen oder zu trinken bestellte.

Was dabei herauskam, war ein jedenfalls für mich höchst erstaunlicher Tagesablauf. Ich mußte sogar die Telefonanrufe und die Uhrzeiten aufschreiben, zu denen sie gewöhnlich stattfanden.

Die Hütte in Saint-Saturnin, in der die Stunden verrannen, ohne daß je irgend etwas geschah, war in weite Ferne gerückt, ebenso die Rue Saint-Antoine und die am Tresen verschlungenen Croissants.

Mindestens zweimal, manchmal auch dreimal täglich – denn Mrs. Forester frühstückte so gut wie nie, und ihr Tag begann erst gegen vier Uhr nachmittags –, zweimal täglich also verbrachte ich ein, zwei Stunden an der Bar, und niemand nahm von mir Notiz, denn ich entsprach genau der Rolle, die ich spielte.

Jeden Abend schickte ich meine Aufzeichnungen per Post nach Paris, und dort wurde die eigentliche Arbeit getan, denn mit Hilfe meiner Berichte mußte Haags die »Konstanten« im Tagesablauf der Amerikanerin ermitteln und die »Lücke« finden.

»Es gibt immer eine Lücke«, hatte er mir einmal erklärt. »Nur dauert es manchmal Wochen, bis man sie entdeckt, und dann ist es möglicherweise schon zu spät.«

Mrs. Forester sollte, so war in der Zeitung gestanden, drei Wochen in Cannes bleiben, und dann auf der Yacht von Freunden eine Kreuzfahrt ins östliche Mittelmeer unternehmen.

Von Haags wußte ich, wo sich die Safes befanden, die an die Hotelgäste vermietet wurden, doch das hätte ich auch durch meine eigenen Beobachtungen herausgefunden. Die meisten Frauen machten dort halt, bevor sie ausgingen, manche mehrmals täglich, denn sie wechselten ihren Schmuck ebensooft wie die Kleidung.

Auch Mrs. Forester blieb jeden Abend davor stehen, wenn sie aus dem Casino kam, so daß ich Haags Vorhaben lange Zeit für unmöglich hielt. Er hat es dennoch mit Erfolg durchgeführt. Ich hatte ihm etwa ein Dutzend Berichte zugeschickt. Für bestimmte Stunden variierte der Tagesablauf, zu anderen war er fast jeden Tag gleich.

Dann kam das vereinbarte Telegramm auf Englisch, in dem mir mitgeteilt wurde, daß mich mein Vater in Paris erwartete. Meine Aufgabe war beendet.

Ich wußte, daß Haags zur gleichen Zeit, als ich auf dem Bahnhof von Cannes in den Nachtzug stieg, den Zug in die Gegenrichtung nahm. Ich riskierte nichts. Meine Berichte – sollte man mir etwas zur Last legen wollen – waren nicht unterschrieben, und vorsichtshalber hatte ich meine Schrift verstellt. Obendrein verbrannte mein Kompagnon sie, sobald er sie gelesen hatte.

Ich wußte auch, daß er nicht in Cannes selbst, sondern in Nizza aussteigen würde, daß er sich in keinem

Hotel sehen lassen und sofort mit dem Bus zurückfahren würde.

Der Coup sollte noch am selben Tag stattfinden, und Haags würde mit einem anderen Bus nach Marseille weiterfahren und sich mindestens eine Woche lang dort aufhalten.

Ich selbst würde nur aus der Zeitung davon erfahren. In den Abendzeitungen stand nichts, ebensowenig wie am nächsten Tag in den Morgenzeitungen. Erst mittags fand ich auf der dritten Seite einen unscheinbaren Artikel unter der Überschrift *Kühner Juwelendiebstahl in Cannes*.

Der Name des Hotels wurde nicht erwähnt, so wie auch bei Selbstmord oder bei einem Unfall keine Namen genannt werden. Wie mir schien, vermied man es ganz bewußt, Einzelheiten zu schildern, doch ich erkannte trotzdem, daß der Coup geglückt war.

Haags Taktik bestand darin, das Hotel durch den Haupteingang zu betreten, und da er aussah wie einer, der vornehme Hotels gewohnt ist, kam niemand auf die Idee, ihn anzuhalten. Notfalls konnte er an die Bar gehen. Dann ließ er sich im Aufzug nach oben fahren, aber nicht in die Etage, in der er zu tun hatte. Für den Notfall hatte er den Namen eines zu dieser Zeit abwesenden Bewohners der Etage im Kopf.

Mit seinem marineblauen Anzug, dem dunklen Mantel, dem perlgrauen Hut und den diesmal dunkelblond gefärbten Haaren blieb er im Hin und Her, das in einem großen Hotel herrscht, völlig unbemerkt, und wenn dann Alarm geschlagen wurde, dachten die Hotelangestellten nie an ihn.

Er arbeitete sowohl bei Tag als auch nachts, und nur in Ausnahmefällen verließ er das Hotel durch den Dienstboteneingang, den er für gefährlicher und besser bewacht hielt als den Haupteingang.

Es kam sogar vor, daß er den Tatort nicht verließ und auf einem Barhocker vor einer halben Flasche Champagner sitzen blieb.

Auch diesmal hatte er dank meiner präzisen Informationen und natürlich dank der richtigen Interpretation die »Lücke« entdeckt.

Gegen vier Uhr nachmittags, während Mrs. Forester bei der Massage war, ging das Zimmermädchen zum Safe hinunter, um die Schmuckschatulle zu holen, die sie erst viel später wieder hinunterbrachte, wenn ihre Herrin angekleidet und bereits ausgegangen war.

Nach der Massage nahm Mrs. Forester gewöhnlich ein Bad.

Haags erzählte mir nie Einzelheiten seiner Coups und kokettierte ein wenig mit dem Geheimnis, das sie umgab.

Vermutlich hatte er aus meinen Berichten den Schluß gezogen, daß das Zimmermädchen Mrs. Forester ins Badezimmer folgte. Er wußte auch, daß eben um diese Zeit manchmal der Etagenkellner ins Zimmer kam, um abzuräumen.

Der Rest erforderte präzises Handeln und absolute Kaltblütigkeit. Wenn das Zimmermädchen ein Geräusch hörte, so hat es nicht nachgesehen, denn sie mußte glauben, es sei der Kellner.

Was hätte Haags gemacht, wenn er ertappt worden wäre? Vermutlich hätte er behauptet, die Tür sei nur angelehnt gewesen, und den Namen eines Gasts genannt, der auf derselben Etage wohnte.

Er riskierte nicht mehr als unbedingt nötig. Wahrscheinlich hat er sich nicht mehr als eine Viertelstunde im Hotel aufgehalten, und als Mrs. Forester bemerkte, daß ihr Schmuck verschwunden war, saß er bereits im Bus nach Marseille und las die Abendzeitung.

Was den Wert der gestohlenen Juwelen anging, nannten die Zeitungen wie üblich eine astronomische Ziffer. Wie Haags die Juwelen an den Mann brachte, ist mir ein Rätsel. Ich denke, daß er sie erst viel später verkaufte, und immer nur einen kleinen Teil auf einmal. Letztlich war er nicht viel anders als meine Mutter. Er häufte irgendwo einen Schatz für seine alten Tage an und versprach sich davon ein ruhiges und ehrenhaftes Leben. Ich weiß, daß er seine Tochter im Kloster erziehen ließ und daß er große Pläne für sie hatte.

Kaum war die Nachricht von dem Diebstahl aus den Zeitungen verschwunden, da wurde ich bereits nach Nizza in ein Hotel geschickt, das sich kaum von dem unterschied, das ich gerade verlassen hatte.

Innerhalb von zwei Monaten glückten Haags mit der gleichen Methode drei große Coups, und nach ein paar Wochen in Paris wurde ich nach Deauville abkommandiert.

Ouistreham, wo ich Aale gefangen hatte, war nicht weit, ebenso Riva-Bella, wo ich mit düsteren Blicken die jungen Pariser beobachtete, die da Urlaub machten.

Ich überlegte, ob ich mir nicht ein Auto kaufensollte, und nahm mir vor, Haags um Erlaubnis zu bitten.

4

So ging es zweieinhalb Jahre, und wenn ich über diese erste Erkundungsphase kaum etwas erzähle, so deshalb, weil ich damals nichts weiter als ein Statist, eine Nebenfigur war, ähnlich einem Portier, einem Kellner, Barkeeper, Croupier oder Bademeister. Allerdings habe ich festgestellt, daß es im Kielwasser der Reichen und Mächtigen auch noch andere Statisten gibt, oft Leute von Bildung oder mit klangvollen Titeln, Grafen und Oxfordabsolventen, die eine undefinierbare Rolle spielen und deren Anwesenheit ein für allemal akzeptiert zu sein scheint.

Ein Forscher, der den Himalaja bezwungen hat oder in dreitausend Meter Meerestiefe getaucht ist, kehrt nie mit leeren Händen zurück, denn er hat zumindest exakte Daten und Fakten mitzuteilen. Selbst wenn er nur Wolken oder Fischbänke im Lichtkegel seines Scheinwerfers gesehen hat, bringt er Zahlen und Meßergebnisse mit, die ihm seine Instrumente liefern.

Was hatten uns die Leute, die vom Süd- oder vom Nordpol heimkehrten, Neues zu berichten? Dank ihrer Berechnungen wissen sie, daß sie sich am Pol befanden, doch sie hätten ebensogut hundert Kilometer weiter östlich oder westlich sein können, denn das Eis, der Himmel, die Stille sind überall gleich.

Wir haben außer der Côte d'Azur und Deauville,

Biarritz und Ostende, einmal Vichy, zweimal Aix-les-Bains und Le Touquet gemacht. Haags, der aus ganz bestimmten Gründen vor allem ein Handwerker war, dem es vor allem auf die Technik ankam, arbeitete jedoch am liebsten in Südfrankreich, so daß ich immer wieder nach Cannes kam, Cannes, Antibes, Menton und Monte Carlo.

Eine große Rolle spielten dabei die Zufahrtswege, die Möglichkeit, sich anonym auf dieser Art Luxusboulevard fortzubewegen, der sich von Esterel bis zur italienischen Grenze hinzieht.

In der ganzen Zeit unserer Zusammenarbeit mußte Haags nur einen einzigen Fehlschlag hinnehmen und mit leeren Händen heimkehren, wegen eines Kammerdieners, der nicht da gewesen war, wo er hätte sein sollen. Er hatte jedoch keinerlei Verdacht erregt, und der Zufall wollte, daß uns dasselbe Opfer sechs Monate später in Le Touquet erneut in die Hände fiel.

Da ich diese Leute später, als ich engere Beziehungen zu ihnen pflegte, genauer kennengelernt habe, beschränke ich mich an dieser Stelle darauf, meine allerersten Beobachtungen festzuhalten. Was mich in Cannes, in Deauville und anderen Badeorten am meisten erstaunte, war das Durchschnittsalter der Menschen um mich herum.

In Saint-Saturnin, wo alle Altersstufen gleichmäßig vertreten waren, fanden in der Dorfkirche genauso viele Taufen wie Beerdigungen statt, und der Schulhof war der lauteste Platz. Auf den Dorfstraßen begegnete man mehr Kindern als Erwachsenen, auf den Höfen und Feldern waren mehr Frauen und Männer in den besten Jahren zu sehen als Greise.

Auch in der Rue Saint-Antoine, in Geschäften wie dem von Gino Barderini, das zehn bis vierzehn Stunden täglich geöffnet war, sah man kaum alte Leute, und wenn einmal welche kamen, dann meist Frauen, die im Leben des Stadtviertels keine große Rolle spielten. Dasselbe gilt für die anderen Straßen in Paris, für die Autobusse und Metros, für die Papeterie de la Bourse und sogar für die Markthallen.

In den Kreisen, in denen ich mich jetzt bewegte, hätte man dagegen meinen können, daß mit fünfzig die Jugend begann. Sicher gibt es auch junge Männer, die ein großes Vermögen geerbt haben, und Paare unter dreißig oder vierzig in gehobener gesellschaftlicher Stellung. Aber die halten sich wohl anderswo auf und fallen kaum ins Gewicht; um mich herum bildeten sie jedenfalls die Ausnahme.

Von Leuten, die sich nicht auskennen, habe ich gehört, die Welt, mit der ich in den Grandhotels in Berührung kam, die feine Gesellschaft von London und Paris, die New Yorker High Society bestünden in Wirklichkeit nur aus Marionetten, die nichts anderes zu tun haben, als glanzvoll aufzutreten.

Doch das stimmt nicht. Ich habe oft Finanziers gesehen, die sich beim Coiffeur im Untergeschoß ihre Gesichtsmassage machen ließen, während oben in der Halle ein Minister brav auf sie wartete; ich habe Reeder kennengelernt, die vertrauliche Gespräche mit Regierungsvertretern führten, und Industrielle, die aus steuerlichen oder anderen Gründen Fabriken in zehn oder zwanzig verschiedenen Ländern besaßen.

Das als große Entdeckung hinzustellen, obwohl es für viele sicher nicht neu ist, mag naiv erscheinen. Deshalb stelle ich derartige Betrachtungen bereits in diesem Kapitel an, in dem ich meine Eindrücke als Debütant beschreibe.

Meine Rangpyramide, meine Gesellschaftshierarchie war bisher also falsch gewesen. Ich hatte mir vorgestellt, daß Macht und Einfluß von prunkvollen Büros ausgehen, in denen die Büroleiter Befehle entgegennehmen, die dann hierarchisch Stufe um Stufe weitergeleitet werden, und so hatten wir es auch in der Schule gelernt.

Diese Vorstellung war falsch. Genauer gesagt wurde mir auf einmal klar, daß dies nur scheinbar die oberste Stufe war. In Wirklichkeit werden die Fäden, jedenfalls die wichtigsten, die die gesellschaftlichen, finanziellen oder industriellen Mechanismen lenken, auf einer Ebene gezogen, auf der Büros gar nicht mehr nötig sind, denn die Befehle gehen viel öfter von Schlössern in der Sologne oder sonstwo aus, von einer Yacht auf Kreuzfahrt oder von einer Suite in einem Grandhotel. Die wirklich wichtigen Begegnungen zwischen Eingeweihten, einander Ebenbürtigen finden nicht selten auf der scharlachrot gepolsterten Bank in der Ecke eines Casinos statt oder nach einem Galaessen, wenn die Zigarren angezündet werden.

Da es meine Aufgabe, mein Beruf war, von morgens bis abends und gewissermaßen auch von abends bis morgens Verhaltensweisen zu beobachten, auf die die meisten Menschen nicht achten, so wenig wie ein geladener Gast in der Küche herumschnüffelt oder den Besenschrank aufmacht, bekam ich von Anfang an von den Kreisen, mit denen ich es zu tun hatte, ein ganz anderes Bild als die Allgemeinheit, und ich muß sagen, daß ich sehr beeindruckt war.

Fast alle waren, wie gesagt, über fünfzig, die meisten sogar noch viel älter, mit Ausnahme eines bestimmten Frauen- und auch Männertyps, den ich in die Rubrik »Statisten« einordnen möchte.

Und wie diese Leute ihre Zeit verbrachten und warum, fand ich erschreckend.

Die anderen Menschen nehmen es hin, daß sie altern, und finden sich mehr oder weniger damit ab. In diesen Kreisen beobachtete ich hingegen einen unaufhörlichen, verbissenen Kampf gegen das Alter, und die Frauen waren beileibe nicht die schlimmsten.

Wenn man Zeitungsberichte liest, gewinnt man den Eindruck, daß die Leute, von denen hier die Rede ist, von einem Ort zum andern hetzen, denn man sieht sie überall, bei Regatten und Golfturnieren, bei Automobilsalons und Cocktailempfängen, bei jedem Galaessen, in Spielcasinos und Nachtclubs.

In Wirklichkeit verbringen sie den größten Teil ihrer Zeit damit, gegen das Alter anzukämpfen und neue Kräfte zu schöpfen, sich vom Arzt und vom Zahnarzt und vom Masseur behandeln zu lassen, zum Schneider zu gehen, Leibesübungen und Atemgymnastik oder Yoga zu machen und alle möglichen Diäten, Arzneien, Schönheitscremes und Haarfärbemittel auszuprobieren.

Einmal hörte ich einen König, einen echten König, der noch im Besitz seines Thrones war, mit einem Blick auf die Uhr zum größten Brauereibesitzer der Welt sagen:

»Es wird Zeit, in die Fabrik zu gehen.«

Fabrik bedeutete in ihrer Sprache Spielbank.

Und sind die Frauen nicht noch viel schlimmer dran? Die meisten, die ich gesehen habe – ich meine hier nicht die unbedeutenden Randfiguren –, hatten mit der Liebe nichts mehr im Sinn und kämpften doch gegen jedes Krähenfüßchen, gegen die Erschlaffung des Busens und die Fettpölsterchen an den Hüften, als hinge ihr Schicksal davon ab – selbst diejenigen, die verwitwet oder geschieden waren und selbst Geld und Macht besaßen.

Um sich für zehn Minuten auf einem Cocktailempfang zu zeigen – in einem eigens dafür angefertigten Kleid, für das fünf bis sechs anstrengende Anproben erforderlich waren, liegen sie stundenlang regungslos im Dunkeln, Gesicht, Dekolleté und Hände dick mit sogenannten Schönheitscremes eingeschmiert. Ein paar Gläser Whisky, einen Abend künstlicher Fröhlichkeit büßen sie mit tagelangem Leiden und Fasten.

Wie die meisten dachte ich, es sei Eitelkeit. Heute halte ich diese Erklärung für zu simpel und ungenau, jedenfalls für unzulänglich. Diese Frauen wehren sich. Sie verteidigen ihre Stellung genau wie ein Mann. Genau wie dieser dürfen sie nicht nachgeben, weil Hunderte von Blicken auf sie gerichtet sind. An der Côte d'Azur habe ich scheinbar alterslose Achtzigjährige gesehen – jeder kann sie sehen –, die immer noch weiterkämpfen.

Tut meine Mutter auf ihre Art nicht genau das gleiche? Sicher hatte sie, als Gérondeau starb, genug Geld angehäuft, um in Ruhe und Frieden leben zu können. Und Gott weiß, welchen Preis sie für diese Ruhe und Sicherheit bezahlt hat! Doch trotz ihres Alters arbeitete sie noch zehn Jahre lang bei einem immer mehr verblödenden pflegebedürftigen Alten. Hoffte sie entgegen aller Wahrscheinlichkeit, daß sich das Wunder diesmal ereignen und ihr Name doch endlich in einem Testament stehen würde?

Die Sache ist komplizierter. Obwohl sie nun eigentlich Rentnerin ist, schreibt sie mir gelegentlich, daß sie diesem oder jenem ein bißchen zur Hand gegangen ist, Nachbarn oder Leuten, die sie kaum kennt, und ich weiß genau, was das heißt. Es heißt, daß sie keine Gelegenheit ausläßt, bei anderen putzen zu gehen.

In den Grandhotels habe ich oft an sie gedacht, und jedesmal zog es mir das Herz zusammen, genau wie wenn ich meine düsteren Erinnerungen an Niort wachrufe.

Haags sah die gleiche Welt aus einer anderen Sicht. Er sah alles von einem rein technischen Standpunkt aus, als Fachmann, und er sagte einmal etwas sehr Scharfsinniges zu mir. Ich hatte mich schon lange gefragt, weshalb seine Opfer fast ausschließlich Frauen waren, und vermutete, es sei des Schmucks wegen. Doch seinen Worten nach stimmt das nur zum Teil. Frauen haben, vielleicht aus mangelnder Selbstsicherheit, ein stärkeres Bedürfnis, Dinge zu besitzen als

Männer, und wollen, mißtrauisch wie sie sind, die Zeichen ihres Reichtums immer in Reichweite haben.

Sie überwachen ihr Hab und Gut viel leidenschaftlicher, das habe ich mit eigenen Augen gesehen, wenn sie zum Hotelsafe gingen oder ständig mit ihren Geschäftsführern telefonierten.

Es mag widersprüchlich klingen – und auch ich hätte es nicht geglaubt, wenn Haags es mir nicht bestätigt hätte und ich mich nicht selbst davon hätte überzeugen können –, aber sie lassen sich viel weniger als Männer von ihrer Phantasie und von Impulsen leiten.

Mit anderen Worten, eine Frau, die sich vor einem Diner oder einer Abendgesellschaft hinlegt, um sich auszuruhen, ist weit weniger zu kurzfristigen Änderungen ihres Zeitplans bereit als ihr männliches Pendant. Hat sich eine Frau erst einmal abgeschminkt, dann kann man sicher sein, daß sie ihr Appartement nicht mehr verläßt, und wenn sie sich gerade maniküren läßt, wird nichts sie ablenken können.

Deshalb, so Haags, konnte fast nichts mehr schiefgehen, wenn er erst einmal den Tagesplan herausgefunden und die »Lücke« entdeckt hatte.

Ein Auto durfte ich mir nicht kaufen. Ich mußte mich genau wie er den Regeln beugen, die das Ergebnis langjähriger Erfahrung waren. In unserem Leben blieb nichts dem Zufall überlassen, so daß eigentlich nichts hätte passieren dürfen.

Dennoch fand ich eines Tages im Juni in Paris kurz vor dem Grand-Prix-Pferderennen ein amtliches Schreiben unter meiner Post, ein Formular auf schmutziggelbem Papier, das mit Tintenstift ausgefüllt war, was darauf hindeutete, daß man einen Durchschlag davon zurückbehalten hatte.

Es handelte sich um eine Vorladung für den nächsten Tag um elf Uhr bei der Sicherheitspolizei am Quai des Orfèvres. Unterzeichnet hatte der leitende Bezirkskommissar, dessen Name unleserlich war.

Aus mir unbekannten Gründen wohnte Haags nicht mehr in der Rue de Bourgogne, sondern nicht weit von mir in einem Hotel am Quai des Grands-Augustins. Vorsichtshalber ging ich nicht zu ihm, sondern lief rasch zu einer kleinen Bar mit Telefon und informierte ihn mit aufgeregter Stimme über den Vorfall.

Er blieb am anderen Ende der Leitung so ruhig, daß ich zunächst glaubte, er habe mich nicht richtig verstanden oder sei sich über den Ernst des Ereignisses nicht im klaren.

»Soll ich mich aus dem Staub machen?«

»Aber nicht doch.«

»Was denn dann?«

»Nichts. Sie besuchen morgen den Kommissar.«

»Glauben Sie, daß er weiß...?«

»Irgend etwas weiß er.«

»Aber in diesem Fall...«

»Regen Sie sich nicht auf, mein Kleiner.«

»Was soll ich ihm sagen?«

»So wenig wie möglich.«

»Aber... Und Sie?«

»Machen Sie sich um mich keine Sorgen.«

Ich dachte schon, er würde auflegen, ohne ein Wort des Zuspruchs, ohne einen präzisen Rat.

»Sie haben doch noch Geld?«

Ich hatte noch welches. Allerdings weniger, als man hätte glauben können, denn mein Anteil fiel, wenn man den in den Zeitungen genannten Zahlen glauben durfte, immer recht gering aus. Ich hatte mich nie darüber beklagt, denn ich war mir bewußt, was für eine bescheidene Rolle ich spielte. Außerdem war ich überzeugt, daß ich nicht das geringste Risiko einging.

»Ja, ich hab noch etwas.«

»Wenn Sie jemand kennen, bei dem es sicher ist, dann schicken Sie es dorthin.«

Mir fiel sofort meine Tante Louise ein, der ich noch am selben Tag einen dicken Umschlag sandte, mit der Bitte, ihn für mich aufzubewahren.

Nun schweife ich ein wenig ab. Schon zwei-, dreimal habe ich von Vorahnungen gesprochen. Diesmal spürte ich schon seit einigen Tagen ein vages Unbehagen. Der Sommer war prächtig, und ich verbrachte viel Zeit in Longchamp und auf den Terrassen der Champs-Elysées, die an Eleganz den großen Boulevards ganz allmählich den Rang abgelaufen hatten. Dabei hatte ich, wenn mein Blick auf einem Gesicht oder einer Gestalt verweilte, öfter das Gefühl gehabt, diese Person schon einmal gesehen zu haben, und forschte wie jeder andere in einer solchen Situation in meiner Erinnerung.

Ich sprach auch mit Haags darüber.

»Ich frage mich, ob ich nicht seit einer Weile überwacht werde.«

»Das ist sehr gut möglich.«

Ich verstand nicht, wie er so ruhig bleiben konnte, und ärgerte mich beinahe darüber.

»Das heißt, daß man uns zusammen gesehen hat.«

»Bestimmt.«

»Man wird mich fragen, was wir miteinander zu tun haben.«

»Sagen Sie so wenig wie möglich. Ich verlasse mich auf Sie.«

Ich wollte ihn noch fragen, was er zu tun gedachte, aber bevor ich dazu kam, hängte er so plötzlich ein, daß ich mich fragte, ob nicht vielleicht ein Polizeiinspektor ins Zimmer gekommen war.

Am nächsten Tag kam alles ganz anders, als ich es mir in meiner schlaflosen Nacht ausgemalt hatte. Bis heute ist mir nicht klar, was geschehen war, und so muß ich mich auf Mutmaßungen beschränken. Sicher ist jedenfalls, daß die Interpol damals noch nicht so gut organisiert war wie heute und daß die Zusammenarbeit zwischen den verschiedenen Polizeibehörden alles andere als perfekt war.

Um das Ereignis zeitlich einzuordnen, kann ich sagen, daß man versucht hatte, die Frauen zu bewegen, Kleider und die Haare wieder lang zu tragen, daß es aber nicht lange gewährt hatte und daß die Röcke nun aber doch etwas länger als vorher und das Haar im Nacken nicht mehr ganz so kurz geschoren war. Man zeigte wieder Taille, Brust und Hüften, und die Männerhosen waren jetzt so eng wie vorher weit, die Schuhe so spitz, wie sie vorher eckig waren.

Ich selbst allerdings hatte von Haags gelernt, solchen Moden, die, wie er sagte, nur für Konfektionskleidung gemacht wurden, nicht zu folgen.

Im Polizeipräsidium kam ich in einen langen Korridor, wo mir ein Gerichtsdiener meine Vorladung abnahm und mich in ein Wartezimmer führte. Ich verbrachte eine der unangenehmsten Viertelstunden meines Lebens in Gesellschaft von zwei Prostituierten und einem jungen Mann mit seiner weinenden Mutter.

Nach dem Büro zu urteilen, in das ich dann geführt wurde, hatte ich es mit dem Bezirkskommissar persönlich zu tun, aber ich bin mir nicht sicher und weiß bis heute nicht, wie er hieß. Er war ein Mann mittleren Alters mit Bauchansatz und einer kleinen Glatze, der mir nach einem forschenden Blick nur noch zerstreute Aufmerksamkeit zu widmen schien.

»Setzen Sie sich, Monsieur Adams.«

Zwischen den Papieren, die sich auf seinem Schreibtisch stapelten, schien er nach meiner Akte zu suchen.

»Sie sind Engländer, nicht wahr, und kommen, wenn ich nicht irre, aus einer sehr guten Familie?«

»Mein Vater ist bei der Cunard.«

Er schien genauso verlegen wie ich, beinahe als hätte er eine Formalität zu erledigen, mit der er sich nicht recht auskannte. Was ich hier erzähle, klingt vielleicht unglaublich; doch ich sage die reine Wahrheit. Ich traute meinen Ohren nicht. Ich hatte peinliche Fragen, ja sogar präzise Anschuldigungen erwartet.

»Seit wann kennen Sie Coltin?«

Mein Gesicht muß ganz unschuldig gewirkt haben, denn ich hatte diesen Namen noch nie gehört.

»Vielleicht sagt Ihnen der Name Chailloux etwas?«

»Ich kenne keinen Chailloux.«

»Und einen Sautard?«

»Auch nicht.«

»Domène?«

»Ich schwöre Ihnen, Herr Kommissar...«

»Und von einem Baron haben Sie auch nie gehört?«

»Nein.«

»Sie kennen also nur Haags?«

»Den habe ich mal kennengelernt, ja.«

»Sehen Sie ihn oft?«

»Nicht sehr oft.«

»Wissen Sie, was er macht?«

»Ich denke, er lebt von seinen Einkünften.«

Ich war überzeugt, daß man Katz und Maus mit mir spielte und mich dann vor vollendete Tatsachen stellen würde. Unter den Papieren, die auf dem Schreibtisch herumlagen, waren bestimmt Berichte, Protokolle und erdrückende Beweise.

»Kennen Sie sich in Paris gut aus, Monsieur Adams?«

»Recht gut. Ich lebe schon seit Jahren hier.«

»Leider gibt es aber auch Dinge, die Sie nicht zu kennen scheinen. Ich rate Ihnen dringend, sich nicht mit gewissen Leuten einzulassen.«

Völlig verdutzt nickte ich wie ein braver Schüler vor dem Aufseher.

»Die Gesellschaft eines Haags, wie er sich zur Zeit nennt, ist nichts für Jungen wie Sie, und Sie gehen ihm besser in Zukunft aus dem Weg. Apropos, haben Sie ihm etwas von dieser Vorladung gesagt?«

Ich wußte nicht, ob ich lügen sollte oder nicht.

Ich war versucht, die Wahrheit zu sagen, doch ich hatte bereits vorschnell und ohne zu überlegen verneint.

»Nun ja, Monsieur Haags alias Coltin alias Chailloux alias Sautard, um nur ein paar seiner verschiedenen Namen zu nennen, ist gestern mit dem Schnellzug nach Brüssel abgereist.«

Ich schaffte es, nicht mit der Wimper zu zucken.

»Haben Sie ganz bestimmt nichts davon gewußt?«

»Ich schwöre es.«

Glaubte er mir oder nicht? Heute weiß ich besser, wie Polizeibehörden funktionieren, und wundere mich nicht mehr so sehr über das, was mir widerfahren ist. Ein Wunder ist und bleibt es trotzdem, eins jener Wunder, wie sie nicht oft geschehen, und ich möchte fast sagen, daß es zu einem guten Teil Haags geschickter Methode und seinen Vorsichtsmaßnahmen zu verdanken ist.

Nicht umsonst zum Beispiel hatte er eine Vorliebe für die Côte d'Azur. Er setzte auf die uneinheitliche Organisation der Polizei und die mangelnde Zusammenarbeit, ja Rivalität zwischen den verschiedenen Dienststellen.

In Cannes war für die ersten Ermittlungen die Ortspolizei zuständig, und erst später griff die Bereitschaftspolizei ein, die wiederum mehr oder minder offen mit der Sicherheitspolizei von Nizza rivalisierte.

In Monte Carlo oder in Saint-Raphaël hatte man es wieder mit anderen Polizeiorganen und anderen Chefs zu tun, und die Verbindung zu Paris war schwerfällig und kompliziert.

Irgendwo in diesem ganzen Netz saß jemand, der die Wahrheit gewittert hatte. Wo, weiß ich nicht. Vielleicht in Cannes, in Le Touquet oder auch in Aix-les-Bains. Jedenfalls hatte der Betreffende nur ein sehr eingeschränktes Handlungsfeld, seine Zuständigkeit war auf einen kleinen Bereich begrenzt und von Tabus umstellt.

Hat er seinem Vorgesetzten bewußt einen unvollständigen Bericht geschickt und gehofft, das Verdienst, Haags zu fassen, für sich beanspruchen zu können? Möglicherweise. Es gibt verschiedene plausible Hypothesen. Vielleicht sind Akten oder auch nur ein simples Ermittlungsersuchen von Dienststelle zu Dienststelle, von Büro zu Büro weitergereicht worden, und als sie endlich am Quai des Orfèvres eintrafen, waren sie nichts mehr wert.

Ich war darauf gefaßt gewesen, peinlich verhört, verhaftet, durchsucht und ins Gefängnis geworfen zu werden, doch eine väterliche Ermahnung war alles, was ich einstecken mußte.

»Lassen Sie sich's eine Lehre sein, Monsieur Adams, und überlegen Sie sich's in Zukunft gut, bevor Sie sich mit so jemand einlassen.«

Hatte Haags es im voraus gewußt, und war er deshalb am Telefon so ruhig geblieben?

Möglicherweise haben auch schlicht bestimmte Dienststellen oder bestimmte Beamte wenn nicht gerade beide Augen zugedrückt, so doch zumindest eine gewisse Trägheit an den Tag gelegt. Schließlich handelte es sich nicht um einen gemeingefährlichen Mörder. Zudem, der normale Bürger brachte die zeitlich und räumlich weit auseinanderliegenden Juwelendiebstähle nicht miteinander in Verbindung, sie erregten weder Empörung noch Angst, und den Schaden trugen letztlich die Versicherungsgesellschaften.

Welcher Apparat hätte in Bewegung gesetzt werden müssen, um Haags zu überführen und Beweise und Zeugen gegen ihn herbeizuschaffen, wie viele Arbeitsstunden, Arbeitstage hätte man dazu gebraucht! Wieviele Nächte lang hätte man ihn beschatten müssen, wie viele Hotelregister, Restaurants, Eisenbahngesellschaften hätte man überprüfen müssen! Ganz zu schweigen von den Berichten, Vorladungen, Rechtshilfeersuchen und Zeugenvernehmungen.

Der Schuhmacher an der Ecke arbeitet in seinem Laden vor sich hin, er nimmt die Schuhe, auf deren Sohle er mit Kreide den Namen oder die Initialen des Besitzers geschrieben hat, einen nach dem anderen aus dem Regal, wo sie genau in der Reihenfolge stehen, in der sie ihm gebracht werden. Er ist von niemandem abhängig und keinem Rechenschaft schuldig.

Nicht daß Haags nicht verhaftet wurde, ist für mich ein Wunder, sondern daß überhaupt jemand gefaßt wird, daß die Polizei am Ende doch oft Erfolg hat. Noch mehr wundert mich, daß ein Briefumschlag, auf den man ein Stückchen Papier sprich Briefmarke klebt, um ihn dann in einen Kasten zu werfen, an seinem Bestimmungsort am anderen Ende Frankreichs oder der Welt ankommt, ohne daß ihn unterwegs einer der vielen tausend schlecht bezahlten Postangestellten in irgendeinen Papierkorb oder ins Feuer wirft.

Während andere nur an allem herummäkeln, sehe ich voller Staunen, daß die Millionen Menschen letztlich doch ein zusammenhängendes Ganzes bilden, obwohl jeder Mensch immer nur ein Mensch ist, ganz gleich, ob er auf der obersten oder untersten Stufe der sozialen

Skala steht. Und am Ende der Kette häufen sich die Lebensmittel in den Markthallen, liefern die Fabriken Autos, Züge und Flugzeuge, die abfahren und ankommen.

Als ich um zwölf das Polizeipräsidium am Quai des Orfèvres verließ, zusammen mit den Inspektoren, die zum Mittagessen gingen, hatte ich das Gefühl, Ferien zu haben, von neuem frei und ohne Zukunft zu sein. Ich konnte gehen, wohin es mir gefiel, tun und lassen, was ich wollte. Die Welt gehörte mir, jedenfalls solange das Geld reichte, das ich nach Port-en-Bessin geschickt hatte.

Auf einer Terrasse aß ich zu Mittag, von einer orangefarbenen Markise vor der Sonne geschützt.

Haags habe ich nie wiedergesehen. Er hat mir nie geschrieben. Ich weiß nicht, ob er einen neuen Assistenten gefunden hat. Er war bestimmt damals schon reich, und er gab ja kaum etwas aus.

Trotzdem hat er weitergemacht, genau wie die anderen, genau wie meine Mutter, und eines Tages ist er von einem belgischen Industriellen, der zu diesem Zeitpunkt nicht in seinem Zimmer hätte sein sollen, aus nächster Nähe erschossen worden. Die Zeitungen maßen dem Fall keine große Bedeutung bei, so als handle es sich um einen gewöhnlichen Einbrecher und nicht um einen durchtriebenen Profi; zudem wurde nicht der Name Haags, sondern ein anderer Name genannt, so daß ich erst an der Fotografie erkannte, daß er der Tote war.

Was aus seiner Tochter und aus seinem Geld geworden ist, weiß ich nicht. Es würde mich nicht wundern, wenn die Juwelen, die er mit so viel Gewitztheit und so viel Geduld angesammelt hat, immer noch Gott weiß wo versteckt lägen.

DRITTER TEIL

1

An irgendeiner Stelle meines Berichts habe ich von Schwarzweiß-Erinnerungen und farbigen Erinnerungen gesprochen, und jetzt merke ich, daß es für mich noch eine dritte Art gibt, die ich expressionistische Erinnerungen nennen möchte, weil von ihnen das gleiche vibrierende Leuchten ausgeht wie von den Bildern von Van Gogh, Renoir und Monet und weil die Luft, die Gegenstände darauf die gleiche, beinahe greifbare innere Lebendigkeit ausstrahlen. In jenem Sommer habe ich auch die Küstenlandschaften der Normandie gesehen, die den pointillistischen Gemälden von Signac gleichen.

Ich glaube, daß solche Erinnerungen die glücklichsten sind, Erinnerungen an Augenblicke, in denen man sich wie in der frühen Kindheit in aller Unschuld vom äußeren Leben durchdringen läßt. Zugleich hinterlassen solche Erinnerungen die geringsten Spuren, nur ein Wärmegefühl auf der Haut, Gerüche und verschwommene Konturen.

Warum ist das, was uns vom Glück bleibt, so vage, während Stunden der Sorge und des Leids sich tief in unser Gedächtnis eingraben, mit deutlichen schwarzen

Linien wie auf einer Radierung? Soll man daraus schließen, daß uns das Glück nichts bringt, daß es letztlich nichts als ein Negativzustand ist?

Eigentlich hätte ich nach dem Zwischenfall mit der Polizei und der Abreise von Haags ratlos und besorgt sein müssen, da ich nun ganz auf mich selbst gestellt war und nicht die leiseste Ahnung hatte, was aus mir werden sollte. Doch ich erlebte damals die unbeschwerteste und unbekümmertste Zeit meines Lebens.

Es war gut möglich, daß ich weiterhin überwacht wurde. Trotzdem sandte ich noch am selben Tag ein Telegramm an Tante Louise und bat sie, mir meinen Umschlag zurückzuschicken.

Danach eilte ich in die Avenue de la Grande-Armée, wo ich in einem Schaufenster das rote Cabriolet mit den schnittigen Formen einer Rennmaschine gesehen hatte, nach dem mein Herz so sehr begehrte. Ich ging hinein, um es aus der Nähe zu betrachten, es liebevoll zu streicheln und mit dem Verkäufer zu verhandeln, dem ich ankündigte, ich werde am nächsten Tag wiederkommen.

Es war ein Amilcar, für die jungen Leute meines Alters damals so etwas wie ein Symbol. Acht Tage lang fuhr ich zusammen mit einem Mechaniker, der mir Fahrstunden gab, von morgens bis abends in Paris und in der Umgebung herum.

Ich könnte alte Zeitungen durchblättern und mich auf diese Weise vergewissern, daß das Wetter den ganzen Sommer hindurch ungewöhnlich schön war. Doch wozu? Für mich ist jener Sommer kein Sommer wie jeder andere, sondern der Sommer schlechthin.

Paris und seine ländliche Umgebung, die Dörfer und Provinzstädtchen, die Normandie und die Bretagne flimmerten in der strahlenden Sonne.

In Rekordzeit legte ich die Fahrprüfung ab. Ich sehe immer noch meinen leuchtendroten Amilcar vor mir, den ich an der Bordsteinkante vor der Terrasse des ›Fouquet's‹ auf den Champs-Elysées geparkt hatte. In Paris gab es damals noch nicht so viel Verkehr wie heute, auf den Trottoirs parkten keine Autos, und man spürte noch, wie die Luft zwischen den Häusern zirkulierte.

Ich gab mein Zimmer an der Place de l'Odéon auf und fuhr los Richtung Normandie. Meine erste Station war Port-en-Bessin. Mein Onkel, meine Tante und ein junges Dienstmädchen – nicht das rosige, das schon lange nicht mehr da war – kamen aus dem Haus gelaufen, um mein Auto zu bewundern. Ich bin sicher, meine Tante wußte genau, was der Briefumschlag enthalten hatte, der für kurze Zeit in ihrer Obhut gewesen war, aber sie stellte mir keine indiskreten Fragen. Genau wie damals bei meiner ersten Liebesnacht gab es auch diesmal ein subtiles Einverständnis zwischen uns, das mehr mit Blicken als mit Worten bekräftigt wurde.

»Freust du dich?«

Ich strahlte, in der Schwebe zwischen zwei Phasen meines Lebens, und wenn mein Gleichgewicht prekär war, so verschloß ich die Augen davor.

Léon, der Mann meiner Tante, hatte aufgehört, dicker zu werden, seine Wangen und sein Bauch hatten jetzt einen Hang nach unten. Er trank aber noch genauso viel wie früher – ein schlechtes Zeichen. Auch darüber verständigten meine Tante und ich uns ohne ein Wort. Er würde es vielleicht noch ein paar Jahre weitermachen. Doch er war vom Tod gezeichnet, was seinen unentwegten Scherzen etwas Schrilles gab. Körperlich taugte er nicht mehr zum Clown, und er spürte es wohl auch, aber anstatt den Mund zu halten, trieb er es schlimmer denn je.

Meine Tante stellte mir nur eine einzige Frage, die jedoch erkennen ließ, daß sie sich das meiste zusammengereimt hatte.

»Kriegst du auch keinen Ärger, Steve?«

Ich beruhigte sie.

»Willst du nicht deine Mutter besuchen?«

»Nein.«

»Sie schreibt mir von Zeit zu Zeit.«

»Mir auch.«

»Sie beklagt sich immer, weil sie nichts von dir hört.«

Wir sprachen von meinen anderen Tanten, von Raymonde, die im Kloster geblieben war, und Béatrice, deren Tochter fast gestorben wäre, und von Lucien, der sich selbständig machen wollte.

Da ich nichts anderes zu tun hatte, fuhr ich mit dem Auto spazieren und kam auch nach Cherbourg, wo ich meine Tante Clémence besuchte.

Ich hatte dem kindischen Wunsch, der ganzen Familie mein Auto zu zeigen, nicht widerstehen können. Clémence war genauso entzückt wie Louise. Meine Neffen waren ganz aus dem Häuschen, und ich mußte eine Runde mit ihnen fahren.

Ich war noch da, als Pajon, mein Onkel, nach Hause kam. Wußte er irgend etwas? Mit undurchdringlicher

Miene stieß er die Tür auf. Er sah mich kaum an und sagte:

»Steve, ich möchte nicht, daß das Auto noch länger vor meinem Haus steht.«

Er hatte verstanden, daß der Wagen ein Symbol war, ein Symbol, das mit einem Gewerkschaftssekretär weder direkt noch indirekt in Verbindung gebracht werden durfte.

Ich verzichtete auf das Abendessen mit ihnen und fuhr weiter. Ich hatte genug Geld, um einige Monate, vielleicht ein Jahr lang durchzukommen. Ich fuhr den ganzen Sommer in Frankreich herum und hielt in Dörfern oder kleinen Städten an, die ich noch nicht kannte.

Auf diese Weise machte ich Bekanntschaft mit den Hotels für Handelsreisende, mit Pensionsmahlzeiten und Familiengasthöfen wie dem ›Hôtel des Flots‹ für Pariser Urlauber. Fast überall wurde draußen auf der Terrasse gegessen, es gab einen kleinen Fluß in der Nähe, mit Anglern und Pärchen, die am Ufer im Schatten der Bäume spazierengingen.

Ich fuhr durch die Vendée und an Niort vorbei nach La Rochelle und Rochefort, sah mir die Strände zwischen den beiden Städten an, erkundete den Périgord, Agen, Toulouse, Carcassonne.

Ich gondelte durch die Gegend und hielt mich auf, wo und wie lange ich wollte. Eine Weile blieb ich am Mittelmeer, in Le Grau-du-Roi in der Camargue.

Von alledem ist mir nichts im Sinn geblieben als Licht- und Schattenfelder, eine helle Mole, weiße Schiffe, das Glitzern der Fische in den Netzen, die auf den Sandstrand gezogen wurden.

In der Nachsaison besuchte ich die Provence und zu Winterbeginn die Côte d'Azur, die ich gut kannte, die ich nun jedoch von einer anderen Seite kennenlernte.

Ich stieg nicht mehr in den Grandhotels ab, sondern in bürgerlichen, wenn auch oft recht vornehmen Gasthöfen. Ältere Ehepaare, die nichts anderes wollten als in der Sonne sitzen, verbrachten hier jedes Jahr zur gleichen Zeit ihren Urlaub und junge Paare ihre Flitterwochen, und dann gab es noch die Leute, die sich in ihrem Leben nur diese eine Reise leisteten und alles sahen, alles besichtigen und Ansichtskarten an sämtliche Bekannte schicken wollten.

Wann ich nach Paris zurückgekehrt bin, kann ich wirklich nicht sagen. Ich weiß nur, daß die dunkle Winterzeit für mich in jenem Jahr ausgefallen ist. Auf den Champs-Elysées schien schon die Sonne, und bald wurde auch die Terrasse von ›Fouquet's‹ wieder geöffnet.

In der Rue de l'Etoile mietete ich nicht weit vom Triumphbogen ein möbliertes, modern eingerichtetes Zimmer; das Bett ließ sich am Tag in ein Sofa verwandeln, so daß der Raum wie ein Salon aussah. Es gab kein Hotelschild an der Fassade, und man sah kein Schlüsselbrett in der Eingangshalle, sondern wurde diskret von einer distinguierten alten Dame empfangen.

Das ›Fouquet's‹ wurde sozusagen meine Anlaufstelle, hier verbrachte ich einen Teil meiner Tage und hier traf ich vor allem nach den Pferderennen viele der Leute wieder, denen ich in den Grandhotels der

Côte d'Azur, in Deauville und anderswo begegnet war.

Sie wußten zwar nicht, wer ich war, aber sie erinnerten sich, mich schon irgendwo gesehen zu haben. Sie sahen mich mit einem fragenden Blick an, grüßten mich dann meistens mit einem leichten Nicken, das so unauffällig war, daß es notfalls auch eine zufällige Kopfbewegung hätte sein können.

Aber nicht nur sie traf ich wieder, sondern ich kam auch mit ihren Söhnen und Töchtern in Kontakt, die fast alle sehr beschäftigt wirkten, ohne daß man hätte sagen können, womit.

Das gleiche galt für die meisten Stammgäste, die zu bestimmten Zeiten an der Bar herumstanden oder auf der Terrasse zu Mittag aßen. Ich war nicht anders gekleidet als sie, ich hatte ihre Manieren angenommen, so daß ich nicht weiter auffiel, ja sie hielten mich ganz selbstverständlich für einen aus ihren Kreisen.

Man redete viel über Pferderennen. Damit hatte man etwas Gemeinsames und ein Gesprächsthema mit dem Barkeeper. Auch für den Film interessierte man sich, und unter den Gästen erkannte man Filmschauspieler und -schauspielerinnen und Regisseure.

Anders als meine erste Einführung in diese Kreise unter Haags Anleitung war die zweite eher ungewollt und weniger zielgerichtet, und ich wundere mich noch heute, wie leicht alles vonstatten ging.

Mein englischer Name war mir dabei sicher sehr hilfreich. Hätte ich einen französischen Namen gehabt, wäre ich vermutlich, wie ich es bei anderen gehört habe, immer wieder gefragt worden:

»Aus welcher Gegend kommen Sie?«

Denn Franzosen haben nun einmal den Drang, die Leute zuerst geographisch, nach Provinzen einzuordnen. Und wenn mein Name einen mehr oder weniger bekannten Klang gehabt hätte, dann hätte man wohl weiter gefragt:

»Ah, sind Sie verwandt mit Senator…?«

Ich aber hieß Steve Adams, war Engländer, und damit hatte es sich. Nur zwei-, dreimal fragte mich jemand, der beweisen wollte, daß er sich auskannte:

»Oxford oder Cambridge?«

Ohne daß ich hätte sagen können, wie es gekommen war, und ohne es zu merken war ich an der Mahagonibar plötzlich ganz einfach Steve. Vielleicht läßt sich so der Stavisky-Skandal erklären, der kurze Zeit später die Welt erregen sollte? An denselben Orten, wo ich verkehrte, nur auf einer höheren Ebene, war auch er schlicht Monsieur Alexandre gewesen.

Soweit ich mich erinnere, gestand niemand ein, von seinem Vermögen zu leben; eine feste Arbeit jedoch hatte auch keiner, ebensowenig wie einen Beruf.

Öfter nahm ich den Aperitif mit dem Sohn eines großen Verlegers oder dem Erben einer der größten Banken von Paris, die bei einem Glas Champagner mit einem Dritten über Filmproduktionen, Importgeschäfte oder sonst etwas diskutierten.

Die Hälfte der Gäste betätigte sich im Grunde genommen als Vermittler. Es ging darum, Begegnungen zu arrangieren zwischen Leuten, die Ideen hatten, und solchen, die Geld hatten oder welches auftreiben konnten, und sie an einen Tisch zu bringen.

Auf diese Weise mußte sich auch für mich eines Tages etwas finden. Ich war akzeptiert, keiner fragte mehr, woher ich kam und was ich hier suchte, ich hatte die Umgangsformen, die Sprache, die Gewohnheiten meiner Umgebung angenommen, und wenn ich an die Bar trat, fragte immer irgend jemand:

»Was trinken Sie?«

Die Hauptsache aber war, daß mich Jules, der Chef-Barkeeper, sozusagen adoptiert hatte. Sobald ich kam, stellte er ohne ein Wort ein Glas Champagner vor mich hin und nannte mich Monsieur Steve, zum Zeichen dafür, daß ich wirklich dazugehörte. Jules war auch entscheidend für die nächste Etappe meines Lebens, zu einer Zeit, als ich mir noch keine Sorgen um die Zukunft machte und mir noch ein paar unbeschwerte Monate gönnen wollte.

Ich kam gerade vom Friseur gleich neben dem ›Fouquet's‹, und obwohl es noch nicht elf war, ging ich auf einen Sprung an die Bar.

Vielleicht wird man mich auf die Ähnlichkeit mit einem früheren Ereignis hinweisen, denn in beiden Fällen spielte die Bar eine wichtige Rolle, auch wenn es sich um Bars von ganz unterschiedlichem Niveau handelte. Ich kann dazu nur sagen, daß ich mir, hätte ich es erfunden, erstens die Mühe gemacht hätte, Abwechslung in die Geschichte zu bringen, und daß zweitens Bars und Restaurants für Alleinstehende unvermeidlich Orte der Begegnung sind. Das erklärt auch die gesellschaftliche Bedeutung der Barkeeper, die oft Vermittler und Vertraute sind.

Um diese Zeit war Jules allein, rückte seine Flaschen

zurecht und preßte Orangen für die Cocktails aus. Im Saal trafen Maître d'hôtel und Kellner die letzten Vorbereitungen, und die Kassiererin saß noch nicht auf ihrem hohen Rohrstuhl.

Als der Champagner vor mir stand, sagte Jules nach unmerklichem Zögern leise:

»Sagen Sie mal, Monsieur Steve, Sie suchen nicht zufällig eine Stelle?«

Ich bin überzeugt, daß er über meine wahre Situation besser Bescheid wußte als alle, die ich tagtäglich hier traf.

»Kommt auf die Stelle an«, erwiderte ich lachend.

Ich merkte gleich, daß er es ernst meinte, denn er kam näher, beugte sich leicht vor und flüsterte:

»Kennen Sie Madame D.?«

Sie ist zu bekannt, als daß ich ihren echten Namen nennen könnte, und andererseits habe ich vergeblich versucht, mir einen Phantasienamen für sie auszudenken. Es kam mir so verfehlt vor, daß ich mich damit abgefunden habe, auf diesen Seiten nur ihren Vornamen Gabrielle zu benutzen, wie sie von ihren Freunden genannt wurde, und dazu den Anfangsbuchstaben ihres Familiennamens.

Gabrielle D. war in den Grandhotels an der Côte d'Azur und in Deauville ebenso zu Hause wie im ›Fouquet's‹, auf den Rennplätzen, wo mehrere Pferde mit ihren Farben liefen, und in Finanz- und Industriellenkreisen. Ich hatte sie schon oft gesehen, ohne ihr je vorgestellt worden zu sein, und auch ihr war mein Gesicht sicher irgendwie vertraut.

Entsprechend angezogen und aufgemacht, sah sie

mit ihren dreiundfünfzig oder vierundfünfzig Jahren kaum wie fünfundvierzig aus. Sie war zweifache Witwe, und ihr Name tauchte aus den verschiedensten Gründen jede Woche mehrmals in der Zeitung auf.

Ich habe schon einmal von den Frauen erzählt, deren Leben ein täglicher Kampf gegen das Alter ist und die sich stundenlang auf einen glanzvollen Auftritt vorbereiten.

Madame D. war ein Sonderfall; sie galt als Phänomen. Ihr Benehmen und ihre Ausdrucksweise hätten sich keine Halbweltdame und kein Filmstar erlaubt. Dabei war sie in einem Schloß an der Garonne geboren und hatte als junges Mädchen den Titel Comtesse getragen; allerdings hatte ihr Vater diesen Titel dazu benutzt, um seine Bordeaux-Weine zu verkaufen.

Von ihrem ersten Mann, der viel älter gewesen war als sie, hatte sie die Aktienmehrheit einer bedeutenden Spinnerei im Elsaß geerbt, vom zweiten ein Konfektionsunternehmen, zu dem nicht nur ein großes Warenhaus in Paris gehörte, sondern auch eine Kaufhauskette mit Niederlassungen in fast allen Provinzstädten. Außerdem hatte sie eine Zeitung geerbt, um die sie sich zeitweise selbst kümmerte, sowie eine Reihe anderer Unternehmen, von denen ich erst später erfuhr.

Ich kannte ihre ein wenig heisere Stimme, die Art, wie sie ins ›Fouquet's‹ oder anderswo hereingesegelt kam, mit einem Ruck stehenblieb, die Leute ringsum musterte, um dann laut zu rufen:

»Salut, Gaston, alter Halunke. Wo hast du denn Lola gelassen?«

Man sah sie selten allein. In ihrem Kielwasser waren

alle möglichen Leute anzutreffen, Männer und Frauen, Junge und Alte, bekannte Namen und dubiose Figuren.

»Der kleine Willy«, sagte Jules zu mir, »hat sie verlassen, weil er heiraten will, und jetzt ist sie wütend. Sie hat mich gefragt, ob ich nicht zufällig einen guten Sekretär für sie wüßte.«

Es folgte ein Schweigen, das ausdrückte, was Jules über die exzentrische Madame D. wußte und was er von diesem Sekretärsposten hielt.

»Monsieur Willy war drei Jahre bei ihr und heiratet jetzt eine Amerikanerin.«

»Das ist doch der große Blonde, der oft hier ist, stimmt's?«

Ein schüchterner, wohlerzogener junger Mann, der wie ein frühreifer Ministrant aussah und Madame D. dienstfertig umschwänzelte.

Er stand nicht im Ruf, ein Gigolo zu sein. Gerüchte dieser Art kursierten nicht über Madame D. Wenn man ihr Abenteuer nachsagte, dann suchte sie diese nicht in ihrer unmittelbaren Umgebung. Es hieß, sie verhalte sich wie gewisse Männer, die sich das Leben nicht komplizieren wollen und sich deshalb mit wechselnden Partnerinnen begnügen.

»Wäre vielleicht gar nicht so schlecht«, dachte Jules laut.

Ich war auf so etwas nicht gefaßt gewesen und fragte: »Hat sie's sehr eilig?«

»So wie es aussieht, ja. Als Willy ihr von seiner bevorstehenden Hochzeit berichtete, hat sie ihn nicht einmal ausreden lassen und ihn vor die Tür gesetzt. Sie duldet in ihrem Haus keinen anderen Einfluß als ihren eigenen, und der Gedanke, daß ein junger Mann…«

Er brauchte nicht weiterzusprechen, denn ich hatte begriffen.

»Haben Sie ihre Telefonnummer?«

Jules hatte ein Notizbuch mit den Nummern der Pariser High Society, sogar die, die nicht im Telefonbuch standen. Ich sehe ihn noch vor mir, wie er auf den Wecker schaute, der für die Gäste unsichtbar hinter der Theke stand.

»Um diese Zeit könnten Sie Glück haben.«

Ich ließ meinen Hut auf dem Hocker liegen, ging mit einem Seufzer ins Untergeschoß und reichte dem Angestellten den Zettel mit der Nummer.

»Kabine drei.«

Ich höre noch heute das Klingeln, das durch eine mir unbekannte Welt schrillte, und die Stimme, die mit italienischem Akzent antwortete.

»Ich möchte bitte Madame D. sprechen.«

»Wen darf ich melden?«

»Steve Adams.«

»Einen Augenblick. Ich sehe mal nach…«

Schritte, die sich entfernten und zurückkehrten, Stimmengewirr, dann die heisere Stimme, die ich schon kannte.

»Hallo! Wer ist am Apparat?«

»Steve Adams.«

Schweigen. Auch ich schwieg.

»Ja und?« fragte sie ungeduldig.

»Jules aus dem ›Fouquet's‹ hat mir gesagt…«

»Wie bitte?«

Irgend jemand anders war bei ihr im Zimmer und sprach mit ihr, und ich hörte, wie sie ihn anfuhr:

»Ich habe Ihnen doch gesagt, Sie sollen es da stehenlassen…«

Dann zu mir:

»Können Sie bitte wiederholen?«

»Von Jules, dem Barkeeper, habe ich gehört…«

»Ach, die Sekretärsstelle…«

»Ja.«

»Wo sind Sie?«

»Im ›Fouquet's‹.«

»Dann nehmen Sie ein Taxi und kommen Sie sofort in die Rue de la Faisanderie. In einer Stunde bin ich nicht mehr da.«

»Ich komme.«

»Wie war Ihr Name?«

»Steve Adams.«

»Kenne ich Sie?«

»Ich glaube schon.«

Ich hörte eine Art Grunzen, dann legte sie grußlos auf.

An der Bar blickte mir Jules fragend entgegen.

»Sie erwartet mich!« sagte ich ohne weitere Erklärungen.

Eine Viertelstunde später betrat ich ihr Palais, wo mich ein weißhaariger Concierge in einer Livree mit Silberknöpfen telefonisch bei Madame D. anmeldete und mich dann in einem Aufzug – einem Miniatursalon im Louis-xv-Stil – in die zweite Etage hinaufbrachte.

Ich wurde in eine Art Boudoir geführt, und da die

Tür offen geblieben war, hörte ich das Hauspersonal hin- und hergehen. Dann ertönte – wie von weit weg – die rauhe Stimme und rief:

»Wo bleibt er denn?«

Geflüster, Schritte auf dem Teppichboden. Dann stand Madame D. im Schneiderkostüm im Türrahmen. Sie begrüßte mich nicht, sah mir nur eine ganze Weile ins Gesicht und fragte schließlich:

»So sagen Sie doch, wo habe ich Sie schon gesehen?«

Schon nach wenigen Minuten erkannte ich, was für ein himmelweiter Unterschied zwischen der Menschenkenntnis einer Frau wie Madame D. und der »Berufserfahrung« beispielsweise eines Kommissars der Kriminalpolizei besteht. Ein paar knappe Fragen, und schon wußte sie genauestens über mich Bescheid, und wenn sie nicht weiter nachhakte, dann entweder, weil sie bestimmte Einzelheiten gar nicht wissen wollte oder weil ich doch nicht so leicht einzuordnen bin.

Während unserer Unterhaltung unterbrach sie sich ständig und rief irgend jemandem im Gang, den ich nicht sehen konnte, Anweisungen zu. Später stellte ich fest, daß es eine Gewohnheit von ihr war, sie mußte immer auf mehreren Hochzeiten tanzen, mehrere Dinge gleichzeitig erledigen.

Die Attacke, die mich aus dem Gleichgewicht bringen sollte, ging ins Leere.

»Sind Sie ein Lügner?« fragte sie unvermittelt.

Statt zu verneinen, antwortete ich ernst:

»Kommt drauf an.«

»Ist mir auch lieber so. Wieso heißen Sie Adams?«

»Das ist mein Familienname. Der meines Vaters.«

»Ist er Engländer?«

Als ich nickte, streckte sie die Hand aus und verlangte:

»Geben Sie mir Ihren Paß oder Ausweis. Und behaupten Sie bloß nicht, Sie hätten ihn nicht bei sich.«

Ich gab ihr meinen Paß, den ich tatsächlich immer in der Tasche hatte, und wie ein Grenzbeamter schlug sie auf Anhieb die richtige Seite auf.

»Gary Adams, Tattenham Corner, Surrey… Was macht er beruflich?«

Bei der Kriminalpolizei hatte ich geantwortet:

»Er ist bei der Cunard.«

Diesmal war ich etwas präziser:

»Er ist Angestellter bei der Cunard.«

»Und Antoinette Nau?«

»Meine Mutter.«

Das konnte sie natürlich aus dem Paß ersehen. Ich fügte hinzu:

»Geboren in einem Dorf in der Normandie.«

»Wo wohnt sie jetzt?«

»Sie lebt in Niort.«

»Haben Sie das Gymnasium besucht?«

»Ja. Nur die letzte Klasse habe ich nicht gemacht.«

»Noch nie den Gigolo gespielt?«

»Nein. Im Gegenteil.«

»Können Sie Schreibmaschine schreiben?«

»Schlecht.«

»Und Steno?«

»Nein.«

»Macht nichts. Meine persönlichen Briefe diktiere

ich sowieso nicht. Im übrigen schreibe ich kaum, und für die geschäftlichen Sachen habe ich die Leute in meinen Büros. Wieviel wollen Sie verdienen?«

»Das überlasse ich Ihnen.«

»Es heißt, daß ich meine Leute schlecht bezahle.«

Sie beobachtete, wie ich reagierte; ich verzog keine Miene.

»Stimmt wahrscheinlich auch. Ich finde, wenn man den Leuten einmal was fürs Nichtstun gibt, dann glauben sie, das müsse so sein, und bilden sich ein, daß mit dem Gehalt nur ihre Zeit, ihre bloße Anwesenheit bezahlt wird und daß sie eine Extrabezahlung verdienen, wenn sie mal was tun.«

Ich lachte. Sie fuhr mich an:

»Das ist kein Witz, das ist die Wahrheit.«

Sie rief der Unsichtbaren draußen auf dem Gang etwas zu, dann sagte sie zu mir:

»Man wird Ihnen jetzt Ihr Zimmer zeigen. Wir sehen uns heute nachmittag gegen fünf. Bis dahin können Sie Ihre Sachen holen, sofern Sie welche haben.«

Die Frau im Korridor war Flora, das italienische Zimmermädchen, dessen Stimme ich am Telefon gehört hatte. Sie wurde beauftragt, mir mein sehr geräumiges Zimmer mit Bad zu zeigen, das im zweiten Stock lag. Die junge Italienerin war eine der begehrenswertesten Frauen, die mir je begegnet sind, und ich war die ganze Zeit, die ich in den Diensten von Madame D. stand, auf sie versessen.

Sie merkte bald, welche Wirkung sie in ihrer knapp sitzenden Dienstkleidung auf mich hatte, und sah mich mit feuchten Lippen und funkelnden Augen leicht spöttisch an. Sie besaß die gleichen Reize wie zum Beispiel ein bestimmter Typ von Krankenschwestern, die an schönes frisches Obst erinnern und den Eindruck von Reinheit und Offenheit vermitteln.

Doch Flora gehörte zur engsten Entourage von Madame D., und es bedurfte nicht des Beispiels meines Vorgängers Willy, um zu wissen, daß meine Herrin in ihrem Haus keine Liaison dulden würde.

Ich holte meinen Koffer, behielt jedoch mein Appartement in der Rue de Ponthieu. Ich brauchte ein paar Tage, um mich mit dem großen Haus vertraut zu machen, in dem ständig alles drunter und drüber ging wie mitten in einem Umzug. Immer wieder tauchten Bewohner auf, die ich vorher nie gesehen hatte. Zum Beispiel erfuhr ich erst nach fast einem Monat, daß ein gewisser Landois drei Zimmer unter dem Dach bewohnte, wo er nicht nur über ein Büro, sondern sogar über eine eigene Sekretärin verfügte.

Dieser kleine, glatzköpfige, schlecht gekleidete Mann, der den ganzen Tag Lakritzpastillen lutschte, war so etwas wie der persönliche Berater von Madame D., der Juristentyp, dem ich in Bayeux, Cherbourg und Niort begegnet war, listig und durchtrieben und ein bißchen schmierig. Wie ich später feststellte, kannte er sich im Zivil- und im Gesellschaftsrecht und mit den komplizierten Mechanismen der Devisengeschäfte und Zolltarife besser aus als jeder andere.

Mit diesem Bereich hatte ich nichts zu tun, und eine Zeitlang fragte ich mich, was von mir eigentlich erwartet wurde. Wir beschnupperten uns gegenseitig, Madame D. und ich, und gewöhnten uns allmählich aneinander. Nach drei Tagen duzte sie mich, so wie sie fast alle anderen duzte, und schon nach einer Woche – wir fuhren gerade zu einem Cocktailempfang, zu dem ich sie auf ihren Wunsch begleitete – sagte sie zu mir:

»Nennen Sie mich Gabrielle, sonst sieht es aus, als würde ich mit meinem Bediensteten ausgehen.«

Sie brauchte mich, sobald sie morgens um zehn aufwachte, denn schon während sie im Bett frühstückte, führte sie die ersten Telefongespräche.

»Hallo! Ja, einen Augenblick, Schätzchen... Steve, guck doch mal in mein Notizbuch... Bin ich morgen um sechs frei? Hallo, Chérie, geht in Ordnung...«

Wenn sie im Bad war oder ihre tägliche Massage bekam, mußte ich die Gespräche entgegennehmen und ihr mit dem Telefonapparat in der Hand die Fragen und Antworten wiederholen. Sie kannte keine Scham vor mir, was aber nicht daran lag, daß ich ihr Angestellter war, denn sie verhielt sich auch mit allen anderen so. In ihrer Villa in Antibes sonnte sie sich splitternackt am Rand ihres Swimming-pools, während um sie herum ungefähr zwanzig Leute ihre Cocktails schlürften.

Angeblich hatte sie sich einer Schönheitsoperation unterzogen. Selbst wenn es stimmt, habe ich keine Spur davon gesehen, und sie hatte mit dreiundfünfzig noch feste runde Brüste, um die sie manche junge Frau beneidet hätte. Nur ihr Bauch und die nicht mehr ganz schlanke Taille verrieten ihr Alter.

Sie besaß ein Schloß in der Sologne, in dem sie sich nur zwei-, dreimal im Jahr zur Treibjagd aufhielt, und ein zweites in der Gironde, das sie von ihren Eltern geerbt hatte. Sie hatte es renovieren und innen modernisieren lassen und Parzelle um Parzelle die Weinberge ringsherum aufgekauft, die früher der Familie gehört hatten. Ihr Bruder lebte das ganze Jahr dort. Er spielte mehr oder weniger die Rolle des Gutsverwalters und kam so gut wie nie nach Paris.

Außer ihrer Villa in Antibes, wo sie mehrere Monate des Jahres verbrachte, hatte sie in Mulhouse im Elsaß unweit ihrer Fabriken ein weitläufiges, großbürgerliches Haus aus dem letzten Jahrhundert. In allen ihren Häusern wimmelte es von Angestellten, denen sie von Paris aus, oder wo sie eben gerade war, oft widersprüchliche Anordnungen gab, ebenso wie dem Direktor und dem Chefredakteur ihrer Zeitung und vielen anderen überall auf der Welt, von deren Existenz ich erst nach und nach erfuhr.

Meine Aufgabe war es, private Verabredungen zu organisieren, beim Juwelier, beim Schuhmacher, bei den Lieferanten anzurufen, im Restaurant einen Tisch zu reservieren, Theaterkarten zu besorgen, Flüge zu buchen, Hotelzimmer zu bestellen, Einladungen zu Diners oder Cocktailempfängen zu versenden. Dazu mußte ich mich mit Hunderten von Namen und Telefonnummern und Adressen vertraut machen, die Vorlieben und Marotten einer Menge Leute wissen, denn sie duldete nicht, daß ich etwas durcheinanderbrachte.

Darüber hinaus mußte ich sie fast überallhin begleiten. Ich habe mich oft gefragt, weshalb, denn wo immer sie hinging, wartete diensteifriges Personal auf sie. Schließlich erkannte ich, daß sie in einem ständigen Spannungszustand lebte und sich keine Entspannung gönnen durfte, da sie sonst nicht mehr imstande gewesen wäre, schnell genug auf Touren zu kommen. Genau wie ein Schauspieler mußte sie, um in Schwung zu bleiben, ständig Zuschauer haben, unentwegt ihre Show vorführen.

Das Publikum war ich, an mir testete sie ihre Stimmungen, vor mir übte sie, indem sie nicht leise, sondern laut dachte.

»Weißt du, mein kleiner Steve, da sind vierzig Personen und warten seit einer halben Stunde auf mich. Die haben Zeit gehabt, ihre Messer zu wetzen. Jetzt muß ich ihnen zeigen, daß ich auch noch da bin.«

Über die Art, wie man in der Oberschicht die Zeit verbringt, habe ich schon geschrieben. Landois gibt mir den Anlaß, meine Gedanken noch besser zu veranschaulichen. Während ich mich nur um das mondäne Leben und die Privatangelegenheiten Madame D.s zu kümmern hatte, war der schmächtige Jurist ihr Vermittler und Berater in geschäftlichen Dingen. So vielfältig diese auch waren, behielt sie doch immer den Überblick und traf wichtige Entscheidungen stets selbst.

Während ich sozusagen rund um die Uhr im Einsatz war und täglich mehrere Stunden lang direkten Kontakt mit meiner Chefin hatte, gewährte sie Landois jeden Morgen nur eine halbe Stunde. Ich klingelte nach ihm, und er kam mit den Akten herunter, oft während der Massage oder in Gegenwart des Friseurs, der zu ihr ins Haus kam. Erlaubte er sich allzu ausführliche Erläuterungen, schnitt sie ihm das Wort ab.

»Kommen Sie zur Sache!«

Und wenn er sie nach ihrer Meinung fragte, fragte sie zurück:

»Was meinen Sie?«

Dann traf sie ihre Entscheidung, manchmal ganz anders, als er ihr empfohlen hatte.

Wenn wir verreisten, kam Landois nicht mit, auch nicht, wenn wir für kurze Zeit an die Küste fuhren, wo er allerdings für längere Aufenthalte ein Zimmer und ein Büro hatte. Die Berichterstattung fand dann entweder telefonisch statt, oder Landois, der schreckliche Angst vorm Fliegen hatte, wurde für ein Gespräch von wenigen Minuten eingeflogen.

Ich will nicht behaupten, ich hätte in diesen Lehrjahren durchschaut, wie Großunternehmen funktionieren, oder genau erkannt, wie Menschen gelenkt werden. Ich habe jedoch zu unterscheiden gelernt, was wichtig ist und was nebensächlich, was wirklich und was lediglich Fassade ist.

So besaß Madame D. zum Beispiel eine Spinnerei, mehrere Geschäfte, ein Konfektionsunternehmen, eine Zeitung – alles, wenn ich so sagen darf, ganz konkrete Dinge, Unternehmen, von denen jedes ein bestimmtes Produkt herstellt und Tausende von Leuten beschäftigt, Arbeiter, Angestellte, Abteilungsleiter, Ingenieure und Direktoren, Verkäufer, Redakteure, deren Hauptziel das hergestellte Produkt ist.

Doch auf der Ebene von Madame D. existierte diese Realität so gut wie nicht mehr, sie war sozusagen nur eine Konsequenz, ein zufälliges Ergebnis.

Der Kauf eines Postens Baumwolle in Ägypten oder an der Börse von Saint-Louis bedeutete nicht unbedingt Baumwolle für die Fabriken in Mulhouse, sondern war oft nur eine Operation, die aufgrund von Devisenfragen, Exportquoten und verfügbaren Liquiditäten durchgeführt wurde, und manchmal gelangte die Baumwolle nie nach Frankreich, sondern wurde ihrerseits zum Tauschmittel auf dem Weltmarkt, um schließlich in Tokio oder Manchester zu landen.

Es gab Filialen, die ständig in den roten Zahlen steckten und nur dazu dienten, in der Bilanz zu erscheinen; selbständige Unternehmen fusionierten, neue Filialen entstanden, und manchmal wußte bis zuletzt niemand, ob sie mit Wolle, Bekleidung oder Papier zu tun haben würden.

Jede Kampagne der Zeitung wurde zu einem bestimmten Zweck veranstaltet, genauso wie die meisten Cocktailempfänge oder Diners, zu denen ich Politiker einladen mußte.

Ich lebte im Dunstkreis der fünfzehn oder zwanzig wichtigsten Persönlichkeiten Frankreichs, die viel einflußreicher als die meisten Minister oder Regierungschefs waren. In der Öffentlichkeit jedoch galt Madame D. als eine Frau, die nichts anderes im Sinn hatte als ihre Pferde, ihre Kleider, ihre Juwelen und Empfänge.

Das stimmte bis zu einem gewissen Grad, denn das war Madame D. ja *auch.* Vor allem aber war sie eine Frau, die Angst vor dem Tod hatte, vor dem Alter, vor Falten und vor dem Nachlassen ihrer Spannkraft.

Gleich am zweiten Morgen, als Flora ihr nach der Massage unaufgefordert ein Tablett mit einem Glas Whisky brachte, den sie praktisch pur hinunterschüttete, merkte ich, was mit ihr los war, und sie merkte, daß ich es merkte. Alle zwei, drei Stunden brauchte sie einen Kick, dann kippte sie ein Glas, notfalls heimlich hinter der Tür, denn sie mußte um jeden Preis durchhalten.

Ich habe sie selten betrunken gesehen, und wenn es doch einmal vorkam, dann empfand ich unendliches Mitleid und zärtliche Hochachtung.

Besonders wenn wir in irgendeinem Hotel waren, sah ich auch, wie sie einem Mann zublinzelte, um sich mit ihm zu verabreden, manchmal sogar mit einem Kellner oder Liftboy. Auch in diesem Punkt wußte sie, daß ich Bescheid wußte. Hinterher war es ihr immer peinlich, und sie wich meinem Blick aus.

Wir hatten zufällig zusammengefunden und blieben doch lange Zeit zusammen, denn erst der Zweite Weltkrieg trennte uns.

Ich habe die Ereignisse jener Zeit mit anderen Augen gesehen als die breite Masse, den 6. Februar zum Beispiel, vor allem aber den Aufmarsch auf den Boulevards und die unerwarteten und erschreckenden Demonstrationen an den darauffolgenden Tagen.

Wir speisten an jenem Tag mit einigen Ministern in der Rue de la Faisanderie, und ich hörte, wie sie über den Stavisky-Skandal, über die Betrügereien von Madame Hanau und die Verhaftung des Bankiers Oustric diskutierten.

Die Zeitungen, einschließlich der von Madame D., empörten sich, in den Salons hingegen sprach man von unglücklichen oder ungeschickten Geschäften.

Ich habe im ›Fouquet's‹ miterlebt, wie die Filmbranche im internationalen Geschäftsleben Fuß faßte und wie die Werbung immer mehr an Bedeutung gewann.

Natürlich glaubt jeder gern, gerade er habe die Anfänge miterlebt, und gewiß gab es auch schon vor meiner Zeit Werbung. Ich erinnere mich noch gut an die Reklame mit dem Mann, der den Pink-Pillen mit dem Hammer auf den Kopf schlägt, die in meiner Kindheit in allen Zeitungen und an den Häusermauern zu sehen war, an den feuerspeienden grünen Teufel, der für wärmende Watte warb. Die Reklame für Dauerbrandöfen gehörte zur Metrolandschaft, als ich nach Paris kam, und rings um die Place de l'Opéra gab es bereits Leuchtreklamen und bunte Werbeplakate an den Bauzäunen.

Doch die breite Masse und auch die meisten Industriellen und Geschäftsleute nahmen sie noch nicht wahr. Auch die Finanzleute waren eher mißtrauisch, und erst ganz allmählich konnte sich die Werbung im großen Stil durchsetzen.

Madame D. zum Beispiel war zur Hälfte an einem pharmazeutischen Unternehmen beteiligt, das einzig und allein auf die Rundfunkwerbung setzte. Das Produkt selbst war Nebensache. Man schwankte zunächst, ob man Seife oder Zahnpasta herstellen sollte, entschied sich dann jedoch für ein pharmazeutisches Produkt, weil die anderen Märkte bereits gesättigt waren. Da der Name jeden Tag x-mal im Radio erwähnt wurde, verkauften sich ganz automatisch soundso viele Flakons.

Über mein Privatleben gibt es in diesen Jahren so gut

wie nichts zu berichten, denn mein Leben richtete sich damals ganz nach dem von Madame D. und ihrer Entourage. Wir reisten ständig zwischen Paris, Antibes, London und Sankt Moritz hin und her, gingen an Bord irgendeiner Yacht auf Kreuzfahrt oder zogen uns für einige Tage in die bedrückende und beinahe unerträgliche Stille des Schlosses in der Gironde zurück.

Tage, Monate, Jahre vergingen auf diese Weise, ohne daß mir irgend etwas davon geblieben wäre, ohne daß ich eine persönliche Erinnerung daran bewahrt hätte. Zwar habe ich viel gelernt, doch das läßt sich in einigen Sätzen zusammenfassen und auf ein paar grundlegende Wahrheiten reduzieren, die ich bestimmt auch in irgendeinem Buch gefunden hätte und die schal wirken, noch ehe man sie ausspricht.

Als der Krieg ausbrach, ging ich nach England, wo man mich in ein Trainingslager steckte, und mein Vater schrieb mir, daß mein Halbbruder Wilbur Marineoffizier geworden war. Wenn ich frei hatte, fuhr ich öfter nach Tattenham Corner. Das Haus dort hatte sich kaum verändert, aber mein Vater war inzwischen fast kahl und hatte schlechte Zähne.

Madame D. wartete nicht erst die Invasion ab, sondern ging sofort nach Spanien und von dort aus in die Vereinigten Staaten. Wenige aus ihren Kreisen sind geblieben; einige habe ich in London wiedergesehen; andere hatten sich in Portugal oder in der Schweiz niedergelassen. Nicht alle von ihnen waren Juden, und die meisten wanderten auch nicht nur aus patriotischen Gründen aus. Unter Eingeweihten lautete die Parole damals *Rette sich, wer kann*, und fast alle gingen denselben Weg mit denselben Stationen und gelangten schließlich an dieselben Orte.

Bis 1939 hatte sich Madame D. ihre gute Figur und ihre Fitneß bewahrt, und ich stellte keine Alterserscheinungen bei ihr fest. Ich habe sie nie wiedergesehen, aber ich habe von ihr gehört. Wie überall auf der Welt hatte sic auch in New York Freunde, die sie mit offenen Armen aufnahmen. Man betrachtete sie mehr oder weniger als Opfer des Kriegs und als Vertreterin des leidenden Frankreich, und sie nahm, wie man mir berichtete, ihre Rolle sehr ernst und organisierte im ganzen Land Komitees und Vorträge. Andere taten das gleiche in England.

Sie konnte einfach nicht in Untätigkeit und Schweigen verharren; sie mußte immer im Mittelpunkt stehen und die Fäden ziehen. In Amerika jedoch waren es viele, die sich gegenseitig das Publikumsinteresse streitig machten und eine Rolle in Washington spielen wollten.

Ob sie unvorsichtig, ungeschickt oder, wie manche sagten, etwas wirr im Kopf, war, weiß ich nicht. Fest steht jedenfalls, daß führende Kreise ihr rieten, sich weniger zu exponieren; man verschloß ihr die Türen und zog sich unmerklich von ihr zurück, und Leute, die in normalen Zeiten ihre Angestellten oder Mitarbeiter ihrer Zeitung gewesen wären, drängten sich an den Platz, den sie so gern innegehabt hätte.

Sie hatte einen Nervenzusammenbruch und mußte längere Zeit in eine Klinik; dann nahm sie wegen einer Drüsenstörung unmäßig zu. Schließlich konnte sie ihre Wohnung an der Park Avenue kaum noch verlassen und ging am Stock, mit dem sie ihre Mitmenschen bedrohte.

Kurz nach der Befreiung von Paris wollte sie während eines Streiks des Liftpersonals in New York unbedingt zu Fuß die Treppe hinuntergehen und stürzte, brach sich das Hüftgelenk und wurde in eine Klinik eingeliefert.

Fast alle Franzosen, die nach Amerika ausgewandert waren, kehrten nach Frankreich zurück. Doch sie starb, bis zur Hüfte eingegipst , in New York an einer Harnvergiftung. Erst Monate später wurde ihr Sarg in die Gironde überführt und in der Nähe des Familiensitzes bestattet. Ihr Bruder lebt immer noch dort. Landois ist mir einmal auf der Straße begegnet. Er schien es sehr eilig zu haben, und wir haben uns nur im Vorbeigehen gegrüßt.

2

Ich sollte vorsichtiger sein, denn ich weiß, wie gewisse Leute jeden Satz von mir durchhecheln und mir jedes Wort im Mund umdrehen werden. Vernünftigerweise sollte ich diesen Bericht nicht nur nicht beenden, sondern alles verbrennen, was ich bisher geschrieben habe. Die Dinge haben nämlich eine neue Wende genommen, und ich weiß nicht, ob man mich überhaupt zum Ende kommen läßt.

Über den Krieg, den ich mitgemacht habe, will ich nichts schreiben, denn wenn ich daraus gelernt habe, dann in einem Bereich, an den ich lieber nicht denken will. Ich habe Leute leiden und sterben sehen, habe die Angst in ihren Augen gelesen. Ich hasse die kollektive Raserei, die die Menschen bei gewissen Anlässen erfaßt und an der auch ich nolens volens teilgenommen habe.

Das Soldatenleben war für mich, entgegen der Behauptung einiger Leute, die aus ihrer Sicht vielleicht sogar recht haben, keine Schule der Kameradschaft, sondern eine Schule der Einsamkeit.

Ich möchte mich auf das Wesentliche beschränken, das auch aus meinem Wehrpaß ersichtlich ist. Aus mysteriösen Gründen oder, was wahrscheinlicher ist, weil der Zufall es so wollte, wurde ich zum Sanitäter ernannt, zunächst auf einem Lazarettschiff, später dann auf einem Geleitschiff.

Ich habe keine einzige Heldentat zu verbuchen, und die paar Auszeichnungen, die ich doch erhalten habe, bekam ich sozusagen gratis.

Zweimal wurde mein Schiff torpediert und sank, und beide Male wurde ich von anderen Einheiten der Eskorte unversehrt, ohne die kleinste Schramme aus dem Wasser gezogen.

Mein Bruder Wilbur, der ein begeisterter Krieger war und als Kapitänleutnant heimkehrte, ist verwundet worden, unter ganz ähnlichen Umständen und in derselben Gegend wie unser Vater im Ersten Weltkrieg.

Während des Kriegs habe ich eine der wenigen Taten begangen, für die ich mich schäme. Als wir uns einmal, von feindlichen U-Booten umringt, auf dem Atlantik befanden und mitten in unserem Konvoi ein großer Truppentransporter in Brand geriet, habe ich eine vierundzwanzigjährige Krankenschwester brutal vergewaltigt, die in diesem Inferno so gelassen, untadelig und tüchtig weiterarbeitete, als sei sie in einem englischen Krankenhaus auf dem Land.

Habe ich ihr das übelgenommen? Fühlte ich mich gedemütigt, weil ich selbst so verwirrt war und tausend Ängste ausstand? Oder wollte ich mich indirekt für den Krieg rächen, wollte ich all jene rächen, die ich qualvoll hatte sterben sehen?

Ich weiß es nicht und will es auch nicht wissen. Wenn sie mich angeklagt hätte, wäre ich vor ein Kriegsgericht gestellt worden. Ich war fest entschlossen, mir in diesem Fall eine Kugel in den Kopf zu schießen.

Tagelang beobachtete ich sie und wußte nicht, was

sie zu tun gedachte, und während der Arbeit ging sie hundertmal an mir vorbei, sprach mich sogar an, als ob nichts gewesen wäre.

Mein Vater mußte sich einer Magenoperation unterziehen. Wilbur kehrte als Erster Offizier an Bord einer der beiden *Queens* zur Cunard zurück. Ich habe vor nicht allzu langer Zeit die Überfahrt nach New York an Bord seines Schiffes gemacht. Er kam mir matt und grau vor, abwesend und verschlossen, beinahe leblos, als trauere er den heroischen Zeiten nach.

Er ist verheiratet und Vater mehrerer Kinder, von denen ich nicht einmal die Namen kenne, und besitzt ein Häuschen in einem Vorort von Southampton. Auch eine Schwester ist verheiratet und lebt irgendwo in Italien.

Jean-Claude, der älteste Sohn meiner Tante Clémence und des Gewerkschaftssekretärs Pajon, ist in Deutschland bei einem Bombenangriff auf die Fabrik, in der er als Kriegsgefangener arbeitete, ums Leben gekommen. Da Kriegsgefangene nicht verpflichtet waren zu arbeiten, hat Pajon, wie meine Tante meint, die Wahrheit ein wenig zurechtgebogen, und so wurde sein Sohn in Cherbourg zum Kriegshelden hochstilisiert.

Das Haus der Langes in Caen war völlig zerstört worden, was zu neuerlichen Auseinandersetzungen mit meiner Mutter geführt hat. Erst vor kurzem haben sie, wie die meisten Leute in der Stadt, endlich ein neues Haus bekommen.

Als ich nach Paris zurückkam, war ich siebenunddreißig, fühlte mich aber viel älter. Das ›Fouquet's‹

hatte sich nicht verändert. Die Gäste waren jedoch nicht mehr alle dieselben; neue Cliquen, neue Gruppen bildeten sich, genau wie in der Politik, wo ganz unbekannte Gesichter aufgetaucht waren.

Jules, der immer noch hinter der Bar stand, erstattete Bericht und half mir, mich zurechtzufinden. Er erzählte mir, wer im Gefangenenlanger in Drancy war oder auf ein Gerichtsverfahren wartete, wer von den Deutschen oder den Franzosen erschossen worden war, wer nach Spanien gegangen war und wer noch nicht aus dem Exil zurückgekehrt war. Einige, die dem Frieden nicht recht trauten, warteten in der Provinz oder zu Hause auf den richtigen Augenblick. In den folgenden Monaten oder Jahren tauchten sie zögernd nach und nach wieder auf.

Dann überschritt ich die Linie ein drittes Mal, diesmal endlich allein, ganz legal und aus eigener Kraft. Es erschien mir sehr einfach und verlangte keine besondere Genialität.

In Europa tobte noch der Krieg, als plötzlich bislang unbekannte amerikanische Erzeugnisse den englischen Markt überschwemmten. In der Bevölkerung wurden neue Bedürfnisse geweckt, und neue Gewohnheiten entstanden. Ich hatte dreimal in amerikanischen Häfen angelegt und einmal fast zwei Wochen in New York verbracht.

Es lag auf der Hand, daß nach der Landung der amerikanischen Truppen in Europa auch die Geschäftsleute und Handelsreisenden dort landen würden.

Doch auch ohne sie gab es in Frankreich Bedürfnisse, die befriedigt werden mußten. Wahllos, auf gut Glück, wurden Geschäfte angebahnt, neue Firmen entstanden, die an die Stelle der berühmten, aber veralteten rückten.

Im Dienst von Madame D. hatte ich noch vor dem Krieg gesehen, wie die Werbung Eingang ins tägliche Leben fand und sich zu einer starken Macht entwickelte. Mußte sie nicht in einer Zeit, als es darum ging, bei der breiten Bevölkerung neue Namen, neue Produkte und damit auch neue Bedürfnisse und neue Gewohnheiten durchzusetzen, zur vollen Entfaltung gelangen?

Ich wußte, wo ich Geld auftreiben konnte, denn ich kannte in Paris alle, die auf derartige Investitionsmöglichkeiten lauerten. Mir war aber auch klar, daß ich mein Leben lang nur ein besserer Angestellter sein würde, wenn ich mich an sie wandte, und daß sie mich nach und nach ausbooten würden, wenn das Unternehmen erst einmal die Bedeutung erlangt hätte, die ich mir erwartete. Landois zum Beispiel verstand sich meisterhaft auf derartige Manöver.

So lieh ich mir von Tante Louise, die endlich Witwe geworden war, die erforderliche Summe, um Büroräume auf den Champs-Elysées zu mieten, in einem Gebäude, das bereits zwei Filmgesellschaften beherbergte. Ich hatte genug, um drei Monate lang das Personal, das Briefpapier und die Telefonrechnung bezahlen zu können.

Mein Erfolg beruhte darauf, daß ich der erste war und daß ich meine Kunden dort aufsuchte, wo sie sich am liebsten aufhielten, nämlich im ›George-v‹, im ›Ritz‹, im ›Crillon‹ und in den anderen Pariser Luxushotels, in denen sich einer nach dem anderen die amerikanischen Geschäftsleute einfanden und ihre Fühler ausstreckten.

Ich sprach ihre Sprache und ich kannte ihre Methoden. Monatelang hatte ich nur in den Bars und Foyers der Grandhotels gelebt, und für viele war ich bald eine Art Schutzengel.

Die Branche der »Public Relations«, deren Ziel es ist, ein günstiges Klima für ein Unternehmen oder eine Persönlichkeit zu schaffen, war damals in Frankreich noch kein Begriff.

Als ehemaliger Sekretär von Madame D. war ich dafür wie geschaffen. In einer Zeit, in der es vor allem darum ging, zwei sich fremde Welten einander näherzubringen, hatte ich noch einen weiteren Trumpf in der Hand. Ich kannte das ganze Getriebe, ich kannte die wichtigsten Leute, die die nötigen Genehmigungen beschaffen, Rohstoffe besorgen oder die Formalitäten vereinfachen konnten. Ich kannte auch die Journalisten, die Einfluß auf die öffentliche Meinung hatten, und die Amerikaner waren die ersten, die sich angewöhnten, zuerst einmal zu mir zu kommen. Obendrein nannte ich ihnen die Restaurants, in denen man gut essen konnte, und führte sie ins Milieu der Filmstars ein.

In der Gegend zwischen dem ›Maxim's‹ und dem Triumphbogen, wo jeden Tag neue Büros und Geschäfte entstanden, war ich bald eine bekannte Größe.

Mein Leben glich jetzt dem von Madame D., denn nun stand auch ich von morgens bis abends unter

Druck und mußte mich schon kurz nach dem Aufstehen mit einem Glas Scotch aufputschen.

Den Namen meiner Firma, der noch heute in Leuchtbuchstaben auf den Champs-Elysées zu sehen ist und in dem mein eigener Name gar nicht auftaucht, verschweige ich absichtlich.

Meine Büroräume erstrecken sich heute über drei Etagen, eine davon ist allein der Promotion von Filmen vorbehalten. Daß bestimmte Kühlschränke, Waschmaschinen und viele andere Geräte, die in einer modernen Küche herumstehen, so großen Anklang fanden, ist hauptsächlich mein Verdienst.

Mit meinem Team habe ich Werbekampagnen organisiert, die die Öffentlichkeit stark beeinflußt haben, ohne daß sie auch nur ahnte, mit welchen Mitteln ich arbeitete. Ich selbst – Steve Adams oder schlicht Steve – war bei allen Festen und Veranstaltungen der Pariser High Society zu sehen, und wenn es darum ging, eine Staatsanleihe zu lancieren, dann gehörte ich zu der kleinen Gruppe, die im Finanzministerium darüber diskutierte, wie der Aktion zum Erfolg verholfen werden könnte.

Ich hatte Sekretärinnen, die mich gegen Anrufer und Besucher in meinen Büros abschirmten und mich, genau wie ich früher Madame D., an meine Termine erinnerten. Eine von ihnen begleitete mich fast immer bei meinen Fahrten kreuz und quer durch Paris.

1950 habe ich geheiratet. Warum, weiß ich nicht. Es war die finsterste Zeit meines Lebens.

Mein Aufstieg ging weiter, schneller, als ich es mir je erhofft hatte, schneller als ich wollte. Ich wurde unaufhaltsam vorwärtsgetrieben. Meine Zeit gehörte mir nicht mehr. Ich weiß noch, wie Jules, dessen Haar inzwischen silbergrau geworden war, manchmal die Stirn runzelte, wenn ich irgendwann zwischen zwei Terminen hereinkam, um mich an seiner Bar mit einem Whisky zu stärken, und zu ihm sagte:

»Mach schnell, Jules!«

Wahrscheinlich sah ich damals manchmal wie ein Gehetzter aus, in meiner Erinnerung erscheint mir jene Zeit wie ein Alptraum, nicht der dramatischen Art, sondern einer der noch viel bedrückenderen, in denen man nur graue Leere sieht. Meine Heirat war eine unbewußte Reaktion darauf. Natürlich gab es auch noch andere Gründe, aber auch das ist ein Terrain, auf das ich mich lieber nicht wage. Da spielte auch Saint-Saturnin mit hinein, Niort, die Rue Saint-Antoine, das Hotel am Quai des Orfèvres, die Frauen, die ich auf der Straße verfolgte und die Krankenschwester auf dem Kriegsschiff.

Jetzt hatte ich die schönsten Frauen von Paris um mich, ich bot sie meinen besten Kunden an, so wie man eine Zigarre anbietet, und mit Schauspielerinnen und Filmstars stand ich auf du und du.

Meine Wahl fiel jedoch auf eine Zweiundzwanzigjährige, ruhig und brav und so bürgerlich wie nur möglich; sie wohnte noch zu Hause und hatte allem Anschein nach kein »Vorleben«. Ihr Vater war ein hoher Beamter im Finanzministerium. Dort hatte ich ihn kennengelernt. Er war einer jener etwas steifen Beamten, die bei allen Prüfungen immer am besten abschneiden und jeden Ministerwechsel überstehen.

Da er einem meiner Kunden eine Gefälligkeit erweisen sollte, nahm ich eine Einladung zum Abendessen in seiner Wohnung in der Nähe des Eiffelturms an, und dort begegnete ich Laure.

Die Atmosphäre war ruhig und würdevoll, von einer kalten Würde, aber verglichen mit dem turbulenten Leben, das ich führte, wohltuend und erholsam.

Ich werfe dem Vater nicht vor, dieses Essen ganz gezielt arrangiert zu haben. Ich werfe niemandem etwas vor.

Ich kam nun öfter in die Avenue de Suffren. Laure ging einige Male mit mir zum Essen ins ›Fouquet's‹, ins ›Maxim's‹ oder woandershin, und zwei Monate später feierten wir prunkvoll Hochzeit.

Ich bewohnte in der Rue François Ier eine für einen Junggesellen viel zu große Wohnung, die wir noch eine Weile behielten, bis wir dann nach Neuilly zogen.

Wußte ich wirklich schon in der ersten Nacht, schon am ersten gemeinsam verbrachten Tag, daß sie nicht die Richtige für mich war? War Laure schuld oder ich selbst?

Das habe ich mich oft gefragt und das frage ich mich heute noch ganz offen. Wahrscheinlich war es mein Fehler. Mein Leben lang hat mich die Idee der, wie ich es nannte, Gesellschaftsfelder, der sozialen Schichten, der Aufgliederung der menschlichen Gemeinschaft verfolgt, ich hatte es immer darauf abgesehen, Grenzen zu überschreiten und nur ja keiner bestimmten Gruppe anzugehören, und dann wählte ich als Ehefrau eine aus dem beschränktesten, am besten abgeschirmten Milieu mit den meisten und strengsten Tabus.

Wenn ich der Sache weiter auf den Grund gehe, handle ich mir nur Ärger ein, denn ich liefere dem Gegner damit neue Waffen.

Doch das stimmt nicht ganz, Laures Persönlichkeit, ihr Vater, die Wohnung in der Avenue de Suffren, die Mutter, der Onkel, der General war, und das Landhaus in Sancerre waren nicht die Ursache, sie haben alles höchstens beschleunigt.

Vor, während und nach dem Krieg hatte ich feste Beziehungen zu ganz unterschiedlichen Frauentypen gehabt. In meiner Champs-Elysées-Zeit war ich einmal nahe daran gewesen, eine Filmschauspielerin zu heiraten, deren resigniertes Gesicht mir gefiel und die später ein berühmter Star wurde.

Wenn ich es mir recht überlege, ereignete sich mit Laure genau das gleiche wie mit allen anderen. Wie soll ich es ausdrücken? Wenn der Akt vollzogen war, spürte ich, daß kein Kontakt zustande gekommen war, daß wir zwei Fremde waren, die keinen Grund mehr hatten, nackt nebeneinander im Bett zu liegen.

Vielleicht bin ich trotz allem der kleine Junge geblieben, der auf der Türschwelle sitzt, seinen Großeltern und seiner Tante zusieht und zwischendurch zur Wassertonne und zu den Kaninchen geht, die mümmelnd in ihrem Stall sitzen?

Doktor Lacombe hat mir zu diesem Punkt viele Fragen gestellt, und ich wußte genau, worauf er hinauswollte, wenn er mich von meinen Kindheitserinnerungen erzählen ließ.

Drei Jahre lang lebte ich wie alle Ehemänner. Ich freute mich darauf, ein Kind zu haben, bis ein Facharzt feststellte, daß Laure kein Kind austragen konnte und nie Mutter sein würde.

Ich kann nur sagen, daß wir wie Fremde waren, daß zumindest ich mich wie ein Fremder fühlte, denn meine Frau schien unser Leben als normal zu betrachten.

Drei Jahre lebte ich wie in einem Glasgefäß, wie ein Goldfisch in einem Aquarium. Ich wollte das Trinken aufgeben, und ich schaffte es auch, doch der Preis dafür war, daß es mir nun gänzlich an Energie und Schwungkraft fehlte und daß ich kein Interesse mehr am Leben hatte.

Ich hastete weiter hierhin und dorthin, hatte es immer »eilig«, gestikulierte und redete, und alles kam mir unwirklich vor. Das Essen schmeckte nach nichts, die Leute, die Dinge hatten keinen Geruch mehr, Klänge weckten keine Empfindungen in mir.

Wenn ich am Steuer eines amerikanischen Straßenkreuzers durch die Rue Saint-Antoine oder die anderen altbekannten Straßen fuhr, war es, als suchte ich nach einer Fährte, auf der ich das Vergessene wiederfinden könnte. Als hätte ich mich bei meinem Aufstieg von Stufe zu Stufe immer mehr von den elementaren Notwendigkeiten wie Hunger und Durst entfernt, von der Welt, in der alles unabänderlichen Gesetzen unterworfen ist, um schließlich, ohne es zu merken, in ein abstraktes Universum zu gelangen, in dem es nichts als Zeichen gab.

Gespürt habe ich das wohl bereits, als ich noch bei

Madame D. arbeitete, oder noch früher, denn schon damals packte mich manchmal scheinbar grundlos plötzliche Panik.

Ich frage mich, ob ich vielleicht gerade in solchen Augenblicken um jeden Preis eine Frau brauchte, um mich zu beruhigen, um wieder Verbindung mit der Wirklichkeit, mit den Menschen aufzunehmen. Ist die Sache mit der Krankenschwester auf dem Schiff nicht auch aus diesem Grund passiert?

Anscheinend hoffte ich jedesmal, dieser elementare Akt würde genügen, um die Verbindung zur Welt wiederherzustellen.

Allerdings habe ich Laure ganz konkrete Vorwürfe zu machen, Vorwürfe von der Art, wie sie bei Scheidungsverfahren vorgebracht werden. Darauf möchte ich hier aber nicht eingehen, denn sie sind nicht von Bedeutung. Vielleicht habe ich Laure im Geist doch auf krankhafte Weise mit der Person meiner Mutter vermischt, wie gewisse Leute heute behaupten.

Laure ist weiß Gott ganz anders als meine Mutter, schon wegen ihrer Herkunft, ihrer Erziehung, ihres Lebensstils.

Keiner war darauf gefaßt, als ich mich 1953 aus dem Staub machte. Dabei hatte ich, obwohl ich von Natur aus alles andere als gewissenhaft bin, meinen Abgang wochenlang geduldig und sorgsam vorbereitet und alles bis ins kleinste geregelt.

Mit dem Gedanken an Selbstmord habe ich zwar gespielt, entsthaft in Betracht gezogen habe ich so etwas nie, so wie ich auch den Plan, im Hallenviertel unterzutauchen, rasch wieder verwarf.

Nach reiflicher Überlegung und Selbstprüfung habe ich einen Kompromiß zwischen der Rue Saint-Antoine und dem Haus in Saint-Saturnin, zwischen der Bäckerei in Caen und meiner Frankreichtour mit dem Amilcar gefunden.

Laure hat schließlich meinen Zufluchtsort entdeckt, sie läßt mich seit Jahren von ihren Rechtsanwälten verfolgen.

Erinnert das nicht an meine Mutter?

Ich habe mir einen Platz ausgesucht, der nicht allzu klar umrissen ist, der mir erlaubt, in einem gewissen Rahmen am Leben teilzunehmen, ohne mich zu etwas zu verpflichten, und an dem ich die vertrauten Gerüche und Geräusche um mich habe.

Meine Straße in der Altstadt von Hyères unweit von Toulon ist kaum zwei Meter breit und so abschüssig, daß keine Autos durchfahren dürfen. Rechts von mir ist ein Metzger, links ein Korbhändler. Die Körbe stehen auf dem Trottoir und bis auf die Straße, und an Türen und Fenstern hängen Bambusvorhänge, wegen der Fliegen.

Antiquitäten steht an meinem Schaufenster. Der Laden ist dunkel und wird nur vom Widerschein des Tageslichts auf dem polierten Holz der alten Möbel erhellt.

Die Nachbarn, bei denen ich als Original gelte, glauben, ich sei vermögend, denn Kunden kommen ziemlich selten. Meinen Haushalt mache ich selbst, meine Einkäufe kann ich in meiner Straße erledigen, meine Mahlzeiten koche ich mir auf einem Holzkohlenfeuer.

Ich weiß, das alles wirkt gewollt, allzu gewollt, genauso wie die Lampe in meinem Schaufenster, die aus einem alten Spinnrad gemacht ist. Ich bin kein echter Antiquitätenhändler, ich gehöre nicht zur Altstadt und nicht in diese Gegend, so daß ich mir manchmal wie ein Betrüger, wie ein Dieb vorkomme.

So wie ich es als Halbwüchsiger mit den Frauen in der Metro machte, so stehle ich auch den Leuten hier in meinem Viertel ein bißchen von ihrem Leben, ich nehme es in mich auf, ohne daß sie es merken, und manchmal horche ich, was sie hinter den Bambusvorhängen in ihren Häusern sprechen, horche auf ihre Schritte, auf die leisesten Geräusche, ja sogar den Atem der Schlafenden.

Es ist nur ein Notbehelf, ein Arrangement, und wird auch nicht ewig dauern. Jeder muß irgendwann so etwas wie ein Gleichgewicht finden.

Meine Frau verfolgt mich weiter. Die Scheidung, die ihr wegen böswilligen Verlassens ohne weiteres gewährt würde, hat sie nicht verlangt.

Ich habe ihr einen bösen Streich gespielt, das gebe ich zu, aber ich konnte nicht anders. Ich hatte eine alte Rechnung zu begleichen. Mit meiner Mutter, wie Doktor Lacombe behauptet, und ich gebe es gerne zu.

Enteignet habe ich Laure nicht, wie sie und ihr Vater behaupten. Im übrigen hat sie nicht nur keine Mitgift in die Ehe mitgebracht, ich habe auch die Hochzeitskosten und sogar das Brautkleid bezahlt.

Sie ist weiterhin die Eigentümerin meines Unternehmens, an dem ich selbst nicht mehr teilhabe und aus dem ich nur so viel Geld abgezogen habe, wie ich brauchte, um mich in Hyères niederzulassen. Allerdings habe ich ein dickes Aktienpaket bei einem Notar hinterlegt mit der Auflage, den Namen des Besitzers nicht preiszugeben.

Ich bin es nicht. Ich habe darauf bestanden, daß es auf meine Tante Louise überschrieben wurde, und sie hat alle Unterschriften geleistet, die ich von ihr verlangte.

Es spielt keine Rolle, was einmal daraus wird. Wahrscheinlich erben es einmal die Kinder von Pajon, von meiner Tante Béatrice in Caen und von meinem Onkel Lucien, die ich nie wiedergesehen habe.

In den letzten Jahren hat man mit allen rechtlichen Mitteln versucht, Laure in den Besitz dessen zu bringen, was sie als ihr Eigentum betrachtet. Bis jetzt ohne Erfolg. Seit kurzem verfolgen sie eine neue Taktik, und aus diesem Grund habe ich nicht nur Doktor Lacombe, sondern auch einen Neurologen in Marseille und einen weiteren in Nizza konsultiert.

Verstehen Sie nun, warum es für mich gefährlich war, gewisse Themen anzuschneiden, gewisse Sätze und Wörter niederzuschreiben, die man als »Symptome« betrachten wird?

Meine Frau, mein Schwiegervater und einige Leute, die sie auf ihre Seite ziehen konnten, wollen mich für unzurechnungsfähig erklären lassen, damit ihnen auch der Teil meines Vermögens, um den ich sie, wie sie behaupten, betrogen habe, in die Hände fällt.

Es ist die alte Geschichte, wie damals in Niort.

Noland (Waadt), 27. Februar 1958

Das Gesamtwerk
von Georges Simenon
erscheint im
Diogenes Verlag

»Da lesen ihn Hausfrauen und die experimentellen Lyriker; es lesen ihn die Stenotypistinnen und die Mythenforscher, die Automechaniker und die Atomphysiker… ja, ich kenne Texteverfasser von höchster Esoterik, die, wenn sie einmal ein Buch lesen wollen, ein richtiges Buch, Simenon lesen und nichts als Simenon, jede Zeile von ihm…« *Alfred Andersch*

»Er ist der beste Krimi-Autor unserer Tage. Er hat etwas von Edgar Allan Poe.« *Dashiell Hammett*

»Simenon erinnert mich an Čechov.«
William Faulkner

»Ich lese jeden neuen Roman von Simenon.«
Walter Benjamin

Verlangen Sie unseren ausführlichen Katalog bei Ihrem Buchhändler.

Stanley G. Eskin
Simenon
Eine Biographie
Aus dem Amerikanischen
von Michael Mosblech

Stanley G. Eskins Biographie stützt sich auf Gespräche mit Simenon, mit Verwandten, Freunden, Verlegern des Autors sowie auf das riesige, erst bruchstückhaft erschlossene Material des Simenon-Archivs in Lüttich.

»Eskin erzählt so anschaulich, als habe er von dem Gegenstand seiner Studien die einfache, farbige, spannende Erzählweise gelernt.«
Frankfurter Allgemeine Zeitung

»Mit dem Index, den zahlreichen Anmerkungen, der vollständigen Bibliographie der Werke und der Verfilmungen wird dieser Band sicher die große umfassende Biographie des Schriftstellers werden. Eskin hält auch mit persönlichen Urteilen nicht zurück; sein Buch verdient daher Aufmerksamkeit und Hochachtung.«
Die Welt, Bonn

»Ich konnte nie glauben, daß Simenon wirklich existiert. Seine ungeheure Produktion, mein immer neues Staunen über die Vollkommenheit seiner Erzählungen, die psychologische Genauigkeit seiner unendlich vielen Figuren, die Eindrücklichkeit der Landschaftsbeschreibungen vermittelten mir stets das Bild eines hinreißenden Schriftstellers, das aber so ungreifbar und unbestimmt blieb wie etwa das Bild des Frühlings, des Meeres, das Bild von Weihnachten – Bilder, die man mit Vergnügen und unbewußtem Wohlbehagen in sich aufnimmt und erlebt, ohne daß sie imstande wären, die Begriffe in ihrer Dinghaftigkeit und Identität vollständig zu verkörpern.« *Federico Fellini*

»Mit Sicherheit das umfassendste Werk, das je über mich geschrieben wurde.« *Georges Simenon*

Georges Simenon im Diogenes Verlag

● Romane

Brief an meinen Richter. Roman. Aus dem Französischen von Hansjürgen Wille und Barbara Klau

Der Schnee war schmutzig. Roman. Deutsch von Willi A. Koch

Die grünen Fensterläden. Roman. Deutsch von Alfred Günther

Im Falle eines Unfalls. Roman. Deutsch von Hansjürgen Wille und Barbara Klau

Sonntag. Roman. Deutsch von Hansjürgen Wille und Barbara Klau

Bellas Tod. Roman. Deutsch von Elisabeth Serelmann-Küchler

Der Mann mit dem kleinen Hund. Roman. Deutsch von Stefanie Weiss

Drei Zimmer in Manhattan. Roman. Deutsch von Linde Birk

Die Großmutter. Roman. Deutsch von Linde Birk

Der kleine Mann von Archangelsk. Roman. Deutsch von Alfred Kuoni

Der große Bob. Roman. Deutsch von Linde Birk

Die Wahrheit über Bébé Donge. Roman. Deutsch von Renate Nickel

Tropenkoller. Roman. Deutsch von Annerose Melter

Ankunft Allerheiligen. Roman. Deutsch von Eugen Helmlé

Der Präsident. Roman. Deutsch von Renate Nickel

Der kleine Heilige. Roman. Deutsch von Trude Fein

Der Outlaw. Roman. Deutsch von Liselotte Julius

Die Glocken von Bicêtre. Roman. Neu übersetzt von Angela von Hagen

Der Verdächtige. Roman. Deutsch von Eugen Helmlé

Die Verlobung des Monsieur Hire. Roman. Deutsch von Linde Birk

Der Mörder. Roman. Deutsch von Lothar Baier

Die Zeugen. Roman. Deutsch von Anneliese Botond

Die Komplizen. Roman. Deutsch von Stefanie Weiss

Der Ausbrecher. Roman. Deutsch von Erika Tophoven-Schöningh

Wellenschlag. Roman. Deutsch von Eugen Helmlé

Der Mann aus London. Roman. Deutsch von Stefanie Weiss

Die Überlebenden der Télémaque. Roman. Deutsch von Hainer Kober

Der Mann, der den Zügen nachsah. Roman. Deutsch von Walter Schürenberg

Zum Weißen Roß. Roman. Deutsch von Trude Fein

Der Tod des Auguste Mature. Roman. Deutsch von Anneliese Botond

Die Fantome des Hutmachers Roman. Deutsch von Eugen Helmlé

Die Witwe Couderc. Roman. Deutsch von Hanns Grössel

Schlußlichter. Roman. Deutsch von Stefanie Weiss

Die schwarze Kugel. Roman. Deutsch von Renate Nickel

Die Brüder Rico. Roman. Deutsch von Angela von Hagen

Antoine und Julie. Roman. Deutsch von Eugen Helmlé

Betty. Roman. Deutsch von Raymond Regh

Die Tür. Roman. Deutsch von Linde Birk

Der Neger. Roman. Deutsch von Linde Birk

Das blaue Zimmer. Roman. Deutsch von Angela von Hagen

Es gibt noch Haselnußsträucher. Roman. Deutsch von Angela von Hagen

Der Bürgermeister von Furnes Roman. Deutsch von Hanns Grössel

Der Untermieter. Roman. Deutsch von Ralph Eue

Das Testament Donadieu. Roman. Deutsch von Eugen Helmlé

Die Leute gegenüber. Roman. Deutsch von Hans-Joachim Hartstein

Weder ein noch aus. Roman. Deutsch von Elfriede Riegler

Die Katze. Roman. Deutsch von Angela von Hagen

Der Passagier der Polarlys. Roman. Deutsch von Stefanie Weiss
Die Schwarze von Panama. Roman. Deutsch von Ursula Vogel
Das Gasthaus im Elsaß. Roman. Deutsch von Angela von Hagen
Das Haus am Kanal. Roman. Deutsch von Ursula Vogel
Der Zug. Roman. Deutsch von Trude Fein
Striptease. Roman. Deutsch von Angela von Hagen
Auf großer Fahrt. Roman. Deutsch von Angela von Hagen
Der Bericht des Polizisten. Roman. Deutsch von Markus Jakob
Die Zeit mit Anaïs. Roman. Deutsch von Ursula Vogel
45° im Schatten. Roman. Deutsch von Angela von Hagen
Das Fenster der Rouets. Roman. Deutsch von Stefanie Weiss
Die Eisentreppe. Roman. Deutsch von Angela von Hagen
Die bösen Schwestern von Concarneau. Roman. Deutsch von Ingrid Altrichter
Der Sohn Cardinaud. Roman. Deutsch von Linde Birk
Der Zug aus Venedig. Roman. Deutsch von Liselotte Julius
Weißer Mann mit Brille. Roman. Deutsch von Ursula Vogel
Der Bananentourist. Roman. Deutsch von Barbara Heller
Monsieur La Souris. Roman. Deutsch von Renate Heimbucher
Der Teddybär. Roman. Deutsch von Ingrid Altrichter
Die Marie vom Hafen. Roman. Deutsch von Ursula Vogel
Der reiche Mann. Roman. Deutsch von Stefanie Weiss
»... die da dürstet«. Roman. Deutsch von Irène Kuhn
Vor Gericht. Roman. Deutsch von Linde Birk
Der fremde Vetter. Roman. Deutsch von Stefanie Weiss
Das Begräbnis des Monsieur Bouvet. Roman. Deutsch von Hans Jürgen Solbrig
Der Umzug. Roman. Deutsch von Barbara Heller
Die schielende Marie. Roman. Deutsch von Eugen Helmlé
Die Pitards. Roman. Deutsch von Ingrid Altrichter
Das Gefängnis. Roman. Deutsch von Michael Mosblech
Malétras zieht Bilanz. Roman. Deutsch von Irmgard Perfahl und Werner De Haas
Das Haus am Quai Notre-Dame. Roman. Deutsch von Eugen Helmlé
Der Neue. Roman. Deutsch von Ingrid Altrichter
Die Selbstmörder. Roman. Deutsch von Linde Birk
Tante Jeanne. Roman. Deutsch von Inge Giese
Die Erbschleicher. Roman. Deutsch von Renate Heimbucher
Der Rückfall. Roman. Deutsch von Ursula Vogel
Am Maultierpaß. Roman. Deutsch von Michael Mosblech
Der Glaskäfig. Roman. Deutsch von Stefanie Weiss
Das Schicksal der Malous. Roman. Deutsch von Günter Seib
Der Uhrmacher von Everton. Roman. Deutsch von Ursula Vogel
Das zweite Leben. Roman. Deutsch von Ingrid Altrichter
Der Erpresser. Roman. Deutsch von Linde Birk
Die Flucht des Monsieur Monde Roman. Deutsch von Barbara Heller
Die letzten Tage eines armen Mannes. Roman. Deutsch von Michael Mosblech
Sackgasse. Roman. Deutsch von Stefanie Weiss und Richard K. Flesch
Die Flucht der Flamen. Roman. Deutsch von Barbara Heller
Fremd im eigenen Haus. Roman. Deutsch von Gerda Scheffel
Der ältere Bruder. Roman. Deutsch von Ingrid Altrichter
Doktor Bergelon. Roman. Deutsch von Günter Seib
Die verschwundene Tochter. Roman. Deutsch von Renate Heimbucher
Das Haus der sieben Mädchen. Roman. Deutsch von Helmut Kossodo
Der Amateur. Roman. Deutsch von Helmut Kossodo

Das Unheil. Roman. Deutsch von Josef Winiger
Die verlorene Stute. Roman. Deutsch von Helmut Kossodo
Der Witwer. Roman. Deutsch von Linde Birk
Der Stammgast. Roman. Deutsch von Josef Winiger
Hochzeit in Poitiers. Roman. Deutsch von Ingrid Altrichter
Das ungesühnte Verbrechen. Roman. Deutsch von Renate Heimbucher
Die Beichte. Roman. Deutsch von Michael Mosblech
Der Schwager. Roman. Deutsch von Renate Heimbucher
Schwarzer Regen. Roman. Deutsch von Stefanie Weiss und Richard K. Flesch
Manuela. Roman. Deutsch von Linde Birk
Die Ferien des Monsieur Mahé
Roman. Deutsch von Günter Seib
Der verlorene Sohn. Roman. Deutsch von Magda Kurz
Zum Roten Esel. Roman. Deutsch von Ursula Vogel
Doppelleben. Roman. Deutsch von Barbara Heller
Der Grenzgänger. Roman. Deutsch von Renate Heimbucher und Michael Mosblech
Der Wucherer. Roman. Deutsch von Günter Seib

● Maigret-Romane und -Erzählungen

Maigrets erste Untersuchung. Roman. Deutsch von Roswitha Plancherel
Maigret und Pietr der Lette. Roman. Deutsch von Wolfram Schäfer. Mit einer Nachbemerkung des Autors
Maigret und die alte Dame. Roman. Deutsch von Renate Nickel
Maigret und der Mann auf der Bank. Roman. Deutsch von Annerose Melter
Maigret und der Minister. Roman. Deutsch von Annerose Melter
Mein Freund Maigret. Roman. Deutsch von Annerose Melter
Maigrets Memoiren. Roman. Deutsch von Roswitha Plancherel
Maigret und die junge Tote. Roman. Deutsch von Raymond Regh
Maigret amüsiert sich. Roman. Deutsch von Renate Nickel
Hier irrt Maigret. Roman. Deutsch von Elfriede Riegler
Maigret und der gelbe Hund. Roman. Deutsch von Raymond Regh
Maigret vor dem Schwurgericht. Roman. Deutsch von Wolfram Schäfer
Maigret als möblierter Herr. Roman. Deutsch von Wolfram Schäfer
Madame Maigrets Freundin. Roman. Deutsch von Roswitha Plancherel
Maigret kämpft um den Kopf eines Mannes. Roman. Deutsch von Roswitha Plancherel
Maigret und die kopflose Leiche. Roman. Deutsch von Wolfram Schäfer
Maigret und die widerspenstigen Zeugen. Roman. Deutsch von Wolfram Schäfer
Maigret am Treffen der Neufundlandfahrer. Roman. Deutsch von Annerose Melter
Maigret bei den Flamen. Roman. Deutsch von Claus Sprick
Maigret und die Bohnenstange
Roman. Deutsch von Guy Montag
Maigret und das Verbrechen in Holland. Roman. Deutsch von Renate Nickel
Maigret und sein Toter. Roman
Deutsch von Elfriede Riegler
Maigret, Lognon und die Gangster. Roman. Deutsch von Wolfram Schäfer
Maigret und der Gehängte von Saint-Pholien. Roman. Deutsch von Sibylle Powell
Maigret und der verstorbene Monsieur Gallet. Roman. Deutsch von Roswitha Plancherel
Maigret und das Schattenspiel
Roman. Deutsch von Claus Sprick
Maigret und die Keller des ›Majestic‹. Roman. Deutsch von Linde Birk
Maigret contra Picpus
Roman. Deutsch von Hainer Kober
Maigret läßt sich Zeit
Roman. Deutsch von Sibylle Powell
Maigrets Geständnis. Roman
Deutsch von Roswitha Plancherel
Maigret zögert. Roman. Deutsch von Annerose Melter
Maigret und der Treidler der ›Providence‹. Roman. Deutsch von C. Sprick

Maigrets Nacht an der Kreuzung. Roman. Deutsch von Annerose Melter
Maigret hat Angst. Roman. Deutsch von Elfriede Riegler
Maigret gerät in Wut. Roman. Deutsch von Wolfram Schäfer
Maigret verteidigt sich. Roman Deutsch von Wolfram Schäfer
Maigret erlebt eine Niederlage Roman. Deutsch von Elfriede Riegler
Maigret und der geheimnisvolle Kapitän. Roman. Deutsch von Annerose Melter
Maigret und die alten Leute. Roman. Deutsch von Annerose Melter
Maigret und das Dienstmädchen Roman. Deutsch von Hainer Kober
Maigret im Haus des Richters Roman. Deutsch von Liselotte Julius
Maigret und der Fall Nahour. Roman. Deutsch von Sibylle Powell
Maigret und der Samstagsklient Roman. Deutsch von Angelika Hildebrandt-Essig
Maigret in New York. Roman Deutsch von Bernhard Jolles
Maigret in der Liberty Bar. Roman. Deutsch von Angela von Hagen
Maigret und der Spion Roman. Deutsch von Hainer Kober
Maigret und die kleine Landkneipe. Roman. Deutsch von Bernhard Jolles und Heide Bideau
Maigret und der Verrückte von Bergerac. Roman. Deutsch von Hainer Kober
Maigret, die Tänzerin und die Gräfin. Roman. Deutsch von Hainer Kober
Maigret macht Ferien Roman. Deutsch von Markus Jakob
Maigret und der hartnäckigste Gast der Welt. Sechs Fälle für Maigret. Deutsch von Linde Birk und Ingrid Altrichter
Maigret verliert eine Verehrerin. Roman. Deutsch von Ingrid Altrichter
Maigret in Nöten. Roman. Deutsch von Markus Jakob
Maigret und sein Rivale. Roman. Deutsch von Ingrid Altrichter
Maigret und die schrecklichen Kinder. Roman. Deutsch von Paul Celan
Maigret und sein Jugendfreund Roman. Deutsch von Markus Jakob
Maigret und sein Revolver. Roman. Deutsch von Ingrid Altrichter
Maigret auf Reisen. Roman. Deutsch von Ingrid Altrichter
Maigret und die braven Leute. Roman. Deutsch von Ingrid Altrichter
Maigret und der faule Dieb. Roman. Deutsch von Stefanie Weiss
Maigret und die verrückte Witwe. Roman. Deutsch von Michael Mosblech
Maigret und sein Neffe. Roman. Deutsch von Ingrid Altrichter
Maigret und Stan der Killer. Vier Fälle für Maigret. Deutsch von Inge Giese und Eva Schönfeld
Maigret und das Gespenst. Roman. Deutsch von Barbara Heller
Maigret in Kur. Roman. Deutsch von Irène Kuhn
Madame Maigrets Liebhaber. Vier Fälle für Maigret. Deutsch von Ingrid Altrichter, Inge Giese und Josef Winiger
Maigret und der Clochard. Roman. Deutsch von Josef Winiger
Maigret hat Skrupel. Roman. Deutsch von Ingrid Altrichter
Maigret und Monsieur Charles Roman. Deutsch von Renate Heimbucher
Maigret und der Spitzel. Roman. Deutsch von Inge Giese
Maigret und der einsame Mann Roman. Deutsch von Ursula Vogel
Maigret und der Messerstecher Roman. Deutsch von Josef Winiger
Maigret in Künstlerkreisen. Roman. Deutsch von Ursula Vogel
Maigret und der Weinhändler Roman. Deutsch von Hainer Kober
Maigret in Arizona. Roman. Deutsch von Wolfram Schäfer

● Erzählungen

Der kleine Doktor. Drei Erzählungen. Deutsch von Hansjürgen Wille und Barbara Klau
Die schwanzlosen Schweinchen. Erzählungen. Deutsch von Linde Birk
Exotische Novellen Deutsch von Annerose Melter
Emil und sein Schiff. Erzählungen. Deutsch von Angela von Hagen und Linde Birk

Meistererzählungen. Deutsch von Wolfram Schäfer, Angelika Hildebrandt-Essig, Gisela Stadelmann, Linde Birk und Lislott Pfaff
Die beiden Alten in Cherbourg Erzählungen. Deutsch von Inge Giese und Reinhard Tiffert
Sieben Kreuzchen in einem Notizbuch. Zwei Weihnachtsgeschichten. Deutsch von Michael Mosblech
Neues vom kleinen Doktor. Drei Geschichten. Deutsch von Renate Heimbucher und Bettina Klingler
Das große Los. Drei Geschichten. Deutsch von Günter Seib

● Reportagen

Die Pfeife Kleopatras. Reportagen aus aller Welt. Ausgewählt und mit einem Nachwort von Hanns Grössel. Deutsch von Guy Montag
Zahltag in einer Bank. Reportagen aus Frankreich. Ausgewählt und mit einem Nachwort von Hanns Grössel. Deutsch von Guy Montag

● Biographisches

Intime Memoiren und Das Buch von Marie-Jo. Deutsch von Hans-Joachim Hartstein, Claus Sprick, Guy Montag und Linde Birk
Stammbaum. Pedigree. Autobiographischer Roman. Deutsch von Hans-Joachim Hartstein
Simenon auf der Couch. Fünf Ärzte verhören den Autor sieben Stunden lang. Deutsch von Irène Kuhn. Mit einer Vita in 43 Bildern, einer Bibliographie und Filmographie
Die Verbrechen meiner Freunde Autobiographischer Roman. Deutsch von Helmut Kossodo

Außerdem erschienen:

Das Simenon Lesebuch. Erzählungen, Reportagen, Erinnerungen. Ein Querschnitt durch das Gesamtwerk. Enthält u.a. ›Briefwechsel mit André Gide‹ und ›Brief an meine Mutter‹. Mit Chronik und Bibliographie. Herausgegeben von Daniel Keel. Zweite, erweiterte und verbesserte Auflage 1988
Über Simenon. Essays, Aufsätze und Zeugnisse von André Gide bis Alfred Andersch. Mit Lebensdaten, Bibliographie und Filmographie. Herausgegeben von Claudia Schmölders und Christian Strich. Zweite, erweiterte und verbesserte Auflage 1988

Stanley G. Eskin
Simenon. Eine Biographie. Mit zahlreichen bisher unveröffentlichten Fotos, Lebenschronik, Bibliographie, ausführlicher Filmographie, Anmerkungen, Namen- und Werkregister. Aus dem Amerikanischen von Michael Mosblech